Fantasy

Herausgegeben von Wolfgang Jeschke

Von Lawrence Watt-Evans erschienen in der Reihe
HEYNE SCIENCE FICTION & FANTASY:

Der Zyklus ›Die Herren von Dûs‹

Der Blick des Basilisken · 06/4416
Die sieben Altäre von Dûsarra · 06/4417
Das Schwert von Bheleu · 06/4418
Das Buch von der Stille · 06/4419

LAWRENCE WATT-EVANS

DER BLICK DES BASILISKEN

Erster Roman des Zyklus
›Die Herren von Dûs‹

Fantasy

Deutsche Erstausgabe

WILHELM HEYNE VERLAG
MÜNCHEN

HEYNE SCIENCE FICTION & FANTASY
Band 06/4416

Titel der amerikanischen Originalausgabe
THE LURE OF THE BASILISK
Deutsche Übersetzung von Jürgen Langowski
Das Umschlagbild schuf Boris Vallejo

Redaktion: Friedel Wahren

Printed in Germany 1987
Umschlaggestaltung: Atelier Ingrid Schütz, München
Satz: Schaber, Wels
Druck und Bindung: Elsnerdruck, Berlin

ISBN 3-453-00447-7

PROLOG

»Ich bin des Todes und des Sterbens ringsum so müde.«

Der Sprecher war eine gewaltige, mit einer Rüstung bekleideten Gestalt, fast sieben Fuß groß. Er stand vor der engen Mündung einer kleinen Höhle nahe dem Gipfel einer verschneiten, mit Gesteinstrümmern übersäten Bergflanke. Selbst aus größerer Entfernung hätte ein Beobachter sehen können, daß das verblassende Licht der Sonne in seinen Augen einen bösen roten Glanz entfachte, der ihn als nichtmenschlich kennzeichnete. Er sprach zu einer gebückten, gekrümmten, in Lumpen gekleideten Kreatur, die jenseits der Höhlenmündung stand, am Rande der undurchdringlichen Dunkelheit des Innern, Gesicht und Umriß im trüben Zwielicht nur undeutlich sichtbar. Sie war hinfällig und bucklig, verschrumpelt und vom Alter gebeugt. Das Gesicht war verzerrt und gebrochen, die Zähne ausgefallen, eins ihrer goldenen Augen schielte schrecklich, doch gehörte sie offensichtlich zur gleichen Rasse wie der große Krieger.

»Überall ist der Tod«, erwiderte das gebrechliche Wesen.

»Das weiß ich, Ao; ich wünschte, es wäre nicht so.« Die Ao genannte Alte zuckte kaum wahrnehmbar mit den Achseln, und der Krieger fuhr fort: »Es macht das Leben sinnlos – zu wissen, daß ich und alles, was ich kenne, sterben und vergehen werden, als hätte alles nie existiert.« Er schwieg einen Augenblick, dann fuhr er fort: »Ich wünschte, es wäre mir möglich, eine Heldentat von kosmischer Bedeutung zu vollbringen, um die Natur der Dinge zu verändern, so daß die Menschen Jahrtausende in der Zukunft zurückblicken und sagen: ›Das ist Garths Werk.‹ Ich wünschte, ich könnte das

ZUM
POL-
KONTINENT
DAS KALTE
NORDWÜS
ORDUN
YPRISCHER
ARCHIPEL
KIRPA
GOLF VON
YPRI
SKELLET
YPRISCHE KÜSTE
UR-DORMULK
THERIN
ERAMMA
SLAND
KHOLI
ORGUL
DUSARKA
NEKUTTA

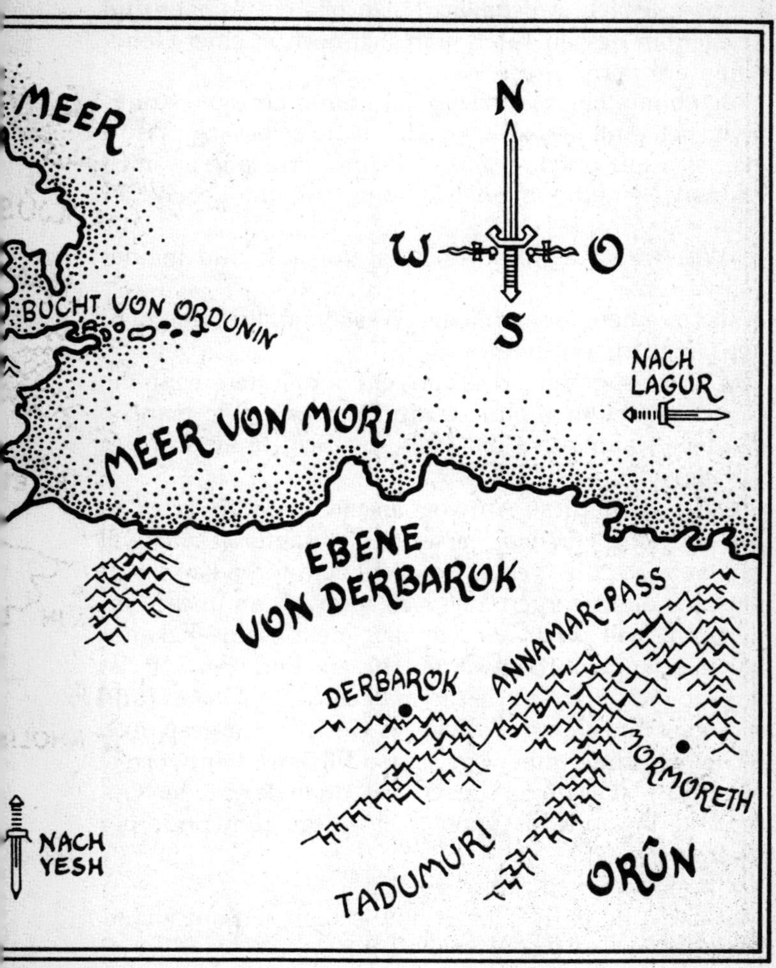

N
W
O
S
MEER
BUCHT VON ORDUNIN
MEER VON MORI
NACH LAGUR
EBENE VON DERBAROK
ANNAMAR-PASS
DERBAROK
MORMORETH
TADUMURI
ORÛN
NACH YESH

gleichgültige Universum verändern, bis die Sterne selbst auf mein Hinscheiden reagieren, so daß mein Leben nicht unbedeutend ist.«

Ao regte sich unbehaglich. »Du bist ein Adliger und Krieger, an dessen Taten man sich noch in einer Generation erinnern wird.«

»Ich bin in einer winzigen Ecke eines einzigen Kontinents bekannt; und selbst dort, wie du selbst sagst, wird man sich nur ein oder zwei Jahrhunderte lang an mich erinnern, einen kurzen Moment lang im Leben der Welt.«

»Was willst du nun von uns, von mir und meiner Schwester?«

»Ist es einem menschlichen Wesen möglich, den Lauf der Dinge zu verändern?«

»Das ist, sagt man, das Vorrecht der Götter; wenn die Götter ein Mythos ohne Grundlage sind, wie manche glauben, dann ist es die Rolle des Schicksals und des Zufalls.«

Garth hatte diese Antwort anscheinend erwartet; es gab nur eine winzige Pause, ehe er sagte: »Dann will ich, wenn ich die Welt schon nicht verändern kann, wenigstens dafür sorgen, daß sich die Welt an mich erinnert. Ich will dafür sorgen, daß mein Name bekannt bleibt, solange noch etwas lebt, bis ans Ende der Zeit. Ist das möglich?« Er starrte die mißgestaltete Alte an, und sein gewöhnlich ausdrucksloses Gesicht war gespannt.

Sie erwiderte unbewegt seinen Blick und antwortete zögernd: »Ist es dein Wunsch, daß du in der ganzen Geschichte bekannt bist, von jetzt an bis zum Ende der Welt?«

»Ja.«

»Das ist möglich.« Ihr Tonfall schien seltsam widerstrebend.

»Wie?«

»Geh zum Dorf, das Skelleth genannt wird, und such dort den Vergessenen König auf. Unterwirf dich ihm, diene ihm ohne Makel, und was du wünschst, wird eintreten.«

»Wie kann ich diesen König finden?«

»Er ist im *Gasthof des Königs* zu finden, und er ist in gelbe Lumpen gekleidet.«

»Wie lange muß ich ihm dienen?«

Ao holte tief Luft, hielt inne und sagte: »Du ermüdest uns mit deinen Fragen. Wir werden dir nicht mehr antworten.«

Sie wandte sich um und humpelte in die Dunkelheit der Höhle, in eine Dunkelheit, die ihre Schwester Ta und ihr bescheidenes Wohnquartier verbarg.

Der Krieger blieb respektvoll und reglos stehen, während sich das Orakel zurückzog. Dann wandte er sich nach Osten, wo die letzten Sonnenstrahlen den vereisten Hafen von Ordunin und das Kalte Meer dahinter beschienen, und wanderte nachdenklich die Bergflanke hinunter.

Kapitel 1

Das Dorf Skelleth war die nördliche Grenze der menschlichen Zivilisation; ein ständig am Rande des Verhungerns lebendes Häuflein von Bauern und Eisschneidern wohnte dort. Nach jedem zehn Monate dauernden Winter war es weiter geschrumpft. Seine Existenz verdankte es gleichermaßen den Ziegen und dem Heu der Bauern wie dem nachlassenden Verkauf des Eises, mit dem die reichen Edelleute im Süden ihre Getränke kühlten. Dieser Handel brachte dem verfallenden Dorf viele notwendige Dinge, die sein eigenes Land nicht hergab; doch es wurde jedes Jahr weniger, denn immer weniger Eiskarawanen überlebten die Verwüstungen durch Banditen und Bankrotte.

Obwohl Skelleth allenthalben als die nördliche Grenze der menschlichen Zivilisation bekannt war, konnte man noch weiter nördlich sowohl auf Menschen als auch auf Zivilisation treffen. Die Menschen jedoch waren entweder die ziegenhaltenden Nomaden der Ebenen und Vorberge oder die barbarischen Jäger und Fallensteller der schneebedeckten Berge, die dem Banditentum und dem Mord sehr zugeneigt waren und kaum als Beispiel für Zivilisation herhalten konnten; die Zivilisation war die der Übermänner der Nordwüste, dorthin getrieben durch die Rassenkriege vor drei Jahrhunderten und gewiß keine Menschen.

Wegen dieser letzteren hatte der Baron von Skelleth dafür gesorgt, daß das Nordtor als einziger Teil der zerbröckelnden Stadtmauern noch bewacht wurde, obwohl der nur noch tröpfelnde Strom der Handelsleute nicht durch das Nordtor in die Stadt kam; sogar die wilden Fallensteller zogen es vor, bei ihren seltenen Handelsexpeditionen die leichter zugänglichen Tore im

Osten und Westen zu benutzen. Zu jeder Stunde, Tag oder Nacht, konnte ein Mann der drei Dutzend Bewaffneten von Skelleth, über einem Wachfeuer kauernd, im Schutz der einzigen verbliebenen Wand des eingestürzten Wachhauses gefunden werden – vorausgesetzt, der eingeteilte Mann hatte seinen Posten nicht verlassen. Diese kalte und undankbare Pflicht war eine willkommene Bestrafung für jeden Gardisten, der ein Opfer der Launen des schwermütigen Barons geworden war, also üblicherweise das Los der Jüngeren und Fröhlicheren der Gemeinschaft, denn der Baron hielt es gewöhnlich für eine unverzeihliche Beleidigung, wenn jemand fröhlich war, während er selbst in einer seiner häufigen, ihn völlig lähmenden, nachtschwarzen Depressionen versank.

So kam es, daß Arner, der jüngste und keckste Gardist, den Befehl bekam, vierundzwanzig Stunden ohne Ablösung auf diesem wenig anziehenden Flecken Wache zu stehen; und es war kaum überraschend, daß der junge Mann seinen Posten verließ und in den Armen seiner Liebsten schlummerte, als sich zum erstenmal seit Menschengedenken jemand von Norden her, über die alte Wüstenstraße, Skelleth näherte.

So kam es, daß Garth ungehindert und ohne aufgehalten zu werden auf dem Rücken seines großen schwarzen Kriegstieres nach Skelleth einritt, vorbei am weiten Ring verlassener, zerstörter Häuser und Straßen zum bewohnten Bereich; die Morgensonne glitzerte auf seinem Stahlhelm; der karminrote Umhang lag lose um die Schultern. Sein Blick war starr geradeaus gerichtet, die Handvoll zerlumpter Dörfler übersehend, die erst gafften und dann rannten, als er in ihrer Mitte erschien.

Obwohl Garths nasenloses, ledrig-braunes Gesicht mit den glühenden roten Augen genug war, um unter Menschen Schrecken zu verbreiten, war es sehr gut möglich, daß einige der Dörfler ihn nicht einmal bemerkten, sondern schon beim ersten Anblick seines

Reittieres davonrannten, das sie für ein widernatürliches Ungeheuer aus der Wüste halten mochten. Es war an der Schulter fünf Fuß hoch und maß achtzehn Fuß von der Nase bis zum Schwanz, und die katzenhafte Gestalt mit dem glatten Fell war derart mit Muskeln bepackt, daß es das Gewicht des gepanzerten Reiters mühelos trug. Seine breiten weichen Tatzen verursachten kaum mehr Geräusche als die einer kleineren Katze, und der schlanke Schwanz peitschte hinter ihm wie der eines Panthers. Wie sein Herr schenkte auch das Kriegstier den erschreckten Dorfbewohnern keinen Blick aus den goldenen Schlitzaugen, und kein Zucken seines dichten Schnurrbarts war zu sehen, als es fließend und unbeeindruckt vorüberschritt, mit der überlegenen Anmut seiner katzenhaften Art, die dreieckigen Ohren flach auf den Kopf gelegt. Sein normaler Gang war so schnell wie die Schritte eines Mannes, und das unablässige Fließen des großen schwarzen Körpers, der sich in äußerstem Schweigen durch den eisigen Schlamm auf den Straßen schob, war in sich schon ebenso erschrekkend wie die drei Zoll langen Fänge, die in seinem Kiefer funkelten.

Als die Schreie und Rufe der flüchtenden Dörfler zunahmen, kam eine leichte Regung des Unmuts über Garths schmallippigen Mund, wenn sich auch sein Blick nicht veränderte; dieser lautstarke Empfang war nicht das, was er wollte. Er ließ seinen Umhang zurückgleiten und enthüllte den stahlgrauen Brustharnisch und das schwarze Kettenhemd darunter, löste die doppelschneidige Streitaxt von ihrem Platz auf dem Sattel und trug sie lose in der linken Hand. Seine rechte Hand hielt noch den Führgriff am Geschirr des Tiers, eine Führung, die bei einem so gut trainierten Kriegstier eher eine Formalität als eine Notwendigkeit war. Garth wußte, daß sein Reittier das beste war, das Kirpas Zucht hervorbringen konnte, das Resultat jahrtausendelanger, durch Zauberkraft unterstützter Kreuzzüchtung und sorgfältiger Auslese. Dennoch behielt er den Griff in der Hand, denn er zog es vor, keinem Wesen außer sich selbst zu trauen.

Als Garth sich dem Marktplatz im Zentrum der Stadt näherte, sah er sich von hundert neugierigen Augenpaaren angestarrt. Da er bisher keine Anstalten gemacht hatte, in irgendeiner Weise anzugreifen, hatten sich die Dörfler besonnen und säumten nun die Straße und beobachteten seinen Ritt; ihre anfänglichen Rufe waren einem ängstlichen Schweigen gewichen – er war bei weitem der eindrucksvollste Anblick, den es seit Jahrhunderten in Skelleth gegeben hatte. Sie begafften die Größe seines Reittieres, seine eigene sieben Fuß hohe Gestalt, die funkelnde Axt in seiner Hand, die trübglänzende Rüstung, die ihn schützte und zugleich den schwarzen Pelz verhüllte, der einer der größten Unterschiede zwischen seiner und der menschlichen Rasse war. Er konnte den Mangel an Gesichtshaaren, das Fehlen der Nase, die hohlen Wangen und die schmalen Lippen – was zusammen sein Gesicht ausmachte – nicht vor menschlichen Augen verbergen (alles in allem ähnelte er einem rotäugigen Totenschädel).

Garth war von Skelleth nicht sehr beeindruckt. Es konnte sich gewiß nicht mit den Sagen der Vorfahren messen, die es als mächtige Festung beschrieben, ewig auf Wacht und seine Rasse vom warmen üppigen Süden absperrend. Obwohl der Außenwall einst eine starke Befestigung gewesen war, ließen nun zerbröckelte Mauerteile genug Platz für ein Dutzend Soldaten, um nebeneinander einzudringen, falls sie bereit waren, über lockere Steine zu klettern. Er konnte sehen, warum der Wall nicht repariert wurde: Das Dorf, das von dieser ehemaligen Barriere geschützt wurde, war kaum der Mühe wert, sich dieser Anstrengung zu unterziehen. Von der Dummheit der Menge abgesehen, waren die halb aus Stämmen gebauten Häuser, soweit sie nicht streckenweise völlig verfallen waren, im Laufe der langen Jahre, nach Unwettern und wenig Fürsorge, kaum besser anzusehen als die ärmsten Teile seiner Heimatstadt Ordunin – eher noch schlimmer, um die Wahrheit zu sagen, und die Menschen, schmutzig, zerlumpt und von Flöhen gequält, waren noch schlechter dran. Doch andererseits waren sie schließlich nur Menschen.

Es gab ein Gemurmel unter den Dörflern, als etwas verspätet ein halbes Dutzend Bewaffnete mit gezückten Kurzschwertern auftauchte. Garth musterte sie mit leiser Belustigung, senkte endlich den Blick und brachte sein Reittier mit einem leise gesprochenen Wort zum Stehen.

Für den Nordländer erschien dieses armselige Sextett genauso harmlos wie eine gleichgroße Anzahl von Gänsen; er hatte gefürchtet, ihm könnte sich eine schwer gepanzerte Kavallerie entgegenstellen oder zumindest einige Hellebardenträger und keine Handvoll Bauern in rostigen Kettenhemden, die schlecht geschmiedete Schwerter trugen, halb so lang wie seine eigene breite Klinge, die an seiner Seite hing. Gewiß hatten doch seine Vorfahren gegen mächtigere Feinde als diese gekämpft? Natürlich war im Laufe der Jahre, seit die Übermänner sich in die Nordwüste zurückgezogen hatten, nicht nur der Wall verfallen. Dennoch, dies waren offenbar die Herrscher der Stadt oder deren Abgeordnete, und es war nötig, sie diplomatisch zu behandeln, wenn er ungehindert seinen Geschäften nachgehen wollte. Und da es die Pflicht des Gastes war, als erster das Wort zu ergreifen, sagte er: »Ich grüße Euch, Männer von Skelleth.«

Nach einigem Zögern antwortete der Hauptmann der Wache – Garth nahm zumindest an, daß es der Hauptmann war, denn sein Helm bestand aus Stahl und nicht aus Leder. »Ich grüße dich, Übermann.«

»Ich bin Garth von Ordunin. Ich komme in Frieden.«

»Warum ist dann deine Axt nicht in der Scheide?«

»Ich war nicht sicher, wie man mich empfinge.«

Abermals zögernd, sagte der Hauptmann: »Wir haben keinen Streit mit dir.«

Garth ließ die Axt in die Scheide gleiten. »Könntet Ihr mir dann den Weg zum *Gasthof des Königs* weisen?«

Der Mann beschrieb ihm den Weg und hielt inne, unsicher, wie es nun weitergehen sollte.

»Darf ich passieren?« fragte Garth höflich.

Der Hauptmann war sich der Tatsache bewußt, daß er – hätte sich das Kriegstier entschieden weiterzuschreiten – mit seinen Männern keine Chance hätte, es aufzuhalten, und so winkte er seine Gefolgsleute zur Seite, und Garth setzte seinen Weg zur heruntergekommenen Taverne fort, die schon länger, als sich irgend jemand erinnern konnte, als der *Gasthof des Königs* bekannt war (trotz des offensichtlichen Fehlens einer Verbindung zu irgendeinem bekannten Monarchen).

Als der Hauptmann der Wache die gewaltige Gestalt des Übermanns entschwinden sah, fiel ihm ein, daß er noch nicht seine ganze Pflicht erfüllt hatte; zwei Dinge blieben noch zu tun. »Tarl, Thoromor, wir müssen sofort den Baron verständigen«, sagte er. Den unglücklichen Ausdruck der beiden Auserwählten mißachtend, die ihn begleiten sollten, deutete er auf die anderen, nicht genannten, und fuhr fort: »Und ihr drei geht nachschauen, ob dieses Monstrum Arner getötet hat oder ob der junge Dummkopf seinen Posten verlassen hat, und erstattet mir anschließend Bericht.« Das Trio salutierte und marschierte davon, während der Hauptmann einen letzten Blick auf Garths Rücken warf und es sich einen Augenblick erlaubte, den Übermann um seine Rüstung und seine Waffen zu beneiden. Dann eilte er zum Haus des Barons. Die beiden, die er mit sich nahm, folgten widerstrebend, sprachen murmelnd über die unangenehme Aussicht, daß ihr Herr sich wieder in einer seiner häufigen depressiven Phasen befinden könnte.

Es war ein Zeichen für Skelleths Armut, daß der Baron sich keinen Palast und kein Schloß leisten konnte, sondern sich mit einem Haus zufriedengeben mußte, das eher aus Höflichkeit als Amtssitz bezeichnet wurde. Es lag am Rande des Marktplatzes und blockierte einige gewundene Straßen, die zwangsläufig in dem kurzen Querweg hinter dem Heim des Barons endeten. Früher, als die Regierung Skelleths nicht im Ort selbst beheimatet gewesen war, hatten diese Straßen geradewegs bis auf den Markt geführt, doch der erste Baron hatte hier sein Domizil aufgeschlagen und den Regierungssitz eingerichtet, ungeachtet aller praktischen Erwägungen und nur mit dem Blick auf die Wirkung einer ungebrochenen Vorderfront. So verlor die Gasse, die schon früher eine unbedeutende Nebenstraße gewesen war, noch mehr an Bedeutung, als die zu ihr führenden Straßen unterbrochen wurden, und versank in einem Ausmaß in Dreck und Trümmern, das im Königreich Eramma seinesgleichen suchte. Und genau in dieser Gasse lag der *Gasthof des Königs*.

Als er sein Reittier in den Stall neben der Schenke führte, zeigte Garths Gesicht, das keine Nase hatte, die er rümpfen konnte, angesichts dieser unhygienischen Umgebung kein Zeichen von Ekel; dennoch war er abgestoßen. Keine Gemeinschaft von Übermännern, sagte er sich, würde je eine solche Schweinerei erlauben. Er versuchte, die Umgebung nicht wahrzunehmen, und vergewisserte sich, daß es sein Kriegstier so bequem wie möglich hatte; er nahm die Streitaxt vom Sattel, damit sich das Tier nicht am Griff wundrieb, der auf der Flanke lag, und säuberte die Ohren des katzenhaften Tiers mit einer Drahtbürste, die eigens für diesen Zweck angefertigt war. Das Tier nahm diese Zuwendungen wie immer schweigend hin. Als er fertig war, lehnte der Übermann die Axt und sein Breitschwert an die Stallwand, denn keine der beiden Waffen war die passende Ausrüstung für den Besuch einer Schenke; seine einzige

Waffe war der einen Fuß lange Dolch in seinem Gürtel. Indem er sich umsah, bemerkte er den Stalljungen, der sich zitternd geweigert hatte, sich dem gewaltigen Vieh zu nähern, und ging zu ihm hinüber. Der erschreckte Junge zog den Kopf ein, blieb aber mutig stehen.

»Mein Kriegstier muß gefüttert werden. Sorg dafür, daß es Fleisch bekommt, rohes Fleisch, und so frisch wie möglich. Wenn es nicht gefüttert ist, bevor ich zurückkomme, werde ich es dich fressen lassen. Ist das klar?« Der Junge nickte, zu erschreckt, um zu sprechen. »Außerdem werde ich, wenn sich jemand an meinem Eigentum zu schaffen macht, den Verantwortlichen suchen und töten. Hier.« Er zog eine Handvoll Gold aus der Tasche an seinem Gürtel und gab es dem Jungen. Der riß die Augen auf und vergaß seine Angst, wenn er auch immer noch unfähig war zu sprechen. Garth erkannte, daß er vermutlich gerade ebensoviel Gold weggegeben hatte, wie das ganze Dorf insgesamt besaß, doch der Gedanke machte ihm keine Sorgen; er hatte genug, und wenn er sich großzügig zeigte, konnte er erwarten, gut bedient zu werden. Er ließ den Jungen stehen, der immer noch ungläubig den Reichtum in seinen Händen anstarrte, und verließ den Stall, um die Schenke aufzusuchen.

Als er in den Schankraum trat, blieb Garth einen Augenblick lang erstaunt stehen. Trotz des dungverkrusteten, verfallenen Äußeren war der *Gasthof des Königs* von innen sauber und ordentlich wie ein gutgeführtes Schiff. Der Boden bestand aus blankgescheuerter Eiche, von zahllosen Füßen zu samtiger Glätte abgeschabt und zu Hügeln und Tälern gestaltet, die zeigten, daß die Tische seit Generationen nicht umgestellt worden waren. Die mit dunklem Holz verkleideten Wände waren poliert, bis sie glänzten und spiegelten, die Fenster, deren Glas zwar vom Alter purpurn schimmerte, waren makellos sauber und intakt. Die Tische und Stühle waren stabile, gut gearbeitete Stücke der Schreinerskunst und, wie der Boden, zu einer schön anzusehenden Glätte abgenutzt. Der größte Teil einer Wand wurde von einer steingefaßten Feuerstelle eingenommen, in der eine freundliche Flamme tanzte. Ihr gegenüber standen die Fässer mit Bier und Wein, deren Messingbeschläge hell glänzend poliert waren. Die hintere Wand war teilweise von einer Treppe verdeckt, die ins obere Stockwerk führte, und zu beiden Seiten gingen mehrere Türen ab.

Obwohl es selbst für die Mittagsgäste zu früh am Tage war, saß ein halbes Dutzend Gäste im Raum herum; sie hatten fröhlich geschwatzt, doch jegliches Gespräch verstummte, als der Übermann eintrat. Alle Augen bis auf zwei wandten sich zur gepanzerten Ungeheuerlichkeit, die in der Tür stand und überrascht blinzelte. Die beiden Augen, die nicht auf ihm ruhten, gehörten zu einer Gestalt, die zwischen der Feuerstelle und der Treppe allein an einem kleinen Ecktisch saß; die Gestalt war vor Alter gebeugt, und von dem Gesicht war nichts als ein langer weißer Bart zu sehen, während der Rest des Gesichts und des Körpers unter einem zerlumpten gelben, mit einer Kapuze versehenen Umhang verschwand.

Als Garths Überraschung nachließ, musterte er diesen einsamen Gast und fragte sich einen Augenblick lang, warum er nicht aufschaute wie die anderen. Vielleicht war er taub und hatte das plötzliche Schweigen nicht bemerkt, oder blind, in welchem Fall er keinen Grund hatte, den Kopf zu heben. Beide Krankheiten, das wußte Garth, waren unter sehr alten Menschen weit verbreitet. Seine Gedanken kehrten zu seiner Suche zurück, und er erkannte, daß dieser Alte der einzige im Raum war, auf den die Beschreibung es Orakels paßte. Obwohl die anderen Gäste, anscheinend sämtlich Bauern, alles andere als gutgekleidet waren, ging doch keiner in Lumpen. Nur der alte Mann trug Gelb, die anderen waren überwiegend in Grau, Braun und mit einem helleren Grau gekleidet, das einmal weiß gewesen sein mußte. Garth löste sich mit einem inneren Ruck aus seiner Grübelei und durchquerte den Raum zu der düsteren Ecke, wo der alte Mann saß, und setzte sich ihm gegenüber an den Tisch.

Der Alte gab nicht zu erkennen, daß er den Neuankömmling bemerkt hatte.

Die anderen Gäste nahmen, nachdem sie den Übermann mit ihren Blicken zur Ecke verfolgt hatten, ihre Gespräche wieder auf. Garth war nicht sicher, ob seine empfindlichen Ohren den gemurmelten Satz ›Das hätte ich wissen sollen‹ an einem anderen Tisch aufgenommen hatten.

Nach einer Weile, der alte Mann war völlig reglos geblieben, brach Garth zögernd das Schweigen, indem er leise sagte: »Ich suche einen, den man den Vergessenen König nennt.«

»Wer bist du?« Die Worte waren kaum mehr als ein Flüstern, trocken wie Herbstlaub, schrecklich trocken und rauh, und doch klar und fest.

»Man nennt mich Garth von Ordunin.«

»Dein Titel?«

»Was?« fragte Garth verblüfft.

»Welchen Titel trägst du?«

»Erzähl mir erst von dem, den ich suche.«

»Ich bin derjenige; nun sag mir deinen Titel.«

Widerstrebend antwortete der Übermann: »Ich bin der Prinz von Ordnunin, ein Adliger der Übermänner der Nordwüste.«

Endlich bewegte sich der alte Mann, hob den Kopf, um Garth anzublicken. Der Übermann sah, daß sein Gesicht so trocken und runzlig war wie das einer Mumie, und die Augen lagen so tief in den Höhlen, daß sie im Schatten der dunkelgelben Kapuze unsichtbar blieben. Garth hatte einen Augenblick das unbehagliche Gefühl, daß es keine Augen gab, daß er in leere Höhlen blickte, doch er verwarf den Eindruck als Täuschung des Lichts.

»Was willst du von mir?«

»Man hat mir gesagt, o König, daß du mir eine Gunst gewähren kannst, die ich begehre.«

»Wer hat dir das gesagt?«

»Ein Orakel.«

»Welches Orakel?«

»Ein Orakel meinen eigenen Volkes. Du hast vermutlich noch nie von ihr gehört.«

»Sie muß allerdings von mir gehört haben.«

Wie gegen seinen Willen und beunruhigt ob der verdunkelten Augen, gab Garth zurück: »Sie und ihre Schwester werden die Weisen Frauen von Ordunin genannt.«

Es gab keine Antwort.

»Sie sagten, daß du allein gewähren kannst, worum ich bitte.«

»Ah. Und worum bittest du?«

»Ich bin des Lebens müde, wie es ist, wo allenthalben Verfall und Tod die Herrschaft haben. Ich bin es müde, im Kosmos bedeutungslos zu sein.«

»Dies ist fast allen beschieden, seien sie Mensch oder Übermann.« Die trockene, monotone Stimme klang unverändert, doch Garth glaubte einen Lichtfunken in den versteckten Augen zu sehen. Er war durch diesen Beweis, daß es doch Augen gab, beruhigt.

»Das will ich nicht. O König, ich kenne meinen Platz im Kosmos, ich weiß, daß ich nicht den Lauf der Sterne und nicht das Schicksal der Welt verändern kann, obgleich ich es möchte; das ist es nicht, worum ich bitte. Wenn ich nicht die Welt verändern kann, dann will ich wenigstens ihre Bewohner beeinflussen. Ich will, daß mein Name bekannt bleibt, solange sich auf der Erde oder im Meer noch Leben regt, und in der ganzen Welt gerühmt werden.«

Die Gestalt in Gelb regte sich. »Warum willst du das?«

»Aus Eitelkeit, o König.«

»Du nennst es Eitelkeit? Es gibt keinen anderen Grund?«

»Es ist kein anderer Grund möglich, dem ein solches Verlangen entspringt.«

»Denkst du nicht, daß dein Verlangen alle Vernunft übersteigt, selbst wenn es auf Eitelkeit beruht? Was nützt es dir, wenn man sich nach deinem Tod an dich erinnert?«

»Nichts. Aber während ich noch lebe, wüßte ich, daß man sich erinnern wird, und dieses Wissen wird mich trösten, wenn die Stunde meines Todes kommt.«

»So sei denn, Garth von Ordunin; was du wünschst, sei dir gewährt, wenn du mir in gewissen Dingen ohne Makel dienst. Auch ich habe ein unerfülltes Verlangen, dessen Verwirklichung gewisse Zaubermittel erfordert, die ich jetzt nicht besitze, und ich schwöre bei meinem Herzen und allen Göttern: Wenn ich mein Ziel mit deiner Hilfe erreichen werde, wird dein Name bekannt sein, solange es Leben auf der Erde gibt.«

Das Gesicht des alten Mannes war wieder in die Schatten zurückgeglitten, während er seine Rede hielt, doch Garth glaubte ein Lächeln zu erkennen, als er sagte: »Ich werde dir dienen, o König.«

»Wir werden sehen. Zunächst muß ich dir eine Art von Prüfung auferlegen, denn ich wage nicht, einen unfähigen Mann in gewissen Geschäften auszusenden. Außerdem muß ich sicher sein, daß ich nicht unnötig belästigt werde.«

Garth gab keine Antwort, als das Gesicht unter der Kapuze in seine nachdenkliche Position zurücksank, so daß nur noch der dünne weiße Bart zu sehen war. Es dauerte etwa zehn Minuten, bis die trockene Stimme wieder sprach.

»Du wirst mir das erste lebende Ding bringen, das du in den alten Grüften unter Mormoreth findest.«

»Mormoreth?«

»Eine Stadt weit im Osten. Doch die Einzelheiten

können warten. Bring mir Essen und Trinken.« Der alte Kopf hob sich abermals, und obwohl die Augen unsichtbar blieben wie zuvor, waren die rissigen Lippen zu einem schrecklichen Grinsen gekrümmt.

Kapitel 2

Es war fast zwei Tage später, als der Übermann wieder sein Kriegstier bestieg und zum Osttor ritt. Einen großen Teil der inzwischen verstrichenen Zeit hatte er damit verbracht, zu entscheiden, was er brauchen könnte, und sich zu vergewissern, daß er es hatte. Obwohl er, auf fast alle Situationen vorbereitet, aus Ordunin gekommen war, hatte er sich nicht darauf einstellen können, einen lebendigen Gefangenen irgendeiner Art über Ebenen und Gebirge zu transportieren. Er hatte keine Ahnung, was das erste Lebewesen sein konnte, auf das er in den Grüften treffen würde, und er mußte jede Möglichkeit bedenken, von einem Insekt bis zu einem Elefanten. Er konnte nur hoffen, daß er nicht ausgeschickt war, einen Drachen zu fangen, obwohl er sich sogar darauf so gut wie möglich vorbereitete, indem er eine Asbestplane und mehrere schwere Ketten mitnahm. Seine erste Idee war es gewesen, mehrere Käfige in verschiedenen Größen zu kaufen, doch er hatte rasch erkannt, wie unpraktisch das war, und sich auf einen einzigen Käfig beschränkt, ausreichend für eine große Katze oder einen kleinen Hund, der ein so feines Gitter besaß, daß er auch die meisten Insekten oder Spinnen halten würde. Sollte seine Beute größer sein, so hatte er mehrere Seile und Ketten von verschiedenem Gewicht und einen kleinen Ballen graues Tuch, das zum Binden und Knebeln benutzt werden konnte. Er war entschlossen, sich auf seine gewohnten drei Waffen – Axt, Schwert und Dolch – zu beschränken, statt sich und sein Reittier mit noch weiteren speziellen Geräten zu belasten; er konnte nur hoffen, daß er keinen Drachen fangen mußte.

Außer diesen zusätzlichen Vorbereitungen kümmerte

er sich natürlich um die gewohnten Dinge – er überprüfte seine Feldflasche und seinen Wasserbeutel und füllte sie nach, beschaffte sich Lebensmittel, die nicht verdarben, und vergewisserte sich, daß sowohl er als auch sein Reittier gut genährt und gesund waren.

Der Vergessene König beobachtete alle diese Vorbereitungen mit stiller Belustigung und weigerte sich, mit irgendeinem Ratschlag oder sonstwie zu helfen; vielmehr wiederholte er nur die ursprüngliche Herausforderung und die Wegbeschreibung nach Mormoreth, die insofern absurd waren, als ein alter Handelsweg von Skelleths Osttor fast in direkter Linie dorthin führte; der Reisende mußte nur wissen, welche Abzweigung er an jeder der drei Gabelungen nehmen mußte. Außerdem vertilgte er auf Garths Kosten Speisen und Wein, deren Menge für sein Alter und seinen dürren Körper erstaunlich war. Doch wie die Preise in Skelleth waren, tat dies dem Goldvorrat des Übermannes keinen großen Schaden an.

Während der Vorbereitungen zu Garths Reise gab es im Dorf einige Unruhe über einen Vorfall, der in Garths Augen in keiner Weise mit ihm selbst zu tun hatte: Ein Mann namens Arner wurde vom Baron zum Tod durch Enthauptung verurteilt; der Baron sei in einer noch übleren Stimmung als gewöhnlich im Frühling und benehme sich äußerst unberechenbar. Als Garth dies hörte, im Flüsterton von Dörflern verbreitet, die schwankten zwischen Aufregung angesichts der Aussicht auf eine öffentliche Hinrichtung und Zorn über die Härte der Entscheidung, tat er es als einen anderen Beweis der Unterschiede zwischen den Kulturen von Skelleth und Ordunin ab – ein Vorfall, der nur unter Menschen geschehen konnte. Unvertraut, wie er mit menschlichen Gefühlen war, bemerkte er nicht die vorwurfsvollen Blicke, die unweigerlich auf ihn geworfen wurden, wann immer das Thema zur Sprache kam. Er blieb bei der ganzen Sache ruhig und unbeteiligt und ritt durch die Straßen des Dorfes und zum Tor hinaus, ohne die haßerfüllten Blicke zu gewahren, mit denen er bedacht wurde – dies vor allem von den Gardisten des Barons, den Gefährten des verurteilten Mannes. Der Haß seiner eigenen Rasse trat nie im Gesichtsausdruck oder im Benehmen zutage, sondern nur in Worten und Taten, so daß er völlig unfähig war, diese menschliche Regung als das zu erkennen, was sie war. Selbst wenn er sie erkannt hätte, er hätte sich nicht darum gekümmert, denn er hielt von Menschen kaum mehr als von Hunden.

Seine Reise verlief zunächst ereignislos, ein friedlicher Ritt über eine stark benutzte Straße, auf der der Schnee von den Füßen der Bauern und Karawanen platt- und hartgetreten war und erst kleine Anzeichen der Schmelze zeigte, nach der er sich bald in eine schlammige Brühe verwandeln würde. Doch als er an der ersten Gabelung abbog, wurde der Weg viel schlimmer, denn die Straße nach Mormoreth war kein Handelsweg, und er hatte die entlegensten Weiler bereits hinter sich gelassen. Hier lag die Straße unter beinahe unberührtem Schnee begraben, und ihr Vorhandensein war nur anhand der relativ weiten Abstände zwischen den gebeugten Bäumen und der etwas häufigeren Spuren von Tieren und Menschen zu erkennen (wobei die menschlichen nicht selten von nackten Füßen stammten; die Eingeborenen mußten entweder sehr arm oder sehr barbarisch sein, dachte Garth) sowie an den unregelmäßig gesetzten Meilensteinen, die oft verschüttet waren, so daß sie nur an einem Hügel oder einer kleinen Verwehung auf der ebenen Schneedecke auszumachen waren.

Der Schnee verlangsamte den Schritt des Kriegstiers kaum; die felligen Tatzen und die langen Beine kamen mit jedem Wetter zurecht; doch die Schwierigkeit, über den Verlauf der Straße Sicherheit zu gewinnen, veranlaßte Garth, das Tier zu bremsen und immer wieder anzuhalten, um sich zu orientieren. Die Folge war, daß es eine volle Woche dauerte, bis er die Hügel überquert hatte und die Ebene von Derbarok erreichte, eine Entfernung, die er normalerweise in der halben Zeit zurückgelegt hätte. In dieser Woche hatte er zwei kurze Aufenthalte eingelegt, um seinem Kriegstier die Gelegenheit zu geben, sich Nahrung zu jagen. Auch wenn er es gern getan hätte, es wäre Garth unmöglich gewesen, genug Futter für das gewaltige Zuchttier mitzunehmen, weil es frisches Fleisch bevorzugte. Statt dessen ließ er das Tier jeden dritten Abend frei, nachdem er sein Lager aufgeschlagen hatte. Normalerweise wäre es am Morgen zurückgewesen, doch da es in der Gegend nicht viel Wild gab, war es beide Male bis zum nächsten Mittag ausgeblieben. Als er die offene Ebene betrat, sorgte sich der Übermann etwas, denn er wußte nichts über die Tiere, die es in dieser Gegend geben mochte. Obwohl das Kriegstier normalerweise willig gehorchte, konnte es Amok laufen, wenn es allzu hungrig war; dann wäre es sogar bereit gewesen, seinen Herrn zu verschlingen, und Garth wußte genau, wie gefährlich das Tier sein konnte. Selbst mit Axt und Breitschwert bewaffnet, hatte er ernste Zweifel, ob er mit einem hungrigen Kriegstier fertig würde.

Deshalb war er sehr erleichtert, als er in einiger Entfernung große weidende Tiere bemerkte. Sie verschwanden hinter dem Horizont, ehe er sich entschieden hatte, ob er sein Reittier freigeben sollte oder nicht, aber er wußte, daß sein Reittier fähig wäre, eine angemessene Beute zu schlagen. Nachdem diese Sorge von ihm genommen war, ritt er ruhig weiter und dachte über seine Aufgabe nach. Er fragte sich, was für eine Art von Lebewesen er finden würde, und er ging jede Möglichkeit durch, die er sich nur ausdenken konnte, um sich zu vergewissern, daß er bestmöglich ausgerüstet war. Um Futter für sein Kriegstier brauchte er sich im Augenblick nicht zu kümmern, denn es hatte erst vor zwei Tagen zum letztenmal gefressen, und die normale

Zeitspanne zwischen zwei Fütterungen betrug zweiundsiebzig Stunden.

Nachdem er entschieden hatte, daß er tatsächlich zu seiner Zufriedenheit vorbereitet war, dachte Garth über den Zweck seiner Mission nach. Die wahrscheinlichsten Opfer seiner Suche würden Schlangen, Ratten oder Spinnen sein, und er sah keinen Sinn darin, derartiges Ungeziefer zu fangen. Der Vergessene König hatte diesen Auftrag als Prüfung bezeichnet, also mußte er mit Schwierigkeiten rechnen. Vielleicht mochte seine Beute doch nicht einfach Ungeziefer sein. Aber wie konnte der alte Mann sicher sein, daß das erste Lebewesen, das Garth fände, auch tatsächlich die gewünschte Beute war? Es schien äußerst unwahrscheinlich, daß er selbst vor kurzem noch in Mormoreth gewesen war ...

Seine Gedanken wurden durch ein lautes Knurren seines Reittiers unterbrochen. Es hatte die Katzenohren zurückgelegt, als bereitete es sich auf einen Kampf vor. Offenbar hatte irgend etwas das große schwarze Tier aufgeschreckt. Er sah es fragend an, doch es gab ihm keinen Hinweis, aus welcher Richtung die Gefahr drohte. Statt dessen blieb es wie angewurzelt stehen, blähte die Nüstern auf und senkte den Kopf, als machte es sich bereit, einem Angriff zu begegnen, oder als wollte es selbst losspringen; doch der Kopf pendelte leicht hin und her. Das Tier war offenbar ebenso unsicher wie sein Herr, aus welcher Richtung die Bedrohung kam, und Garth fand, daß es ungewöhnlich besorgt wirkte.

Er zog sein Breitschwert und hielt es bereit; seine eigenen Sinne hatten bisher noch kein Zeichen von Gefahr ausgemacht, doch er traute den schärferen Sinnen seines Reittiers. Es hatte ihn schon mehr als einmal gerettet.

Sein Blick streifte über die Ebene, eine weite Fläche aus getrocknetem Schlamm; auf dieser Seite der Hügel war der Winterschnee bereits geschmolzen. Die Ebene schien bis zum Horizont weit voraus und zu beiden Seiten völlig leer, und hinter ihm lag nur der ungefährliche nackte Höhenzug. Er konnte keine Gefahr erkennen. Dicht vor ihm waren keine Schlangen, keine Fallgruben, die das Verhalten des Kriegstiers hätten erklären können. Zutiefst beunruhigt saß er vielleicht eine Minute unbeweglich auf seinem reglosen Kriegstier. Als sich keine Bedrohung zeigte, drängte er, das Schwert in der Hand, das Tier vorsichtig weiter.

Das Tier machte einen einzigen Schritt, dann erstarrte es wieder. Garth wunderte sich nicht. Er selbst blieb einige Sekunden, die ihm wie langsam lange verstreichende Minuten erschienen, reglos sitzen, während er zu akzeptieren versuchte, was seine Sinne ihm übermittelten.

Er starrte ins Gesicht eines fellgekleideten Menschen, der kaum fünfzehn Fuß entfernt war.

Das Gesicht hatte sich nicht genähert, noch war es von der Seite herangeschlichen oder von oben herabgestoßen oder aus dem Boden aufgestiegen; es war einfach erschienen!

Zu dem Gesicht gehörte ein schlanker Körper, der mit grauen Fellen verhüllt war, und der Mensch saß auf einem Tier, das Garths Reittier völlig unähnlich war – ein braunes Vieh mit einer langen schmalen Schnauze, einem großen runden Auge auf jeder Seite des Kopfes, dessen Braun eine Schattierung dunkler war als das übrige Fell, und mit einem Kamm aus langem schwarzen Haar, der zwischen den Ohren begann und den ganzen Nacken hinunterlief.

Garth nahm dies augenblicklich und ohne bewußte Reaktion in sich auf; das Bild der bizarren Kreatur und des barbarischen Reiters brannte sich in sein Bewußtsein ein und schloß für den Augenblick alles andere aus.

Der Reiter hatte eine von Sonne und Wind gegerbte Haut, doch er war immer noch bleicher als der Übermann. Das schulterlange schwarze Haar war schmutzig und verfilzt. Die Gesichtszüge waren zu einem Ausdruck verzerrt, der seinem nichtmenschlichen Beobachter nichts verriet; den rechten Arm hatte er über den Kopf gehoben, und er hielt ein langes, gekrümmtes, trübgraues Schwert bereit, das er nun nach unten und zur Seite zog; eine Bewegung, die die Klinge über die Augen von Garths Kriegstier ziehen würde, wenn sie gleichzeitig mit einem Vorpreschen seines Reittiers ausgeführt würde.

Dies alles geschah für den erstaunt erstarrten Übermann wie in Zeitlupe. Dann nahm die Zeit wieder ihre normale Geschwindigkeit an, und er brachte seine eigene Klinge hoch, um die Attacke zu parieren.

Erst nach dem Klirren von Stahl auf Stahl hörte er das Kriegstier wütend grollen, spürte, wie es sich unter ihm bewegte, als es den Kopf zur Seite nahm, und er glitt schon aus dem Sattel, ehe er erkannte, daß der Angreifer nicht allein war; zumindest ein Dutzend der seltsamen Tiere und ihrer barbarischen Reiter näherte sich ihm aus einem Dutzend verschiedener Richtungen.

Die Kombination von äußerster Verständnislosigkeit, dem plötzlichen Ausbrechen seines Kriegstiers und seinem eigenen Ausrutscher, als er den ersten Angriff parierte, hatte etwas zur Folge, für das es normalerweise mehrere Männer gebraucht hätte: Garth verlor das Gleichgewicht. Statt darum zu kämpfen, es wiederzuerlangen, womit er wertvolle Sekunden verschwendet hätte, schwang er die Beine ganz aus dem Sattel und glitt auf den Boden, wo er neben seinem Reittier stehenblieb. Gleichzeitig hatte er damit seinen Rücken gedeckt, denn der wuchtige fellige Körper des Tiers in seinem Rücken war beinahe ebenso undurchdringlich wie eine Steinmauer.

Zum Glück für den Übermann waren seine Gegner schlecht organisiert, griffen ohne Ordnung oder Plan an. Als er auf den Boden sprang, sah er, daß der Gegner vor ihm reglos stehenblieb, während sich die anderen außer Reichweite hielten. Um die Gelegenheit nicht zu versäumen, stieß er sofort mit aller Kraft, die er bei voller Auslage aufbieten konnte, das Schwert nach vorn, um einen berittenen Krieger zu treffen; es reichte. Die Spitze seiner Klinge fuhr durch die Felljacke des Mannes, durch das rostige Kettenhemd darunter und in seine Brust. Er stieß ein keuchendes Stöhnen aus und riß die Augen auf. Garth vermutete, daß er eine Lunge durchstochen hatte. Mit grimmig verzerrtem Gesicht zog der Übermann seine Klinge zurück, und aus der Wunde und dem aufklaffenden Mund des Mannes schossen Blutfontänen. Der Barbar stürzte nach vorn und links, taumelte, mit Blut besudelt, von seinem Reittier, das ängstlich und mit rollenden Augen scheute.

Als der Mann starb, hörte Garth zwei Schreie, einen menschlichen und einen schrecklich unmenschlichen; das Kriegstier verteidigte sich selbst. Als der Schrei erstarb, war sein leises Knurren zu hören, doch Garth wagte nicht nachzuschauen, was geschah; er wurde wieder angegriffen, diesmal von einem brüllenden Irren, der ihn säbelschwingend anging. Garth duckte sich und stieß mit der Klinge nach dem Reittier des Mannes. Der Säbel pfiff über seinen Kopf. Sein eigenes Schwert riß den Bauch des Tiers auf, und es wurde ihm vom Schwung des Tiers fast aus der Hand gerissen. Das Ding kreischte gräßlich auf, dann stürzte es und warf seinen Reiter zur Seite; Garth konnte nicht weiter auf ihn achten, denn zwei weitere berittene Krieger näherten sich, vorsichtiger als der andere.

Die beiden waren die ersten Angreifer, die wirklich zusammenarbeiteten; sie näherten sich aus unterschiedlichen Richtungen, schwangen gleichzeitig ihre Klingen und zielten eher auf den Körper als auf den Kopf. Der Übermann parierte einen Schlag, während er versuchte, unter dem zweiten wegzutauchen, doch es gelang ihm nicht ganz. Sein Brustpanzer nahm den Schlag auf, unter dem er sich wegducken wollte, und das Schwert kratzte und quetschte seinen Körper, während sich bei der Parade sein eigenes Schwert, aus dem eine Kerbe geschlagen wurde, mit der anderen Klinge verfing, so daß er drei kostbare Sekunden brauchte, um seine Waffe zu befreien.

Auf diese Weise behindert, war Garth unfähig, sich gegen einen zweiten Schlag seines anderen Gegners zu verteidigen. Als er die Klinge heransausen sah, versuchte er sich wieder zu ducken. Er hatte Glück; die Klinge verfing sich in seinem Umhang und streifte leicht über seine Schulter. Garth nahm ungeschickt die linke Hand vom Schwertgriff und zog seinen Dolch. Indem er mit dem Breitschwert in der Rechten so gut wie möglich seine Verteidigung hielt, wandte er seine Aufmerksamkeit nach links und hackte mit dem Dolch nach der Hand, die das blockierte Schwert hielt. Der Mann gab die Waffe frei, als sein Handgelenk böse zugerichtet war, und Garth wandte seine Aufmerksamkeit wieder nach rechts.

Während des Waffengangs konnte Garth spüren, wie sich das Kriegstier hinter ihm bewegte, und ein beständiges Knurren, Kreischen und Rufen füllte seine Ohren. Zorn übermannte ihn, und statt sich weiter zu verteidigen und vorsichtig zu kämpfen, wie er es bis zu diesem Augenblick getan hatte, ging er in die Offensive. Sich auf seine weit überlegene Kraft und Reichweite verlassend, stürmte er, die Klinge schwingend, vor.

Von diesem Punkt an geschahen die Dinge so schnell, daß Garth sie nicht mehr bewußt verfolgen konnte. Er hackte mindestens zwei weitere Krieger nieder, einen berittenen und einen zu Fuß; mindestens ein Schwert brach unter der Wucht seiner Schläge; Blut spritzte über seinen Umhang und über seine Rüstung, ein Teil von ihm, doch das meiste von Menschen.

Dann war der Kampf plötzlich vorbei. Ein Schrei ertönte, der zum Rückzug rief, und Garth war unvermittelt allein, stand zehn Fuß von seinem Reittier entfernt, rundherum tote und sterbende Menschen. Sein Zorn schwand jäh und wich einem Widerwillen; unnötiges Blutvergießen gefiel ihm nicht, und dieses grausige Massaker schien völlig unnötig.

Er sah sich angewidert um, die Handvoll Überlebender mißachtend, die nach Südosten flohen. Neun Männer lagen reglos um ihn herum sowie drei ihrer seltsamen Tiere. Drei Männer waren offenbar tot; das Kriegstier hatte ihnen die Kehle herausgerissen. Zwei der Tiere sahen ähnlich aus. Das dritte gefallene Tier war das, das Garth mit seinem Schwert aufgeschlitzt hatte. Der Übermann war nicht sicher, ob in ihm noch eine Spur Leben war oder nicht. Da er aber nichts für das Wesen tun konnte, falls es noch lebte, gab er ihm mit dem Schwert einen raschen Gnadenstoß.

Bei den sechs mehr oder weniger intakten Männern zeigte eine Untersuchung, daß drei durch Schwertwunden gestorben waren, einer hatte sich den Hals gebrochen, als er von seinem Reittier geschleudert worden war, einer hatte einen Schnitt am Handgelenk und eine klaffende Wunde auf der Brust und war vom Blutverlust bewußtlos, während der letzte, dessen Beine unter seinem gefallenen Reittier gefangen waren, noch lebte und sich zu befreien versuchte.

Seine Bewegungen wurden hektischer, als Garth sich ihm näherte; dann ließen sie nach, als er erkannte, daß er sich nicht selbst befreien konnte. Der Übermann blickte ihn an, und entschied, daß der Mann warten konnte, nachdem er keine offensichtlichen Wunden entdeckte. Er ignorierte das verängstigte Zerren des Barbaren und bedeutete seinem Kriegstier, den gefangenen Mann zu bewachen. Das Tier trabte auf leisen Pfoten hinüber und blieb reglos stehen, die schrecklichen blutgetränkten Lefzen direkt über dem Gesicht des Mannes, während halbgeronnenes Blut neben seinem Ohr in den Schlamm tropfte.

Dann wandte Garth seine Aufmerksamkeit dem bewußtlosen Krieger zu; er riß Rüstung und Kleidung des

Mannes herunter und benutzte die Tuchstreifen, um mit improvisierten Verbänden die Wunden des Mannes zu versorgen. Er sah mit Unbehagen, wie sich der dunkelweiße Stoff binnen Sekunden hellrot verfärbte; die Schnitte waren tiefer, als sie ausgesehen hatten. Er ließ den Mann einen Augenblick lang liegen und holte seine eigene Medizin aus dem Packen auf dem Rücken des Reittiers.

Der gefangene Barbar fragte zögernd: »Was tust du?«

Garth machte sich nicht die Mühe, ihm zu antworten, sondern kehrte zu seinem Patienten zurück und entfernte vorsichtig die blutigen Bandagen. Er säuberte die Wunden, so gut er konnte, legte an Heilkräutern und Salben auf, was er entbehren zu können glaubte, und verband die Verletzungen abermals mit frischen Tüchern. Als er zufrieden war und glaubte, daß er alles getan hatte, was in seinen Kräften stand, legte er den Krieger so bequem wie möglich auf seinen eigenen Fellen hin, bedeckte ihn mit den Fellen eines seiner toten Gefährten und legte ein Schwert neben die rechte Hand des Mannes, damit er sich gegen Fleischfresser wehren konnte, die ihn womöglich weckten.

Danach kümmerte er sich um seine eigenen Wunden; keine war ernst, aber es waren viele. Er hatte zweifellos mindestens genausoviel Blut verloren wie der bewußtlose Mensch, den er gerade behandelt hatte. Als ihm dies klar wurde, bemerkte er auch, daß er sehr schwach war und daß sein ganzer Körper von Schmerzen geschüttelt wurde. Dennoch zwang er sich, seine Wunden vollständig zu verbinden, um sich zuletzt dem Gefangenen zuzuwenden, der noch bei Bewußtsein war.

Neben dem Kriegstier stehend, blickte er zum gefangenen Barbaren hinab und fragte: »Hast du Schmerzen?«

»Mein Bein tut weh.«

»Das blockierte?«

»Ja.«

Der Übermann gab dem Kriegstier ein gemurmeltes Kommando. Es knurrte leise, beugte den Kopf und packte den zerstörten Hals des toten Tiers mit den Zähnen, um die vordere Hälfte des Wesens vom Boden zu heben – so leicht, als wäre es nicht schwerer als ein Mundvoll Heu. Der Barbar zog rasch sein Bein heraus, und das Kriegstier biß durch, so daß der Körper des Tiers schwer zu einer Seite krachte, während der Kopf zur anderen fiel. Garth beobachtete, wie ein seltsamer Ausdruck im Gesicht seines Gefangenen entstand. Er war mit Menschen zu wenig vertraut, um zu erkennen, daß der Mann Mühe hatte, sich nicht zu übergeben. Der Barbar wandte den Kopf von den grausigen Überresten seines Reittiers ab, vom Anblick des Kriegstiers, das zufrieden kaute, und fragte seinen Bezwinger: »Was wirst du mit mir tun?«

»Tut dein Bein noch weh?«

»Ja.« Der Mann machte einen halbherzigen Versuch, auf die Beine zu kommen, doch er kippte zurück. Der Übermann bückte sich und betastete das verletzte Bein.

»Es ist gebrochen; bleib still liegen.«

Der Übermann brauchte eine Weile, um einen brauchbaren Stock zu finden; schließlich brach er von einer Axt, die er unter den verstreuten Überbleibseln der Schlacht fand, den Stiel ab und band ihn mit Lederstreifen, die aus dem zerstörten Geschirr des Reittiers stammten, auf das Bein. Während Garth die Schiene überprüfte, sagte der Mann: »Ich bin Elmil von Derbarok.«

»Ich bin Garth von Ordunin.«

»Was wirst du mit mir anfangen?«

»Das habe ich noch nicht entschieden.«

»Was ist mit ...«

»Warte!« Garth wollte keine Fragen beantworten; er hatte seine selbstauferlegte Arbeit, nach der Schlacht aufzuräumen, noch nicht erledigt. Indem er Elmil vorübergehend ignorierte, entkleidete er systematisch die sieben toten Krieger und ließ sie nackt auf dem vereisten Schlamm liegen; dann durchsuchte er ihre Besitztümer und nahm alles, was er für nützlich oder wertvoll hielt, zu seinen eigenen Sachen. Den Rest stapelte er neben dem bewußtlosen Mann auf, den er vorher verbunden hatte. Elmil beobachtete sein Tun mit verwirrtem Schweigen. Dann fragte er: »Warum läßt du sie nackt liegen?«

»So sind sie eine leichtere Beute für Fleischfresser, und dein noch lebender Gefährte hat mehr Zeit, sich zu erholen.«

Elmil antwortete nicht.

»Sind die Menschen von Derbarok ehrlich?«

Elmil staunte. »Wir sind Banditen und Diebe, die mit magischen Tricks arbeiten. Wie kannst du so etwas fragen?«

»Man sagt, daß es auch unter Dieben einen Ehrbegriff gibt. Ich wollte wissen, ob ich deinem Ehrenwort trauen kann oder ob ich dich besser fesseln soll, während ich schlafe.«

»Mein Ehrenwort?«

»Dein Ehrenwort, daß du nicht fliehen und auch nicht versuchen wirst, mich oder mein Kriegstier anzugreifen.«

»Aber du kannst nicht wissen, ob du meinem Wort trauen kannst, egal was ich sage.«

»Das ist wahr. Aber wenn du es brichst, wirst du sterben. Wenn du fliehst, werde ich dich verfolgen. Wenn du mich verletzt, wird mein Kriegstier dich verfolgen.«

»Warum fragst du dann?«

»Ich will dein Wort, daß du nicht zu fliehen versuchst, denn du weißt nun, welche Konsequenzen das hätte.«

»Das verstehe ich nicht.«

»Es ist nicht nötig, daß du es verstehst; entweder du gibst mir dein Ehrenwort, daß du nicht fliehst oder mich zu verletzen versuchst, oder ich werde dich fesseln.« Der leicht gereizte Tonfall des Übermannes kam bei dem Barbaren nicht an, aber andere Möglichkeiten hatte er nicht.

»Ich kann mit meinem gebrochenen Bein ohnehin nicht fliehen. Ich gebe dir mein Wort.«

»Sehr gut. Dann wollen wir ruhen.« Es war erst kurz vor Sonnenuntergang, doch der Blutverlust hatte den Übermann ermüdet. Während er die Vorbereitungen für die Nachtruhe traf – für sich selbst seine Bettrolle und für Elmil, ein paar Schritte entfernt, einige Felle, die früher seinen Kameraden gehört hatten –, knurrte das Kriegstier hungrig. Garth rief es an, und es begann zufrieden zu verspeisen, was von Elmils Kriegstier übrig war.

Dabei fiel Garth eine Frage ein. »Wie nennt ihr diese Tiere?«

»Meinst du die Pferde?«

»Pferde?« Garth hatte das Wort schon einmal gehört; für die Bewohner der Nordwüste waren Pferde jedoch nicht mehr als eine unbestimmte Legende. Sie waren für das Klima nicht geeignet und schon lange in den Nordländern ausgestorben, doch anscheinend existierten sie weiter im Süden noch.

Elmil hielt inne, dann stellte er selbst eine Frage. »Wie ist der Name deines Tiers?«

»Der Name?«

»Wie rufst du es?«

»Gar nicht. Es ist mein Tier. Es braucht keinen Namen.«

Elmil schwieg wieder für eine Weile und dachte nach, dann sagte er: »Ich werde ihn Koros nennen, nach dem Kriegsgott von Arkhein.«

Garth bemerkte abwesend: »Es ist ein Neutrum, kein Männchen.« Er dachte einen Augenblick darüber nach, dann fuhr er fort: »Aber es ist ein guter Name. Hörst du, Tier? Dein Name ist Koros.« Das Tier knurrte zur Antwort, als Garth sich herumrollte, um zu schlafen.

Kapitel 3

Garth erwachte beim ersten Morgengrauen und war erleichtert, als er Elmil in der Nähe schlafen sah. Wäre der Mann während der Nacht geflohen, hätte sich Garths Reise nach Mormoreth möglicherweise bis zu einer Woche verzögert, wenn er den Mann verfolgt und getötet hätte.

Obwohl es noch nicht hell genug war, um aufzubrechen, begann der Übermann, zusammenzupacken und sein Reittier zu beladen. Es gab nicht viel zu tun, und er war in weniger als zehn Minuten fertig. Die Geräusche, die er machte, weckten Elmil jedoch auf, und der Bandit half ihm nach Kräften, die Felle, in denen er geschlafen hatte, über den gewaltigen Packen auf dem Rücken des Kriegstiers zu zurren. Garth bemerkte, daß der Mann dabei immer wieder zum gewaltigen Kopf des Tiers und den spärlichen Überresten seines Pferdes blickte. Als alles aufgeladen war, sagte Garth: »Du hast wohl noch nie ein Kriegstier gesehen.«

»Nein.«

»Und auch keinen Übermann?«

»Nein; ich hab Geschichten von Übermännern gehört, doch noch nie von solch einem Tier.«

»Sie werden von meinem Volk im Tal von Kirpa gezüchtet. Die ersten waren eine Mischung aus Panther, Hund und Esel, und sie wurden zum erstenmal in den Rassenkriegen vor dreihundert Jahren eingesetzt.«

Elmil musterte das Tier. Es war nicht zu übersehen, daß es von einer großen Katze abstammte, und die unproportional langen Beine mochten eine Erbschaft von seinen Eselsvorfahren sein, doch er konnte keine Spur eines Hundes entdecken. Der gewaltige schlanke schwarze Körper erinnerte nicht im mindesten an die zottigen wilden Hunde, die er kannte. Doch andererseits sollten auch die Übermänner vom Menschen abstammen, und der sieben Fuß große Schrecken, gegen den er am vergangenen Tag gekämpft hatte, schien in keiner Weise menschlich.

Sein Gedankengang wurde durch die Stimme des Übermannes unterbrochen. »Wie konnte deine Bande gestern so unvermittelt auftauchen?«

»Durch Magie; wir näherten uns unsichtbar.«

»Wie wurde diese Magie bewirkt?«

»Khand, unser Häuptling, hatte einen Talisman, den er das Juwel der Blindheit nannte. Ich weiß nicht, wie es funktionierte, aber es machte uns unsichtbar, unhörbar und unberührbar, wenn wir es berührten.«

»Wo hatte dein Häuptling es her? Es braucht einen sehr mächtigen Zauberer, um so ein Ding zu erschaffen, und ein solcher Zauberer wird gewiß keine Räuberbande anführen.«

»Er hat ihn von Shang bekommen.«

»Shang?«

»Hast du noch nie von ihm gehört?« Elmil war baß erstaunt.

»Du hast auch noch nie etwas von Kriegstieren gehört«, erinnerte Garth ihn.

»Er ist der mächtigste Zauberer in Orûn. Er kam aus dem fernen Süden und übernahm Mormoreth. Alle in Orûn fürchten ihn.«

»Warum hat er Khand diesen Talisman geschenkt?«

»Wir haben ein Abkommen mit ihm; im Austausch für den Talisman willigten wir ein, uns aus dem Tal herauszuhalten, in dem Mormoreth liegt, und jeden zu erschlagen, der versucht, sich ihm zu nähern.«

»Dann besitzt Khand den Talisman noch.«

»Was?« Wieder war Elmils Erstaunen nicht zu übersehen. »Khand liegt tot, wo du ihn erschlagen hast.«

Garth sah in die Richtung, in die der Bandit deutete; die Leiche, auf die er zeigte, war einer der Männer, die

Koros getötet hatte. Ohne weiteren Kommentar schritt der Übermann zu dem bewußtlosen Barbaren, den er am vergangenen Tag verbunden hatte, und nahm einen der Pelze fort, in die er ihn gewickelt hatte; dabei bemerkte Garth, daß der Mann während der Nacht gestorben war.

Der Pelz, den er aufgehoben hatte, war eine blutbefleckte Weste, die er zuvor, wie sich der Übermann erinnerte, von Khands Körper genommen hatte. Nach raschem Suchen fand er eine verborgene Innentasche, in welcher ein harter Gegenstand, etwa in der Größe einer Walnuß, versteckt war. Garth öffnete die Tasche und lugte hinein. Es war ein reinweißer Edelstein, der im trüben Morgenlicht glitzerte. Ohne Kommentar ließ er den Stein vorsichtig in seine eigene Manteltasche fallen, ohne ihn zu berühren, und warf die Weste fort. Dann, indem er sich wieder an Elmil wandte, der neben dem Kriegstier wie ein Zwerg erschien, verkündete er: »Wir brechen auf.«

»Wohin?«

»Nach Mormoreth.« Er grinste, als Elmil protestieren wollte. »Ich habe die Absicht, Shang seinen Klunker zurückzugeben.«

Der Bandit hatte Besseres zu tun, als weitere Einwände zu erheben, und ließ sich von dem Übermann hochheben und auf Koros' breiten Rücken setzen wie ein Kind auf ein Pony, wobei das gebrochene Bein schief herabhing. Garth selbst ging zu Fuß, denn er wollte das Tier nicht überlasten. So marschierten sie über den schlammigen Pfad, der übertriebenerweise als Straße bezeichnet wurde.

Etwa eine Viertelstunde verging, ehe wieder gesprochen wurde. Garth fragte: »Lebt Shang in den Grüften?«

Elmil fragte verblüfft: »Welche Grüfte?«

»Du sagtest, Shang lebt in Mormoreth. Lebt er in den Grüften unter der Stadt?«

»Shang wohnt im Palast. Von Grüften weiß ich nichts.«

Diese Antwort erleichterte Garth und machte ihm zugleich Sorgen. Er hatte nicht mit der Möglichkeit gerechnet, einen mächtigen Zauberer gefangenzunehmen, und er war erleichtert, daß er es anscheinend auch nicht tun mußte; doch er war angesichts von Elmils Unwissenheit über die Grüfte besorgt. Ihm kam in den Sinn, daß er möglicherweise die ganze Stadt absuchen mußte, um einen Eingang zu finden, eine Aussicht, die ihm, da Shang im Palast lebte, nicht besonders zusagte.

Sie wanderten schweigend weiter, und der Tag verstrich ohne besondere Ereignisse. Obwohl Garth zu Fuß ging, brachten sie ein gutes Stück hinter sich, denn hier auf der offenen Ebene konnten sie den Weg nicht verfehlen. Außerdem war Elmil gut mit dem Terrain vertraut, hatte er doch den größten Teil seines Lebens damit verbracht, mit seinen Diebskameraden darin herumzureiten.

Kurz vor Sonnenuntergang bemerkte Garth, daß einige Spuren von Hufen auf der Straße zusammenliefen und in dieselbe Richtung weiterführten, in die er mit seinem Gefangenen wanderte. Sein Verdacht erhärtete sich, als Elmil bemerkte: »Die Spuren stammen von meinen Kameraden; ich erkenne den Abdruck von Dansins Pferd, dessen Hufeisen verbogen ist.«

Garth antwortete einige Minuten nicht. Dann fragte er: »Führt diese Straße zu deinem Heim?«

»Nein; unser Dorf liegt ein gutes Stück im Süden, an der alten Straße nach Kholis. Dieser Weg führt nur zum Annamar-Paß.«

»Warum hat deine Bande dann diesen Weg genommen?«

Elmil machte ein besorgtes Gesicht, doch Garth erkannte nicht, was die Veränderung des Gesichtsausdrucks zu bedeuten hatte. Er erwiderte: »Das weiß ich nicht. Der Paß führt durch die Hügel nach Orûn hinunter, durch das Tal von Mormoreth, und wir haben geschworen, es nicht zu betreten. Vielleicht werden sie abbiegen und eins der Verstecke mit Vorräten aufsuchen, die wir überall längs der Straße angelegt haben.«

»Kennst du ein solches Versteck zwischen dieser Stelle hier und dem Paß, den du erwähnt hast?«

Der besorgte Ausdruck verstärkte sich. »Nein.«

Der Übermann ging nicht weiter darauf ein. Schweigend wanderten die drei, Mann, Tier und Übermann, in die dichter werdende Dunkelheit hinein.

Sie kampierten spät am Abend und standen früh auf, waren bereits unterwegs, als die Dämmerung noch ein schwaches Glimmen im Osten war. Elmil wunderte sich darüber, verkniff es sich aber zu fragen. Er hatte inzwischen erkannt, daß Garth nicht gern mit ihm sprach, doch er hatte keine Ahnung, warum es so war. Er schrieb es seinem Status als Gefangener zu.

Garth fragte sich unterdessen, ob es sich wirklich lohnte, diesen bösen kleinen Dieb bei sich zu behalten. Er konnte ohne ihn viel schneller vorwärtskommen; außerdem hatte der Mensch einen unangenehmen Geruch, und seine Erscheinung war kaum zu ertragen. Der Übermann fragte sich, wozu eine Nase gut war und wie die Menschen durch so blasse kleine Augen sehen konnten. Er hatte nie viel mit Menschen zu tun gehabt, und er fand keinen besonderen Genuß darin. Sein kurzer Aufenthalt in Skelleth hatte bei ihm eine sehr schlechte Meinung über die Menschheit hinterlassen, und der Barbar neben ihm tat wenig, sie zu heben. Allerdings hatte er den Mann verwundet und von seinem Volk getrennt, was ihn verpflichtete, sich um sein Wohlergehen zu kümmern, mindestens bis sein gebrochenes Bein verheilt war; und der Mann konnte viele wertvolle Informationen über die Gegend liefern und war außerdem eine mögliche Geisel, falls seine Stammesmitglieder abermals angreifen sollten. Dieser letzte Punkt schien wichtig, denn es sah wirklich so aus, als versuchten die Banditen, einen Hinterhalt zu legen; vielleicht im Annamar-Paß. Warum sonst sollten sie diese Straße nehmen? Er dachte daran, seine Route zu ändern, um einem möglichen Hinterhalt auszuweichen, doch er entschied sich dagegen; er hatte keine Lust, sich in dem fremden Land zu verlaufen, und er bezweifelte, daß Elmil ihm als Führer nützen konnte, sobald sie die Ebene verließen. Eine andere Möglichkeit war die zu versuchen, den Talisman einzusetzen, den er Khands Leiche weggenommen hatte und den Elmil das Juwel der Blindheit genannt hatte; doch auch das gefiel ihm nicht sehr. Garth mißtraute aller Magie, wie er allem mißtraute, das er nicht verstand, und er wollte nicht die möglichen Konsequenzen riskieren, die sich aus dem Mißbrauch eines so mächtigen Zauberwerkzeugs ergeben mochten – jedenfalls nicht, wenn es nur um den Hinterhalt einer kleinen Bande rachelüsterner Banditen ging, die er schon einmal besiegt hatte.

Am Ende entschloß er sich einfach, wie geplant weiterzumarschieren und sich ständig nach guten Orten für einen Hinterhalt oder Scharfschützen umzusehen. Letzteres schien allerdings unwahrscheinlich, denn er hatte unter den Waffen der Banditen keine Bögen oder andere weitreichende Waffen gesehen; er hatte unter den Besitztümern der Leichen, die er entkleidet hatte, nicht einmal eine einfache Schleuder gefunden, doch es konnte nicht schaden, alle Möglichkeiten zu berücksichtigen.

Zum Beispiel war ihm nicht entgangen, daß die Banditen möglicherweise Verstärkung holten, vielleicht sogar die Hilfe dieses geheimnisvollen Zauberers Shang suchten. Es schien nicht sehr wahrscheinlich, wenn er daran dachte, welche Furcht Elmil vor dem Magier offenbar hatte, und noch unwahrscheinlicher, daß Shang helfen würde, selbst wenn er gefragt wurde, doch auch diese Möglichkeit mußte berücksichtigt werden. So berücksichtigte Garth sie und schloß, daß er einfach zu wenig darüber wußte, wie Zauberer sich verhielten. Unter den Übermännern von Ordunin gab es keine Zauberer, und er hatte bisher auch keine menschlichen Zauberer getroffen, es sei denn, der Vergessene König war ein solcher. Er hatte unbedeutende Darbietungen sogenannter Magie gesehen, die kaum mehr als raffinierte Tricks gewesen sein mochten, doch er konnte nicht einfach alle Erzählungen von Zaubertaten als Tricks abtun. Er hatte sogar selbst einmal gesehen, wie in einem klaren Himmel ein donnerndes Gewitter aufkam, angeblich das Werk von drei zusammenwirkenden Zauberern, die einen Piratenüberfall auf Ordunin unterstützen wollten. Der Angriff war fehlgeschlagen, und drei der fünf Piratenschiffe wurden versenkt; der Sturm hatte die Schlacht nicht wesentlich beeinflußt. Außerdem sagte man, daß die Zuchtfarmen in Kirpa Magie benutzen, um Kreuzungen zu ermöglichen, welche die Natur sonst nicht zulassen würde, wie zum Beispiel sein eigenes Kriegstier. Der Legende zufolge war sogar die ganze Rasse der Übermänner das Ergebnis des Experiments eines Zauberers vor mehreren Jahrtausenden. Garth war nicht sicher, ob dieses letzte Gerücht wirklich eine Grundlage hatte.

Kurz gesagt, war sein unmittelbarster Kontakt mit der Magie und die mächtigste Magie, von der er je zuverlässig erfahren hatte, der Unsichtbarkeitszauber, den die Banditen bei ihrem ersten Angriff benutzt hatten. Das Werkzeug dazu lag jetzt sicher verwahrt in seiner Manteltasche. Aller Wahrscheinlichkeit nach war dies jedoch nicht Shangs mächtigstes Werkzeug; wenn es das gewesen wäre, hätte er es kaum einer barbarischen Gruppe von Dieben anvertraut.

Deshalb, schloß Garth, wollte er gegen diesen Zauberer nicht kämpfen. Wenn er ehrlich war, wollte er ihm nicht einmal begegnen und schon gar nicht riskieren, daß er sich mit ihm befaßte; doch es schien unvermeidlich, daß sie irgendwie in Kontakt kommen würden.

Also bestand das Problem darin, den Kontakt mit Shang so freundschaftlich wie möglich zu gestalten. Und das war nichts, das er im voraus bedenken konnte; er mußte handeln, wenn der Augenblick kam. So schob er die Gedanken an diese Angelegenheit beiseite und tröstete sich mit der Vorstellung, daß die Banditen aller Wahrscheinlichkeit nach doch nicht die Absicht hatten, Shang um Hilfe zu bitten.

So kam es, daß Garth die letzten drei Tage der Reise durch die Ebene von Derbarok damit verbrachte, entweder im Geiste immer wieder dieselben Streitgespräche zu führen oder entspannt zu beobachten, wie die öde Szenerie langsam vorbeiglitt. Die Straße wurde schlammiger. Einige Abschnitte waren so tief im Dreck verschwunden, daß Garth hinter Elmil auf das Kriegstier stieg, bis die Strecke überwunden war, statt sich zu Fuß durchzuquälen, wobei sich seine Stiefel mit dem knietiefen, immer noch kalten Dreck gefüllt hätte. Das Tier – Elmil bestand mehrmals darauf, es Koros zu nennen – schien nichts dagegen zu haben. Seine riesigen Felltatzen glitten sanft und anmutig durch den Morast wie die Ruder einer gut geführten Galeere durch die See, und sein Tempo blieb trotz der Last und des Geländes unverändert, außer wenn es langsamer wurde, um sich Garths langsameren Schritten anzupassen. Der Übermann begann sich darüber zu freuen, daß er das Tier an Stelle von weiteren Tributzahlungen der Kolonie von Übermännern in Kirpa angenommen hatte. Es war auf jeden Fall mehr wert als die jährliche Getreidelieferung, die es ersetzt hatte, selbst wenn man berücksichtigte, daß Ordunin ständig kurz vor dem Verhungern stand. Bevor er sich auf seine Reise begeben hatte, war Garth kaum darauf geritten, denn er war nur selten gereist und hatte, außer zur See, nicht gekämpft; letztere Kämpfe waren durch gelegentliche Raubüberfälle der Piraten im Meer von Mori entstanden. Er hatte also keine Gelegenheit gehabt zu beobachten, daß das Tier wahrhaft unbesiegbar war. In seinem ernsten Selbstvertrauen auf seine eigene Kraft schien etwas Übernatürliches zu liegen, und Garth mußte zugeben, daß es nur recht und billig war, wenn es nach einem Kriegsgott benannt wurde.

Als der Übermann das Kriegstier in der dritten Nacht nach der Schlacht aussandte, damit es sich (wie es zweimal in der Woche nötig war) sein Fressen jagte, kehrte es bereits kurz nach Mitternacht zurück, gut gesättigt, wie es in den Wäldern westlich von Derbarok nie gewesen war. Garth freute sich darüber, denn er hatte das Monstrum ebenso ins Herz geschlossen, wie er von ihm beeindruckt war. Elmil dagegen reagierte am nächsten Morgen mit Übelkeit, als er nach dem Aufwachen die einzigen physischen Überreste der Jagd sah – eine Lache aus getrocknetem Blut, die während der Nacht vom Kiefer des Tiers heruntergetropft war. Trotz der Bewunderung des Banditen für Koros' Kraft und Anmut erschreckte und ängstigte ihn das Tier.

Es war am vierten Tag, kurz vor Sonnenuntergang; die östlichen Hügel, die nach Garths Meinung genaugenommen ausgewachsene Berge waren, ragten vor ihnen auf. Garth ritt, über die Fähigkeiten seines Reittieres grübelnd, dahin, als Elmil plötzlich aufschrie.

»Sieh da! Auf dem Hügelkamm!«

Garth wandte den Blick und sah in die Richtung, die der Finger des Mannes wies, doch er konnte nichts entdecken. Er blickte ihn fragend an.

»Ich dachte, ich hätte einen Mann gesehen.«

»Einer von deiner Bande?«

»Vielleicht. Ich bin nicht sicher.«

Garth setzte sich mit einem Schnaufen aufrecht, suchte den Horizont ab und ignorierte den besorgten Gesichtsausdruck, mit dem der Bandit sich zu ihm herumdrehte. Als er immer noch nichts bemerkte, begann er den Boden zu mustern; sie hatten die Schlammlache überwunden, derentwegen er aufgestiegen war, und er schwang sich von Koros' Rücken, um seinen ermüdenden Fußmarsch wieder aufzunehmen. Elmil betrachtete ihn noch einige Minuten lang besorgt, doch er sagte nichts mehr und wandte seine Aufmerksamkeit schließlich wieder den näher rückenden Bergen zu.

Für Garth bedeutete der Anblick die Gewißheit, daß er tatsächlich in einen Hinterhalt im Annamar-Paß lief; doch nachdem er sich bereits zurechtgelegt hatte, wie er sich verhalten würde, ging er einfach weiter wie zuvor. Sein einziges Zugeständnis war eine halbe Nachtwache, während Elmil schlief, und dann ein Schlaf, während Elmil wachte. Garth hätte ohnehin den größten Teil der Nacht wach verbracht, denn er ließ Koros lieber noch einmal jagen, statt zu riskieren, daß er in den Bergen kein Wild mehr fand. Indem er die Worte ›Wache halten‹ aussprach, nahm er Elmil viel von dessen zunehmender Besorgnis. Er nahm Koros' Rückkehr kurz nach Mitternacht zum Anlaß, die Wache zu wechseln, und beobachtete, während er langsam in den Schlaf glitt, leicht amüsiert, wie Elmil erschrocken das Kriegstier anstarrte, das sich Blut von den gekrümmten Vorderklauen leckte. Klauen, die im Mondlicht rot und weiß wie Knochen schimmerten.

Es war noch eine Stunde vor dem Morgengrauen, als Garth abermals aufwachte; sein leichter Schlaf war durch Elmils erstes Schnarchen gestört worden. Trotz seiner Ängste war der Bandit eingeschlafen. Doch er hatte keinen Schaden angerichtet; es bedeutete eben nur, daß der Tag sehr früh begänne. Nachdem er die Asche des Lagerfeuers vergraben und die Vorräte wieder verpackt hatte, weckte der Übermann seinen Gefangenen gerade eben soweit auf, um ihn rittlings auf dem Kriegstier zu verstauen. Als er sich zu den Hügeln aufmachte, schlief der Barbar auf dem sanft hüpfenden Sattel wieder ein.

Als Elmil gänzlich erwachte, stand die Sonne schon über den Bergen, und die Straße stieg so steil an, daß das Gehen schwierig wurde. Gegen Mittag hatten sie sich ein gutes Stück in die Berge vorgearbeitet, und die Straße verlief wieder eben. Dies war der Annamar-Paß, einige hundert Fuß über der Straße, doch Tausende Fuß unterhalb der Gipfel zu beiden Seiten.

Hier erwartete Garth den Hinterhalt, und seine besorgte Aufmerksamkeit verwandelte sich langsam in eine wachsende böse Vorahnung, als kein Angriff kam. Warum ließen sich die Banditen soviel Zeit, ehe sie losschlugen? Gab es hier oben etwas, das die Wegelagerer getötet hatte und jetzt irgendwo lauerte, um auch ihn zu töten? Oder ließen sie sich einfach nur Zeit, um ihn in Sicherheit zu wiegen?

Elmil schien unterdessen völlig unbesorgt. Er hatte von einem möglichen Hinterhalt wenig zu befürchten, denn die Banditen waren seine Stammesgefährten; obwohl er nicht unbedingt das Gefühl hatte, vor seinem nichtmenschlichen Bezwinger gerettet werden zu müssen, hatte er gegen ein solches Ereignis keine Einwände. Garth hatte ihm gegenüber die Möglichkeit eines Hinterhalts nicht erwähnt, doch Elmil war schlau genug, sich seinen Reim zu machen, als er am vergangenen Tag einen seiner Kameraden offenbar auf einem Spähposten gesehen hatte. Da dies sogar eine plausible Erklärung dafür war, daß die Banditen diesen Weg genommen hatten, war nun ein großer Teil seiner früheren Sorgen von ihm genommen. So amüsierte er sich köstlich über Garths Reaktion, als ein kleines Tier irgendwo hinter ihnen eine Nuß knackte. Weit nervöser, als er sich eingestanden hätte, wirbelte der Übermann auf das scharfe Geräusch hin herum, verharrte mit gezücktem Schwert und starrte die Straße hinunter. Dann entspannte er sich langsam, drehte sich wieder nach vorn und verwahrte sein Schwert in der Scheide, während Elmil versuchte, ein Grinsen zu verbergen und Koros ungeduldig wartete. Garth schwieg verlegen und ging einfach weiter.

Als der Sonnenuntergang kam, hatten sie vielleicht zwei Drittel des Wegs durch den Paß zurückgelegt, und die Straße neigte sich wieder bergab. Garth hatte schließlich entschieden, daß es doch keinen Hinterhalt gäbe, und war etwas entspannter, wenn ihm auch immer noch das Rätsel, warum die Banditen diese Straße genommen hatten, Kopfzerbrechen machte. Er überlegte, ob er mit Elmil darüber sprechen sollte, entschied sich jedoch dagegen.

Elmil war unterdessen zu der Überzeugung gekommen, daß seine Stammesgefährten einen mitternächtlichen Überfall planten, die übliche Methode, um mit gut bewaffneten Karawanen fertigzuwerden; er rang mit sich, ob er es dem Übermann sagen sollte, entschied sich jedoch dagegen. Trotz Garths Gnade, ihn am Leben zu lassen und sogar sein Bein zu verbinden, war er immer noch zumindest formell ein Feind. Außerdem war es so offensichtlich, daß der Übermann bereits selbst daran gedacht hatte.

Die Tatsache, daß Garth keineswegs daran dachte, war ein Zeichen seiner Unerfahrenheit; bisher hatte er nur zur See gekämpft, gegen Piraten, die mit den Gewässern um Ordunin nicht vertraut waren und die es nicht wagten, bei Nacht anzugreifen, weil sie Angst hatten, sich gegenseitig zu rammen oder auf Riffe und Felsen zu laufen. Er hatte, obwohl er in einem fremden Land war, sein Denken noch nicht auf einen neuen Feind eingestellt. In Wahrheit hatte er, seit er beschlossen hatte, die Weisen Frauen von Ordunin aufzusuchen, sogar sehr wenig über derlei Dinge nachgedacht, sondern es sich erlaubt, sich nur von der Entschlossenheit treiben zu lassen, seine Suche nach unsterblichem Ruhm erfolgreich abzuschließen.

So richtete Elmil, als sie lagerten, seine Schlafpelze ein gutes Stück vom Feuer, vom Übermann und dem Kriegstier entfernt her, um nicht zufällig ins Handgemenge verwickelt zu werden. Garth bemerkte dies, vermutete darin aber nicht mehr als Elmils Mißtrauen gegenüber Koros und erkannte die wahre Bedeutung dieser Vorsichtsmaßnahmen nicht. Er hatte vor allem deshalb nichts dagegen, weil der Bandit damit etwas weiter windab entfernt war. Garth blieb einige Stunden aufrecht sitzen, kam jedoch zu der Überzeugung, daß eine echte Wache unnötig sei, besonders da er in der vergangenen Nacht nur wenig Schlaf bekommen hatte, und legte sich kurz vor Mitternacht schlafen.

Drei Stunden später wurde er durch ein Knurren seines Kriegstiers geweckt. Er erwachte im Nu zu höchster Wachsamkeit, langte nach seiner Streitaxt, die an der gewohnten Stelle an seiner Seite lag. Als sich seine Augen auf die Dunkelheit eingestellt hatten, sah er drei Männer auf Pferden, bewaffnet mit Lanzen, die vielleicht fünfzig Fuß entfernt auf der Straße standen.

Koros war wach und auf der Hut und stand knurrend über den Vorräten. Elmil schlief noch, und ein vierter Reiter war abgestiegen und stand, die Speerspitze an seine Kehle gelegt, über ihm.

»Ich werde diesen Verräter bewachen. Ihr drei tötet das Tier, dann kümmern wir uns um den Übermann.« Es war der unberittene Mann, der gesprochen hatte.

Garth, der keine Lust hatte, sein Reittier oder seinen Gefangenen zu verlieren, sprang mit der Axt in der Hand auf die Füße, um die Störenfriede anzugreifen. Zu seiner Überraschung wurde er etwa zwei Meter von seinem Lager entfernt aufgehalten und prallte zurück, als wäre er gegen eine unsichtbare Wand gelaufen. Einer der Reiter lachte gehässig, und alle grinsten, als Garth sich an der Barriere entlangtastete, um festzustellen, daß sie ihn, nachdem er einen Kreis von sechs oder sieben Metern Durchmesser beschrieben hatte, zu der Stelle zurückbrachte, an der er begonnen hatte, als er die Banditen angehen wollte. Trotz des unebenen Grundes reichte das Hindernis bis auf den Boden, und als er in der Mitte mit ausgestrecktem Arm hochsprang, traf seine Hand auf keinen Widerstand; also war sie höher, als er hinaufreichen konnte. Als er versuchte, die unsichtbare Wand hinaufzuklettern, konnte er keinen Ansatzpunkt für seinen Griff finden. Es war, als entglitte die Barriere seinen Fingern, so daß er, immer noch im Innern gefangen, unsanft zurückgeworfen wurde. Er verwarf den Gedanken, sich durch einen Sprung zu befreien; er konnte die Barriere nicht einmal mit Anlauf überwinden, denn er hatte nicht genug Platz. Er starrte die Banditen ohnmächtig an, die höhnisch zurückstarrten.

»Na gut, jetzt haben wir unseren Spaß gehabt. Tötet das Tier.«

Wiederum hatte der unberittene Mann gesprochen, der anscheinend die Gruppe anführte.

Die anderen drei machten Anstalten zu gehorchen, wenn auch etwas widerstrebend; Koros war ein ebenso gefährlicher Gegner wie sein Herr. Der erste Mann hob die Lanze und zwang sein Pferd zu einem Galopp. Das Kriegstier wehrte den Angriff mit einem lockeren Schlag ab, der aussah, als spielte ein Kätzchen mit einem Garnknäuel, und der Mann wurde schreiend vom Pferd geworfen, während seine Lanze über die Flanke des Kriegstiers glitt, ohne mehr als einen Kratzer zu hinterlassen.

Elmil war inzwischen erwacht und sah hilflos zu, wie die anderen beiden vorsichtiger vorgingen und nach einer Gelegenheit suchten, ihre Waffen in die lebenswichtigen Organe des Kriegstiers zu treiben. Sie trennten sich, umkreisten das Kriegstier in entgegengesetzter Richtung und machten es Koros unmöglich, sie beide gleichzeitig zu beobachten. Als das Tier erkannte, was im Gange war, ging es zum Angriff über und sprang einen der beiden Männer an, die Krallen ausgefahren, und schmetterte den Mann von seinem Pferd hinunter gegen eine felsige Hügelflanke. Der zweite warf seinen Speer; er blieb in Koros' Schulter stecken, konnte das

Tier jedoch nicht daran hindern, dem gestürzten Banditen die Kehle aufzureißen.

»Aufhören!« rief der Anführer. »Übermann, ruf dein Tier zurück, sonst töte ich Elmil!« Elmil starrte seinen Bezwinger flehend an, während die Speerspitze des Banditen bedrohlich über seinem Herz schwebte.

Garth brauchte etwa eine halbe Sekunde, um darüber nachzudenken, und inzwischen hatte Koros noch einmal zugeschlagen und den zweiten Angreifer aufgeschlitzt, ohne ihn vom Pferd zu werfen, so daß eine blutige Leiche langsam aus dem Sattel glitt.

»Aus!« brüllte Garth, und das Kriegstier hielt plötzlich inne, friedlich wie eine Hauskatze, und begann so gut wie möglich seine verwundete Schulter zu versorgen, indem es das herausquellende Blut ableckte und das Fell um die Speerspitze glättete, während es den Anführer der Banditen keinen Moment aus den Augen ließ.

»Warum sollte es mir etwas bedeuten, wenn Elmil stirbt?« Der Bandit und der Übermann ignorierten den panischen Ausdruck, der in Elmils Gesicht entstand. Ein leichter Stoß hielt ihn davon ab, Protest zu erheben.

»Anscheinend hast du Verwendung für einen Gefangenen.«

»Nicht mehr. Ich behielt ihn als Geisel, aber anscheinend ist er dir ebenso unwichtig wie mir.«

Der Bandit war etwas aus der Bahn geworfen, und er zögerte, ehe er weitersprach. »Laß uns verhandeln. Vielleicht können wir weiteres Blutvergießen vermeiden.«

»Wie du willst.«

Der Bandit fuhr unsicher fort. »Ich fürchte, wir haben einen Fehler gemacht, als wir dich angriffen.«

Garth schwieg.

»Deshalb – obwohl wir dir Unrecht getan haben – bitten wir dich, uns zu verzeihen und uns in Frieden ziehen zu lassen.«

Garth ließ sich mit der Antwort Zeit, doch dem Banditen fiel anscheinend nichts weiter ein, und so sagte der Übermann schließlich: »Du wirst mich nicht noch einmal angreifen oder versuchen, mein Tier zu verletzen.«

»Du hast mein Wort.«

»Du wirst Elmil am Leben und in meinem Gewahrsam belassen und ihn bereitwillig aufnehmen, wenn ich ihn freigebe.«

»Wie du es wünschst.«

»Du wirst dieses Hindernis beseitigen und meine Fragen beantworten.«

»So sei es.«

»Solltest du irgendeines dieser Versprechen brechen, dann werde ich dich verfolgen und töten.«

Nun war der Bandit an der Reihe zu schweigen.

»Entferne diese Barriere!«

Der Bandit sagte zögernd: »Ich muß erst dein Wort haben, daß du mein Leben und das Leben meiner Gefährten schonst ... falls einer von ihnen überlebt.«

»Ich gebe dir mein Wort, daß weder ich noch mein Tier ohne eine neue Provokation keinen von euch mehr töten werden.«

»Sehr gut.« Der Bandit wandte sich ab und fingerte an etwas unter seiner Weste herum; Garth tastete die Luft vor ihm ab und stellte fest, daß die unsichtbare Wand verschwunden war. Er schritt zu der Stelle hinüber, wo Elmil lag und der Banditenführer stand.

»Wer bist du?«

»Ich bin Dansin von Derbarok.«

»Du bist der Anführer der Banditen?«

»Ich war es, seit du Khand, unseren alten Häuptling, tötetest, bis jetzt. Ich weiß nicht, ob man mich noch so nennen kann.«

»Wie hast du diese Barriere erzeugt?«

»Sie wird mit einem Talisman kontrolliert, den mir der Zauberer Shang gegeben hat.«

»Warum hat der Hexer dir diesen Zauber gegeben?«

»Um dich zu unterwerfen.«

»Wie konnte Shang von mir wissen?«

»Nachdem du unsere Gefährten getötet hattest, gingen wir zu ihm und baten ihn um Hilfe. Wir erzählten ihm von unserem Kampf und sagten, daß du nach Mormoreth unterwegs seist.«

»Du konntest nicht wissen, wohin ich reite.«

»Die Straße, der du folgtest, führt nur hierher; die Straßen nach Lagur und Ilnan wurden aufgegeben, und der Verkehr dorthin nimmt jetzt andere Wege.«

»Du hast also Shang von meinem Kommen unterrichtet. Und dann?«

»Wir baten ihn um mächtige Waffen, um Zaubergeräte, mit denen wir dich töten konnten, um unsere Kameraden zu rächen und Mormoreth zu schützen. Er weigerte sich, sagte, so etwas sei nicht nötig, um einen einzelnen Abenteurer aufzuhalten, und der könne es nicht riskieren, uns sie benutzen zu lassen. Statt dessen gab er uns den Zauber der unsichtbaren Mauer.«

»Ich will diesen Zauber sehen.«

»Das war kein Teil unserer Abmachung.« Der Bandit wich zurück.

»Wie du willst.« Der Übermann dachte kurz nach, ohne weitere Fragen zu stellen. Dann sagte er: »Laß uns nach deinen Gefährten sehen.« Dansins Überraschung, als er so rasch sein Verlangen aufgab, das magische Gefängnis zu sehen, entging ihm völlig.

Dansin, Garth und Elmil fanden rasch heraus, daß von den drei Banditen der erste von seinem Sturz bewußtlos, aber sonst unverletzt war, während die anderen beiden tot waren. Dann zog Garth den Speer aus der Schulter seines Kriegstiers und behandelte die Wunde, so gut er konnte. Sie war nicht tief, denn die Spitze war in eine Hautfalte und nicht in einen Muskel oder Knochen eingedrungen. Dem Kriegstier schienen die Verletzungen nichts auszumachen; es beschränkte sich darauf, ein- oder zweimal über jeden Kratzer zu lecken.

Danach sagte Garth: »Du kannst deinen Kameraden nehmen und in Frieden gehen. Ich verlange jedoch, daß du Elmil und mir zwei Pferde überläßt, die du ohnehin nicht mehr brauchst. Ich werde sie Elmils Obhut übergeben, wenn ich ihn freigebe.«

»Einverstanden.« Sie bereiteten sich entsprechend vor, und einige Minuten später verschwand Dansin in der Dunkelheit. Er ritt auf seinem Pferd und führte ein weiteres, auf dem der bewußtlose Bandit festgebunden war, hinter sich her. Garth, Elmil, Koros, zwei Pferde und zwei Leichen blieben zurück, verstreut um die schwach glimmenden Überreste des Lagerfeuers.

Wenige Minuten später waren Garth und Elmil wieder eingeschlafen, während Koros an einer der Leichen knabberte.

Kapitel 4

Am nächsten Tag wachten sie wegen der Unterbrechung ihres Nachtschlafes spät auf, eine ganze Weile nach Sonnenaufgang, und sie waren erst kurz vor Mittag wieder unterwegs. Elmil ritt jetzt auf einem Pferd, das zweite trug einen Teil von Garths Vorräten, und Garth selbst ritt endlich wieder bequem auf Koros.

Der Tag verging ohne Zwischenfall, und das nächste Lager schlugen sie bei Sonnenuntergang am Rande des Tals von Mormoreth auf. Die Türme der Stadt funkelten am Horizont – hohe Nadeln aus weißem Stein, die sich hell vor dem tiefer werdenden Blau des Osthimmels abhoben.

Die Luft war auf dieser Seite der Berge wärmer, und das Tal war frühlingshaft grün und üppig. Es gab nur wenige Bäume, denn die ganze Gegend war Ackerland; Felder und Weiden lagen wie ein dicker grüner Teppich im Schatten der Berge. Garth hatte bisher kaum Bauernhöfe gesehen, da er ein Städter war, und noch nie so reiche; die Gegend war auf eine Weise schön, die er noch nicht kennengelernt hatte, denn in seinem Heimatland waren die einzigen Schönheiten die von schlanken Tieren, geschnitztem Stein und glitzerndem Eis. Selbst im Sommer war das Land öde und kahl, mit spärlichem Gras bedeckt, wo die geduldigen Bemühungen der Übermänner keinen Weizen hervorbringen konnten. Er hatte noch nie soviel Grün gesehen, noch nie so reiche Schattierungen von Grün.

Allerdings sahen selbst seine ungeübten Augen, daß etwas nicht stimmte; der junge Mais und der Weizen stand nicht in Reihen, sondern bunt durcheinander, und Gras und Unkraut wuchsen ungehindert zwischen

Feldfrüchten. Diese Bauernhöfe waren ungepflegt und verlassen. Er fragte sich, warum.

Gleichermaßen wunderte er sich über die Türme von Mormoreth. Welchem Zweck dienten sie? Ordunin besaß einen einzigen Turm über dem Hafen, wo Tag und Nacht eine Wache aufrechterhalten wurde, um die Handelsschiffe mit Pelzen, Eis, geschnitzten Knochen und geschürftem Gold und den Hafen selbst zu schützen; die Piraten der Region hatten, wenn sie mit ihrer Beute auf hoher See nicht zufrieden waren, Ordunin mehrmals überfallen. Die anderen Hafengebäude besaßen nur eines oder zwei, höchstens drei Stockwerke; wenn sie höher gebaut wurden, waren die Treppen einfach zu ermüdend. Doch hier, mitten in einem weiten friedlichen Tal mit reichlich Platz, hatten die Menschen eine Stadt mit Dutzenden von Türmen gebaut, von denen jeder Turm gut hundert Fuß hoch war. Zugegeben, die Türme waren, wie sie in der untergehenden Sonne leuchteten, schön anzusehen; die Architekten waren wirklich ausgezeichnet gewesen. Doch nur um der Schönheit willen zu bauen, war etwas, das Ordunin sich nie hätte träumen lassen; das bloße Überleben erforderte bereits zu große Anstrengungen.

Während er über die Schönheit und den Sinn der Schönheit, über die Bedeutung des verlassenen Ackerlandes nachdachte, schlief Garth ein und träumte schwer von der strengen Schönheit des Winters in der Nordwüste, wo Schneewehen und Eiszapfen in der untergehenden Sonne glitzerten wie die Türme von Mormoreth.

Am folgenden Tag erwachte Garth wieder bei der Morgendämmerung und sah, daß Elmil sorgfältig seine Habe von der des Übermannes trennte. Er sah einen Augenblick zu, dann fragte er barsch: »Was tust du da?«

»Ich bereite mich darauf vor, hier zu warten, während du nach Mormoreth gehst.«

»Ich habe die Absicht, dich mitzunehmen.«

»Ich habe geschworen, das Tal nicht zu betreten.«
»Ich zwinge dich, deinen Eid zu brechen.«
»Das werde ich nicht tun.«

Garth verschlug es einen Augenblick die Sprache. Bisher war Elmil ein fügsamer Gefangener gewesen, der nur wenig eigenen Willen gezeigt hatte. Garth erkannte, daß er die Furcht des Mannes vor Shang unterschätzt hatte – oder auch sein Ehrgefühl. Wie auch immer, es schien sinnlos, weiter zu streiten.

»Na gut. Ich sagte, ich würde dich freigeben, und obwohl ich nicht die Absicht hatte, es so früh zu tun, ist der Augenblick gekommen. Du kannst gehen und die Pferde mitnehmen.«

»Danke, Herr.«

Während er darüber nachdachte, daß sein Gefangener ihm wenig genützt hatte, daß er ihn schon lange vorher hätte freilassen können, statt Nahrung für ihn zu verschwenden, begann Garth mit seinen Vorbereitungen. Kurz darauf ritten zwei sehr unterschiedliche Gestalten in entgegengesetzte Richtungen vom Lager davon; Garth auf seinem Kriegstier, den überwucherten Pfad ins Tal hinunter, Elmil zu Pferd, durch den Paß zurück in die Berge hinauf, das zweite Pferd führend.

Die Sonne war warm, und es dauerte nicht lange, bis Garth unter seinem Panzer zu schwitzen begann. Selbst das schwarze Haar, das er unter den Helm gestopft hatte, war feucht, und sein Körperfell war verfilzt und klebrig. Ein Fell war in einem kalten Klima eine gute Sache, sagte er sich, selbst bei warmem Wetter, wenn man nichts weiter trug, doch in Kettenhemd und Brustharnisch, unter denen die Hitze gefangen wurde, fühlte er sich, als würde er bei lebendigem Leibe gekocht. Er dachte daran, die Rüstung abzulegen, doch er wollte sich nicht schutzlos den Angriffen von Shangs Lakaien und Gefolgsleuten aussetzen, die ohne weiteres in den wuchernden Pflanzen zu beiden Seiten der Straße lauern konnten. Er fand einen Kompromiß, indem er den

Helm und den Brustpanzer abnahm, das Kettenhemd jedoch anbehielt und den Helm vor sich auf den Sattel steckte, wo er ihn, sollte Gefahr drohen, jederzeit binnen Sekunden erreichen und wieder aufsetzen konnte.

Als spät am Nachmittag die Stadttore in Sicht kamen, bewegte Garth sich langsam und vorsichtig weiter. Er hatte einige Vorahnungen, denn die unbestellten Felder schienen ein Hinweis darauf zu sein, daß in Mormoreth nicht alles mit rechten Dingen zuging. Er hatte die gebrochenen und rissigen Bewässerungsgräben und die Hütten der Bauern passiert, die offen und leer standen. Nirgends hatte er ein Lebenszeichen gesehen. Hätte er nicht gewußt, daß Shang dennoch lebte und in Mormoreth herrschte, er hätte die Stadt für verlassen gehalten. Statt dessen mußte er nun annehmen, daß die Einwohnerschaft, wahrscheinlich stark dezimiert, es irgendwie schaffte zu überleben, ohne je die Stadtmauern zu verlassen. Er malte sich riesige Lager oder eine zauberische Möglichkeit aus, Nahrungsmittel zu beschaffen.

Als er sich den Stadtmauern näherte, sah er mehrere kleine, doch gemütliche Steinhäuser, die vor dem Tor errichtet waren; höchstwahrscheinlich wohnten dort die Bauern und jene, die direkt mit den Bauern zu tun hatten – Schmiede und so weiter –, doch auch diese Häuser waren verlassen, die Türen standen auf, die Fenster waren zerbrochen. Garth war nicht überrascht; es paßte zu den verlassenen Höfen. Unerschrocken ritt der Übermann direkt zum Westtor, einem gewaltigen messingbeschlagenen Holzportal, das mindestens fünfzehn Fuß hoch war. Die Wände selbst bestanden aus weißem Marmor, klar und ungeädert, makellos sauber und in der Sonne glänzend. Garth staunte, daß unbedeutende Menschen so etwas gebaut hatten, und wunderte sich, daß sie Marmor statt des härteren und gebräuchlicheren Granits benutzt hatten. Vielleicht war es den Baumeistern eher um Schönheit als um Nützlichkeit gegangen; ein Gedanke, der ihm Sorge machte, ließ er doch auf großen Reichtum schließen. Es paßte nicht zu der Welt, wie er sie kannte.

Nach einer kurzen Pause – er wollte warten, ob ihn der Torhüter einlassen oder zur Rede stellen würde, ohne daß er ihn anrief – brüllte Garth: »Öffnen!«

Sein Ruf hallte schwach von den polierten Steinwänden zu beiden Seiten des Tors wider, doch niemand antwortete. Nach einer angemessenen Pause rief der Übermann noch einmal – mit demselben Ergebnis, und schließlich ein drittes Mal.

Als dieser letzte Ruf mit erneutem Schweigen beantwortet wurde – selbst das Zwitschern der Vögel und Insekten brach als Antwort auf den Ruf einen Augenblick lang ab –, glitt Garth vom Rücken seines Reittiers, legte Brustharnisch und Helm an und zog seine Streitaxt aus der Scheide. Er suchte einen sicheren Stand, die Füße weit auseinandergestemmt, und schwang die Axt gegen das verwitterte Holz des Portals.

Die Klinge grub sich in das Eichenholz, so daß die Splitter nur so stoben, doch die Tür gab nicht nach. Garth zog die Axt heraus und bereitete sich auf einen zweiten Schlag vor, doch er erstarrte, als irgendwo über ihm ein Lachen ertönte.

Er trat zurück und blickte hinauf. Hoch droben auf der Zinne stand eine Gestalt, ein großer Mann, der trotz des hellen Sonnenlichts, das ihn voll erfaßte, im Schatten zu stehen schien. Garth erkannte, daß der Schatten die Hautfarbe des Mannes war; der lachende Mann hatte eine Haut, dunkler als seine eigene, so dunkel, daß sie fast schwarz war. Der Übermann hatte nicht gewußt, daß es Menschen in derart unterschiedlichen Schattierungen gab. Er musterte die Gestalt sorgfältig. Dieser seltsame Mann schien gut über sechs Fuß groß zu sein, und Garth schätzte sein Gewicht auf mindestens dreihundert Pfund; er hatte ein immenses Faß von einem Brustkorb, einen entsprechenden Bauch und Arme und Beine, dick wie Baumstämme. Er trug ein fließendes schwarzes Gewand, das mit kunstvollen Goldstickereien durchwirkt war; kein anderer Schmuck, keine Juwelen waren sonst zu sehen. Sein Gesicht war völlig unbehaart, und sein Haar, schwarz wie die glatte schulterlange Mähne des Übermannes, war bis dicht über den Schädel zurückgeschnitten. Garth sah kein Schwert und keine andere sichtbare Waffe; da kein Wächter unbewaffnet war, konnte dieser seltsame Mann kein gewöhnlicher Torhüter sein.

Die Erscheinung auf der Mauer sprach als erster.

»Ich grüße dich, Übermann.« Die Stimme klang tief und voll und etwas belustigt.

»Ich grüße dich, Mann. Ich komme in Frieden. Darf ich diese Stadt als Freund betreten?«

»Du kommst in Frieden? Ist es etwa friedlich, deine Waffe in meine Vordertür zu schlagen und die Verteidigung meiner Stadt zu zerhacken?«

»Ich bitte um Verzeihung, Mann, aber ich bekam auf meinen Ruf keine Antwort.«

»Konntest du nicht hinnehmen, daß du nicht erwünscht bist, und deiner Wege gehen?«

»Ich habe in Mormoreth zu tun.«

»Du hast nichts in Mormoreth zu tun; niemand hat außer mir selbst etwas hier zu tun.«

»Ich muß dir leider widersprechen; ich habe in der Stadt zu tun, ich muß eine mir gestellte Aufgabe erfüllen.«

»Ah, eine Aufgabe! Nun, und was suchst du hier?« Die Stimme klang jetzt eindeutig spöttisch.

»Ich bin gekommen, um das erste Lebewesen zu fangen, das ich in den Katakomben unter der Stadt finde.«

Seine Erklärung wurde mit Gelächter kommentiert. »Ich bitte dich, wer hat dir diese unmögliche Aufgabe gestellt und aus welchem Grund? Geht es dir um die Hand einer Prinzessin? Aber nein, das wäre nicht nach der Natur eines Übermannes. Ist es dann Reichtum? Hast du dich für Gold auf diese Reise begeben?«

»Meine Gründe gehen nur mich etwas an.«

»Ach, komm! Wer hat dich geschickt?«

»Ich diene einem, den man den Vergessenen König nennt und der in Skelleth lebt.«

Es gab ein langes tiefes Schweigen; dann fragte der Mann bedächtig, mit einer Stimme, aus der jeglicher Humor geschwunden war: »Du dienst dem Vergessenen König?«

»So nennt er sich selbst.«

»Beschreibe ihn!«

Obwohl er sich fragte, warum dieser Mann, der anscheinend, nachdem er die Stadt als sein Eigentum bezeichnet hatte, Shang selbst war, eine derartige Bitte an ihn richtete, antwortete Garth, so gut er es vermochte. »Er ist ein alter Mann, der gelbe Lumpen trägt. Als ich mit ihm sprach, konnte ich weder sein Haar noch seine Augen sehen, so daß ich ihre Farbe nicht weiß, doch er hat einen langen weißen Bart. Er ist für einen Menschen groß und dünn und ...«

»Genug!« Die Unterbrechung war barsch, als unterdrückte der Sprecher seinen Zorn. »Übermann, du bist nicht gescheit. Gib diese Suche auf und halte dich von diesem ... diesem sogenannten König fern.«

»Ich habe einen Handel abgeschlossen.«

»Höre, Übermann, du weißt nicht, was du tust. Obwohl ich für dich und deine Art keine Liebe empfinde, gebe ich dir mein Wort, daß nichts als Zerstörung entstehen kann, wenn man diesem Manne dient.«

»Ich gab mein Wort, ihm zu dienen.« Obwohl Garths Stimme seine Gefühle nicht verriet, machten ihm Shangs Worte Sorgen; er fragte sich, welche Ziele der Vergessene König wirklich verfolgte.

»Dann wird dich ein Wörtchen über den Verrat deines Meisters nicht überzeugen? Laß mich dich warnen, daß deine Aufgabe unmöglich ist. In den Grüften gibt es nur ein einziges lebendes Wesen: die Königseidechse, auch Basilisk genannt.«

Garth hatte das Wort noch nie gehört. Er fragte: »Was für ein Tier ist dieser Basilisk, daß es unmöglich ist, ihn zu fangen?«

»Oh, ich vergaß! Übermänner wissen wenig über menschliche Legenden. Der Basilisk ist kein natürliches Tier, sondern der König der Reptilien und die giftigste Kreatur, die der Wissenschaft und der Hexerei bekannt ist. Sein Atem tötet augenblicklich; ihn zu berühren, bringt den Tod; wer seinem Blick begegnet, Mann oder Übermann, der wird versteinert. Sollte jemand ihm nahe genug kommen, um ihn mit einem Schwert oder Speer zu treffen, so wird sein Gift die Klinge oder den Schaft hinauflaufen und den Angreifer töten, ehe dieser die gepanzerte Haut durchstoßen kann. Er verdankt seine Existenz der schwärzesten Magie und dient dem Todesgott selbst. Nein, Übermann, du kannst dieses Wesen nicht fangen und forttragen, denn der Versuch ist tödlich.«

»Dennoch habe ich geschworen, es zu tun.«

»Narr! Warum? Welchen Grund gibt es, daß du dein Leben gibst, um einem Mann zu dienen, der nicht einmal deiner Rasse angehört?«

»Ich habe einen Handel abgeschlossen.«

»Aber ... Übermann, was ist es, das du im Austausch erhalten willst? Ich bin selbst ein mächtiger Zauberer; vielleicht sollten wir einen besseren Handel abschließen.«

»Es war ein vertrauenswürdiges Orakel, das mich zu dem sandte, dem ich diene, und obgleich deine Worte aufrichtig klingen, kann ich dir nicht mehr Vertrauen schenken als dem Orakel.« Garth bedauerte aufrichtig die Wahrheit seiner Feststellung; Shangs offensichtliche Sorge trug zu seinem wachsenden Unbehagen bei.

»Nun gut, Dummkopf, der du bist! Ich werde dich in dein Verderben laufen lassen. Doch sei gewarnt, Übermann: Sollte es dir irgendwie zu überleben gelingen, werde ich dich selbst erschlagen. Weder ich noch irgend jemand kann das Risiko eingehen zu erlauben, daß der sogenannte Vergessene König das Gift des Basilisken erhält; er könnte ein solches Gift benutzen, um einen Zauber zu bewirken, wie er seit Jahrhunderten unbekannt ist; er könnte unendliche Zerstörung bewirken. Ein großer Teil meiner eigenen Magie beruht auf Flekken, die ich dort vom Boden kratzte, wo der Basilisk gegangen ist. Das Ungeheuer selbst dem König in Gelb zu geben, ist schlichter Wahnsinn.«

»Es ist nicht meine Sorge, was er damit tut; meine Aufgabe ist es nur, ihn ihm zu bringen.«

»Dann stirb, Dummkopf, der du bist, bei dem Versuch. Ich werde dir weder helfen noch dich behindern. Obwohl ich dich eigentlich schon allein deshalb töten müßte, weil du in mein Tal eingedrungen bist; doch ich lege keinen Wert darauf, in dein Schicksal verwoben zu werden. Wenn dich tatsächlich der Vergessene König geschickt hat, damit du hier stirbst, dann will ich ihm nicht helfen, indem ich dich töte.«

»Wie du willst; dann öffne die Tore, damit ich meinen Versuch machen kann.«

»O nein! Ich habe gerade gesagt, daß ich dir nicht zu deinem Untergang verhelfen will.«

Garth gab angesichts dieser unnützen Verzögerung ein Knurren von sich. Er hob die Axt und hackte wieder auf das Tor ein, als Shang von der Mauerkrone verschwand. Splitter flogen, und er schlug mehrmals zu, bis er ein so breites Loch ins Tor geschlagen hatte, daß er sich hindurchschieben konnte. Drinnen entriegelte er das zerstörte Tor und zog es auf, um Koros einzulassen; das Tier hatte während der Attacke auf das Portal unbewegt dabeigestanden und trabte jetzt mit seinem gewohnten fließenden, anmutigen Schritt in die Stadt.

Nachdem er die Axt an ihrem Platz auf dem Sattel verwahrt hatte, bog Garth die Arme, um die Spannung zu vermindern. Gleichzeitig sah er sich in der Stadt Mormoreth um. Er und sein Tier standen auf einem kleinen Platz, vielleicht hundert Fuß weit, dessen Seiten mit Verkaufsständen gesäumt waren. An jeder Seite ging eine Straße ab; eine Seite wurde durch das Tor eingenommen. Die Verkaufsstände waren ebenso leer und verlassen wie die Bauernhöfe, an denen Garth vor der Stadt vorbeigekommen war, und die drei Straßen waren unbelebt. Über der Szene lag ein unnatürlich tiefes Schweigen. Die Schritte des Übermannes auf dem festgetretenen Schmutz des Marktplatzes und das Schnüffeln des Kriegstiers waren die einzigen Geräusche.

Garth ging neugierig zu einem der verlassenen Stände hinüber. Die Waren, die der Besitzer zu verkaufen gehofft hatte, lagen noch zur Besichtigung durch Kunden ausgebreitet, doch eine dünne Staubschicht verbarg die Einzelheiten der gestickten Tücher. Im nächsten Stand lagen Broschen, Näh- und Haarnadeln unordentlich verstreut, und in den Schatten des Innern fast unkenntlich, stand eine Statue, die lebensgroße Figur eines Mannes, der mit überkreuzten Beinen saß. In die Falten der geschnitzten Kleidung hatte sich Staub gesetzt.

Garth brach seine wenig lohnenden Forschungen ab und führte Koros in die Straße, die dem zerschmetterten Tor gegenüberlag, und drang vorsichtig weiter in die Stadt ein.

Die Gebäude, obwohl staubig und verfallen, waren schön und gut gebaut, meist aus demselben weißen Marmor wie die Stadtmauern. Obwohl die meisten zwei oder drei Stockwerke hoch waren, konnte Garth drei von dem Dutzend Türme sehen, die er von der anderen Seite des Tals aus bewundert hatte, doch er vermochte immer noch kein Anzeichen für ihre Verwendung zu erkennen. Kunstvolle Springbrunnen, jetzt trocken und stumm, und Gärten und Pflanztöpfe, tot und braun vom Wassermangel, waren überall zu sehen; die Häuser und Geschäfte waren sogar jetzt noch anmutig und elegant. Unzählige Statuen standen auf Balkonen, neben

Torbögen, in Gärten, sogar scheinbar zufällig auf den Straßen oder in Hauseingängen; ein derartiger Überfluß an Statuen schien der einzige Makel im sonst auserlesenen Geschmack der Stadtbewohner zu sein. Garth fragte sich abermals, was aus ihnen geworden war. Ob Shang sie alle ermordet hatte?

Als er die seltsam verstreuten Statuen näher untersuchte, sah Garth, daß sie alle verblüffend naturgetreu waren; wäre nicht das einförmige Grau des Steins gewesen, er hätte viele mit lebenden Menschen verwechseln können. Außerdem waren sie nicht, wie in der ordunianischen Kunst üblich, auf anmutig posierende Edelleute beschränkt, vielmehr zeigten die Statuen Händler, Hausfrauen, Bauern und Kinder. Als er in eine Seitenstraße blickte, sah der Übermann eine ganze Gruppe fröhlich gekleideter junger Frauen, deren tief ausgeschnittene Kleider und gelockte Haartrachten sie als Freudenmädchen kennzeichneten – wie Garth von seinem Aufenthalt in Skelleth wußte. Ordunin brauchte natürlich solche Frauen nicht, da die Übermänner waren, wie sie waren.

Die ungebrochene Stille war beunruhigend. Außerdem fiel Garth ein, daß er keine Ahnung hatte, wo ein Eingang in die Grüfte zu finden wäre. Die ganze Stadt danach abzusuchen, konnte ohne weiteres Wochen dauern, und obwohl Garth selbst keine Einwände gegen einen derartigen Aufenthalt hatte, wußte er, daß Koros in einem oder zwei Tagen wieder hungrig würde und daß es unwahrscheinlich war, in einem Tal mit Ackerland Wild zu finden. Da er nicht den Wunsch hatte, das Tier allzu hungrig werden zu lassen, kam keine systematische Suche in Frage; statt dessen entschied er sich, einen Einwohner aufzutreiben und ihn oder sie zu befragen. Shang hatte doch gewiß nicht alle getötet!

Nach kurzem Überlegen entschied Garth, daß der wahrscheinlichste Ort, an dem er entweder lebende Menschen oder nützliche Hinweise finden konnte, einer der Türme war. So betrat er den nächsten und sah sich einem Anblick gegenüber, der bestätigte, was er unterbewußt bereits vermutet, aber sich noch nicht offen eingestanden hatte. Auf einem Stuhl, zum Essen über einen Tisch gebeugt, saß, einen Löffel in der Hand, eine weitere perfekte Statue. Die einzigen Fragen, die noch blieben, waren die, ob es Shang, der Basilisk oder ein gräßlicher Handel der beiden gewesen war, der die Menschen von Mormoreth in Stein verwandelt hatte, und ob irgend jemand entkommen war.

Garth forschte entsetzt weiter. Als er traurig ein Kind betrachtete, das versteinert war, während es eine Puppe umklammerte, die unverändert geblieben war, hörte er ein Geräusch.

Er erstarrte. Da war es wieder. Es kam von draußen, von der Straße, und es kam näher. Garth eilte so leise wie möglich zum nächsten Fenster; er war noch im Erdgeschoß. Er lugte vorsichtig hinaus und sah zu seinem Erstaunen einen Mann näher kommen; das Erstaunen bestand nicht so sehr darin, daß ein Mann durch die Straßen von Mormoreth ging, sondern vielmehr darin, daß Garth ihn erkannte. Es war Dansin, der Bandit.

Da der Banditenführer die beste Informationsquelle war, die er sich nur wünschen konnte, sprang Garth durchs Fenster, so daß die Glasscherben über die ganze Straße spritzten. Ehe Dansin mehr getan hatte, als erschrocken zusammenzuzucken, spürte er schon die Schwertspitze des Übermannes an der Kehle.

»Mann, ich will wissen, wo ich einen Eingang in die Grüfte finde.«

Dansin stammelte: »Welche Grüfte?« Seine Hand kroch zu seiner Weste, doch Garth war schneller und zog einen kunstvoll geschnitzten Holzstab von vielleicht einem Zoll Durchmesser und einem Fuß Länge hervor.

»Ich nehme an, daß dies das Gerät ist, mit dem du mich bei unserer letzten Begegnung gefangen hast. Wie funktioniert es?«

»Ich ... du hast geschworen, mir nichts zu tun.«

»Ich habe geschworen, daß ich dich nicht töten würde; das werde ich nicht tun. Allerdings wirst du, solltest du dich weigern, deine rechte Hand am Handgelenk verlieren. Ich will zwei Dinge: die Stelle, an der man in die Grüfte eindringen kann, und eine Erklärung, wie man diesen Talisman benutzt.«

»Ich weiß nichts von Grüften, das schwöre ich bei der Fünfzehn!«

»Aber du weißt, wie man diesen Stab benutzt.«

»Ja.«

»Dann erkläre!«

Nach einigem Zögern gehorchte der Bandit; der Stab funktionierte, indem man verschiedene geschnitzte Flächen in einer gewissen Reihenfolge niederdrückte. Garth hielt Dansin in Reichweite, während er den Stab ausprobierte, und war zufrieden, daß die Beschreibung zutraf.

»Sehr gut, Dieb. Und nun, was tust du in Mormoreth?«

»Ich bin gekommen, um Shang von unserer Niederlage und deinem Kommen zu unterrichten.«

»Wie hat er auf deine Warnung geantwortet?«

»Er lachte; er sagte, er werde dich am Tor erwarten, und erlaubte mir zu bleiben, damit wir uns nicht auf der Straße trafen. Dann, vor knapp einer Stunde, kehrte er in den Palast zurück und wies mich hinaus.«

»Sehr gut; du kannst deines Weges gehen.« Garth steckte sein Schwert in die Scheide, und einen Augenblick später floh Dansin durch das Tor, wie von Dämonen verfolgt.

Garth sah ihm nach, dann wandte er sich in die entgegengesetzte Richtung. Er wußte nun, daß Shang im Palast wohnte. Außerdem hatte Shang zugegeben, daß ein großer Teil seiner Magie vom Basilisken stammte. Deshalb schien es wahrscheinlich, daß es im Palast oder in seiner Nähe einen Eingang in die Katakomben gab.

Wenn der fragliche Palast der einzige in der Stadt war, was nach der Art, wie von ihm gesprochen wurde, zuzutreffen schien, dann lag er aller Wahrscheinlichkeit nach im Zentrum, da es auf diesem flachen Talboden kein hohes Gelände gab. So schlug Garth die Richtung zum Stadtzentrum ein.

Er rief sein Kriegstier, und Koros erschien aus der Gasse, in der Garth ihn zurückgelassen hatte. Er führte das Tier und wanderte mit gemütlichem Schritt dahin, während er über den besten Weg brütete, in den Palast einzudringen, ohne es noch einmal mit Shang zu tun zu bekommen.

Kapitel 5

Garth war noch nicht weit gekommen, als er sein Ziel sah. Die Straße, auf der er sich befand, war fast gerade, eine Seltenheit in menschlichen Städten; etwa eine Meile vom Tor entfernt hatte sie eine einzige Kurve beschrieben. Nachdem er dieser Biegung gefolgt war, blickte der Übermann eine breite Hauptstraße hinunter, die in einen großen Platz mündete. Auf der entfernten Seite des Platzes – die Tür wies direkt in Garths Blickrichtung – stand ein großes, schönes, dreistöckiges Haus, das wie der größte Teil Mormoreths aus weißem Marmor gebaut war. Offenbar war das der Palast, den Shang in Besitz genommen hatte. Er war noch etwa eine Viertelmeile entfernt. Garth hielt inne und dachte über sein weiteres Vorgehen nach. Es war schlicht unmöglich, sich mit Koros im Schlepptau hinüberzustehlen, also führte er das Tier in einen passenden Hinterhof, der vom Platz aus nicht eingesehen werden konnte, und band es locker an einen Pfosten; er war sich bewußt, daß das Seil, sollte das Tier sich entfernen wollen, ihm kaum Widerstand leisten würde, doch es war genug, um den mündlichen Befehl, am Ort zu bleiben, zu verstärken. Er konnte nur hoffen und darauf vertrauen, daß er zurück war, ehe Koros so hungrig würde, daß er seinen Befehl übertrat.

Er ließ das jetzt völlig sanfte Tier gesattelt und beladen, falls es nötig wurde, sich rasch zu entfernen. Dann suchte er zusammen, was er zu brauchen glaubte, und ging rasch die beschattete Seite der Hauptstraße hinunter. Er hatte sein Breitschwert mitgenommen, seinen Dolch, seine Streitaxt und einen Sack mit Seilen, Ketten, Haken und zwei Rasierspiegel, die er nach der ersten Begegnung mit Elmils Bande den toten Banditen abgenommen hatte. Außerdem die beiden magischen Talismane, die er gewonnen hatte, und lebenswichtige Dinge wie seine Geldbörse, die Feldflasche und eine Tasche mit Vorräten. In seinem Gürtel staken Feuerstein und Stahl und eine vorbereitete Fackel.

Als er die Ecke erreichte, wo die Hauptstraße auf den Platz mündete, sah Garth sich um. Der offene Bereich war eindeutig ein Markt, mit Schenken und Gasthöfen an allen Seiten, die dunkel und leer standen. Vor ihm, auf dem mindestens fünfzig Meter weiten Platz, befanden sich die Markisen und Stände verschiedener Händler. Die staubigen und unordentlichen Baldachine zählten nach Dutzenden.

Fast die ganze gegenüberliegende Seite wurde von einem einzigen Gebäude eingenommen: dem Palast, dessen glänzender weißer Marmor funkelte, anscheinend trotz der Entvölkerung der Stadt makellos rein geblieben. Mitten in der Fassade war eine einzige große Tür, eine edelsteinverzierte Fläche aus gehämmertem Gold über drei Stufen aus strahlend rotem Stein; das unterste Stockwerk besaß keine Fenster und keinen Schmuck außer dem Portal, das in den glatten makellosen Marmor eingelassen war.

Die oberen Stockwerke sahen anders aus; ein halbes Dutzend gleichmäßig gesetzte Schlitze dienten als Fenster für den ersten Stock, während der zweite ein Dutzend breite, kunstvoll verbleite Fenster besaß. Das sanft geneigte Dach war mit unzähligen Wasserspeiern gesäumt, die aus dem gleichen weißen Marmor geschnitzt waren, aus dem die Wände bestanden.

Garth machte Bestandsaufnahme. Shang war vermutlich irgendwo dort drin, doch das Gebäude war so weitläufig, daß der größte Teil zweifellos nicht in Sicht- oder Hörweite der Tür lag. Falls ihm der Zauberer nicht gerade auflauerte, standen die Chancen gut, daß er einfach durch die Vordertür hineingehen konnte – es sei denn, es gab eine Art Alarmsystem. Wenn eins vorhanden, würde er es hören und könnte einfach kehrtmachen und wieder hinausgehen.

Obwohl dies das kühnste Vorgehen war, war es zugleich das einfachste und deshalb wahrscheinlich das beste; er konnte nicht wissen, wo im Palast er dem Zauberer begegnen würde, also war ein Eingang so gut wie ein anderer; es wäre dumm gewesen, durch ein Fenster zu klettern, weil er leicht ausgleiten und sich den Hals brechen konnte.

Nachdem er entschieden hatte, wie er vorgehen würde, schritt Garth über den Platz, wobei er die zusammengebrochenen Zelte mied. Die Sonne, die irgendwo hinter seiner rechten Schulter unterging, funkelte rötlich auf den Edelsteinen, mit denen die Palasttür besetzt war. Nachdem er die drei Stufen hinaufgegangen war, packte er den Griff und schob; nichts geschah. Er drückte fester; die Tür gab immer noch nicht nach. Er konnte keine Spur von einem Schloß oder Riegel entdecken, und doch gab sie nicht weiter nach als ein Berg. Entweder war der Palast gebaut worden, um einer Belagerung standzuhalten, oder es war Hexerei im Spiel. In beiden Fällen schien es Garth nicht sinnvoll, es weiter zu versuchen. Er überlegte, ob er sich mit der Axt durcharbeiten sollte, wie er es beim Stadttor getan hatte, doch er verwarf die Idee. Wenn irgend etwas Shang erzürnen würde, dann gewiß die Zerstörung seiner Vordertür. Außerdem würde er bei einem solchen Versuch weit mehr Lärm machen als bei einem heimlichen Eindringen, so daß der Zauberer ihn hören würde, selbst wenn er sich in der entfernten Ecke des Palastes aufhielt.

Deshalb mußte er einen anderen Eingang finden. Garth stieg die rote Steintreppe hinab und wandte sich nach rechts, um das Gebäude zu umrunden. Er kam durch eine ziemlich übel stinkende, vielleicht sechs Fuß breite Gasse und fand die Südseite des Palastes über alle drei Stockwerke so glatt und fugenlos, wie es die unterste Etage vorn war. Dann, etwa vierzig Meter weiter, betrat er eine breitere, sauberere Straße, die im rechten Winkel zu der Gasse verlief. Die Rückseite des Palastes hatte dieselben Fenster und Wasserspeier im obersten Stock, dieselben Schlitze im ersten Stock, dieselbe glatte Fassade im Erdgeschoß, nur mit dem Unterschied, daß dort, wo vorn eine goldene Tür war, sich in der Rückwand ein weiter Bogen befand, vielleicht fünfzehn Fuß breit und zwölf Fuß hoch, der mit einem Eichentor verschlossen war.

Ein rascher Versuch überzeugte ihn, daß diese Barriere ebenso sicher verschlossen war wie das goldene Portal, wenn nicht noch fester, und die Gründe, es nicht durchzuhacken, waren dieselben wie vorn. So ging Garth zur Nordseite weiter, wo er eine etwa acht Fuß breite Gasse betrat, die im dichter werdenden Zwielicht fast schwarz war. Auch hier war der Palast glatt und fugenlos.

Als er wieder auf den Marktplatz trat, bemerkte Garth, daß das Tageslicht rasch verblaßte und daß er nicht viel mehr Zeit verschwenden konnte, wenn er noch sehen wollte, was er tat; deshalb schloß er verschiedene Möglichkeiten aus, wie versteckte Eingänge, Schlösser knacken, von benachbarten Gebäuden Gänge graben und ähnlich ausgefallene Methoden, sich Einlaß zu verschaffen. Statt dessen konzentrierte er sich darauf, die Fenster im zweiten Stock zu erreichen ... Er konnte sehen, daß eins nicht völlig geschlossen war; der metallene Innenrahmen war etwa einen Zoll vom Rahmen entfernt.

Bereits der erste Versuch überzeugte ihn, daß die Palastwände nicht ohne weiteres zu ersteigen waren; der glatte Marmor gab keinen Halt für Finger und Zehen, und Garth wollte keine Zeit und Energie darauf verschwenden, solche Griffe mit der Axt, verbunden mit viel Lärm, erst herzustellen. Er brauchte gar nicht erst zu versuchen, ein Seil oder einen Enterhaken zu einem der Wasserspeier auf dem Dachsims hinaufzuwerfen, denn er bezweifelte, daß Seil und Figur sein Gewicht hielten, und er wußte, daß er im Werfen von Seilen – vom Klettern ganz zu schweigen – kein Experte war. Nein, die beste Möglichkeit wäre es, irgendwie aufs Dach zu gelangen und sich von dort hinabzulassen, an einem doppelt oder dreifach genommenen Seil, das er irgendwo sicher befestigt hatte.

Da der Palast selbst nicht zu bezwingen war, mußte er von einem der Nachbarhäuser aufs Dach kommen; rechts war ein Gasthof, mit seinen drei Stockwerken fast so hoch wie der Palast, mit überhängenden Traufen, an denen er wohl nicht vorbeikäme; links stand ein zweistöckiges Haus, dessen obere Etage über die untere hinausragte, so daß das Dach kaum zwei Meter von der Palastwand entfernt und vielleicht zehn Fuß unterhalb des Palastdachs endete. Das könnte sein Absprungplatz sein, wenn der Sprung selbst auch sehr schwierig würde.

Dieses erste Dach zu erreichen, sollte jedoch leicht sein, denn der nicht umgestürzte Baldachin eines Händlers stand geneigt vor dem Haus, gestützt durch einen recht stabilen Holzrahmen. Ohne weiter nachzudenken, packte Garth das untere Ende des Baldachins, das nur ein paar Zoll über seinem Kopf hing. Er bewegte sich so schnell wie möglich und schwang sich darauf. Das Tuch gab nach, schien gefährlich gespannt, und eine Staubwolke stieg auf, die seine Augen tränen ließ, doch der Baldachin hielt – zunächst jedenfalls. Er kletterte rasch die geneigte Plane hinauf, spürte dabei, daß sie nachgab; das Tuch riß aus dem Rahmen. Er rollte sich zur Seite auf das tuchbedeckte Holz, doch er hörte, wie der Rahmen unter seinem Gewicht krachte und allmählich einsank; doch dann war er oben, drückte sich an die rauhe Fassade des Hauses. Sie war jedoch nicht rauh genug, um ihm einen stabilen Halt zu geben, und er wußte, daß sein Griff nicht sicher genug war, wenn der morsche Baldachin zusammenbrach. Obwohl ihn der Sturz wahrscheinlich nicht verletzt hätte, würde er seinen Plan, auf diesem Weg in den Palast einzudringen, vereiteln und außerdem einen beträchtlichen und unerwünschten Lärm verursachen.

Er wartete, bis das Schwanken und Krachen nachließen, verteilte sein Gewicht so gut wie möglich und dachte über seinen nächsten Schritt nach. Die Traufen waren leicht zu erreichen, wenn er sich aufrichtete, doch dies würde zweifellos den angeschlagenen Verkaufsstand völlig ruinieren. Wenn er eine Zehe in der Hauswand verankern konnte, mochte der Stand vielleicht das restliche Gewicht tragen. Zwischen zwei unsauber geschnittenen Steinen war ein Spalt, fast einen Zoll hoch und vier Zoll breit. Er hob vorsichtig und langsam sein linkes Bein und drückte die Stiefelspitze ins Loch.

So verankert, zog er sich an der Wand hoch, immer nur ein paar Zoll auf einmal, während das rechte Bein auf dem Holzrahmen liegenblieb, bis er kniete. Das linke Bein drückte er gegen die Wand und klammerte sich mit den Händen, alle vier Daumen eingegraben, über dem Kopf an die Wand. Dann, mit einer einzigen, plötzlichen Anstrengung, warf er sich hinauf, fing sich an der Traufe ab und schwang ein Bein aufs Dach. In dieser Haltung zog er das zweite Bein nach, während sich unter ihm der Baldachin von der Wand löste und langsam und leise zu Boden fiel; das Tuch wirkte wie ein Fallschirm, der den Fall bremste und den unvermeidlichen Lärm dämpfte.

Er hielt einen Moment inne, um wieder zu Atem zu kommen, doch er wagte es nicht, lange zu warten, denn Shang konnte den Lärm gehört haben; der Zusammenbruch konnte zwar durch Wind oder Altersschwäche verursacht worden sein, doch Garth mußte außer Sicht kommen. Er verschwendete keine Zeit mit weiteren Vorbereitungen, sondern stand auf und rannte zu der Dachkante, die dem Palast gegenüber lag, und sprang über die kleine Lücke zwischen den Gebäuden. Sein Anlauf wurde von der Neigung des Dachs behindert, und nachdem er das Dach erklommen hatte, war er noch nicht ganz zu Atem gekommen, so daß der Sprung kurz und ungenau ausfiel, doch es gelang ihm, mit ausgestreckten Fingern eine der vorspringenden Wasserspeier-Figuren auf dem Palastdach zu erreichen, und er klammerte sich instinktiv fest. Zu seiner Überraschung hielt das Schnitzwerk; er hatte die örtlichen Baumeister unterschätzt.

Vorsichtig arbeitete er sich mit den Fingern über den Stein, bis er einen sicheren Halt gefunden hatte. Dann schwang er die Füße nach vorn, um sie gegen den glatten weißen Marmor der Palastmauer zu setzen, damit er die Hände verlagern konnte, um abermals ein Bein hinaufzuschwingen. Diesmal brauchte er zwei Versuche, um eine Zehe über die Brustwehr hinter der grinsenden Figur zu haken; Garth schrieb es lieber dem rasch schwindenden Tageslicht zu, als sich einzugestehen, daß er bereits müde wurde. Er war nicht mehr so jung, wie er es einst gewesen war, nachdem er länger als ein Jahrhundert gelebt hatte. Obwohl Übermänner mit einer Lebensspanne von etwa zweihundert Jahren rechnen konnten, hatte Garth schon lange die Blüte der jugendlichen Kraft überschritten.

Nachdem er endlich das sichere Palastdach erreicht hatte, rollte er sich ein Stück vom Rand fort, ohne Einsicht vom Marktplatz, wenn er den Kopf unten hielt, und ruhte sich aus. Als er sich umsah, erkannte er, daß der von außen beinahe quadratische Palast einen freien Platz umschloß, einen großen Innenhof in der Mitte. Obwohl er vom Markt aus nicht gesehen werden konnte, war er in Sicht einer offenen Galerie im zweiten Stock, die auf der anderen Seite des Innenhofs über das ganze Gebäude lief. Er duckte sich instinktiv tiefer, doch er wußte, daß es auf dem Dach keine Stelle gab, die ihn völlig verbarg; selbst die zahlreichen Kamine waren niedrig, kaum mehr als Löcher im Dach. Er lag reglos, wartete auf ein Geräusch, das ihm verriet, wo Shang sich aufhielt.

Nichts.

Er blieb einige Minuten liegen, wo er war, und dachte über sein weiteres Vorgehen nach. Es wäre viel leichter, den Palast zu betreten, wenn er zum Innenhof hinunterkäme oder sich auf eine der Galerien oder Balkone an der Innenseite hinabließ, als durchs Vorderfenster hineinzuklettern. Unter normalen Umständen drohte dort auch weniger Gefahr, daß er bemerkt wurde. Doch in Mormoreth waren die Umstände alles andere als normal; die Stadt war, von Shang abgesehen, unbewohnt, und Shang lebte im Palast. Deshalb war es möglich, daß er jederzeit auf einen Balkon oder eine Galerie hinaustrat oder durch den Innenhof wanderte, von wo aus er vielleicht Garths Abstieg beobachten konnte, während Garth selbst ihn erst sähe, wenn es schon zu spät wäre. Andererseits war ein Eindringen durch das Vorderfenster nur vom Marktplatz und dem direkt dahinter liegenden Raum aus zu sehen. Shang war nicht auf dem Marktplatz, und wenn er doch dort war, dann konnte Garth ihn sehen und ihm ausweichen; und es war unwahrscheinlich, daß er in einem bestimmten Zimmer im oberen Stockwerk war, und viel wahrscheinlicher, daß er irgendwann über den Innenhof ging. Garths ursprünglicher Plan war immer noch der beste.

Er griff in seinen Packen und nahm drei Seile heraus. Eins schlang er um einen der niedrigen Kamine und band es in der dichter werdenden Dunkelheit so gut wie möglich fest – die Dunkelheit war ein weiteres Argument für das Vorderfenster, denn im Innenhof waren Lichtpunkte zu sehen, vermutlich von Fackeln oder Lampen, die sich in den Fenstern spiegelten, während ein vorsichtiger Blick über die Wasserspeier hinweg zeigte, daß das offene Fenster dunkel war. Nachdem sein Glaube an sie gewachsen war, legte Garth ein zweites Seil um einen Wasserspeier und knotete das dritte, da kein anderer Verankerungspunkt zu finden war, um den Kopf eines weiteren Wasserspeiers neben dem ersten – direkt hinter den Fledermausohren der Figur, die keinen Hals hatte.

Die drei Seile wurden locker verflochten und über die Dachkante gelassen; dann folgte Garth dem Seil und kletterte vorsichtig an der baumelnden Leine hinab, die zu seiner Erleichterung hielt, ohne ein Zeichen von Überlastung zu zeigen.

Als er die Figuren hinter sich gelassen hatte, war es kein Problem, den Arm auszustrecken und das Fenster ganz aufzudrücken (es war gut geölt und schwang leicht auf, ohne zu quietschen) und die Beine über die Fensterbank einzuhaken. Dann war er drinnen und ließ das Seil vorsichtig über die Schulter zurückgleiten, damit es nicht laut gegen die Außenwand klatschte. Er bedauerte die Notwendigkeit, es dort baumeln zu lassen; doch mit etwas Glück würde es bis zum Morgen nicht bemerkt werden. Und am Morgen, so hoffte Garth, hätte er seine Aufgabe erledigt und den Palast schon wieder verlassen.

Der Raum, in dem er sich befand, war ein unbenutztes Schlafzimmer; ein breites Himmelbett mit vier dikken Pfosten nahm den größten Teil einer Wand ein, und direkt gegenüber standen ein kunstvoll geschnitzter Schrank und ein eleganter mannshoher Spiegel. Überall hingen Wandteppiche, ab und zu unterbrochen, um Platz für verhängte Durchgänge zu lassen. Das Fenster, durch das er eingedrungen war, war das einzige des Raumes.

Indem er sich behutsam gegen den Uhrzeigersinn durch das Zimmer bewegte, konnte Garth vorsichtig in die Durchgänge spähen. Der erste führte in eine Toilette mit komplizierten Rohrleitungen, die Garth gern näher untersucht hätte, doch bei dem schwachen Licht war das nicht möglich. Er überlegte, ob er seine Fackel entzünden sollte, doch das war ein unnötiges Risiko. Die zweite Tür führte zu einer Art Lager, die dritte in einen Flur. Die vierte Tür, deren Vorhang von einem Rechteck aus Licht umgeben war, ließ Garth für den Augenblick aus und nahm sich zunächst die fünfte und letzte vor, die in einen Ankleideraum führte. An den Wänden standen Schränke mit Frauenkleidern. Dann kehrte Garth leise zur vierten Tür zurück und lugte an dem Samtvorhang vorbei. Seine Augen brauchten einige Sekunden, um sich auf das Licht einzustellen.

Er blickte in einen anderen Raum, der etwa genauso groß wie das Schlafzimmer, doch mit einem Schreibtisch und Stühlen und Sofas möbliert war – offenbar ein Wohnzimmer. Der Raum selbst war nicht beleuchtet, doch auf der anderen Seite stand eine hölzerne Doppeltür weit offen, hinter der eine in zahlreiche Scheiben unterteilte Glastür war. Durch diese Tür strömte Fackellicht herein; anscheinend führte diese Tür zu einer der Galerien über dem Innenhof.

Er hatte zwei Möglichkeiten: der abgedunkelte Gang oder die mit Fackeln erhellte Galerie. Die Entscheidung war leicht; nachdem er sich bereits einmal gegen den Innenhof entschieden hatte, sah er keinen Grund, es jetzt zu riskieren.

Er schob sich vorsichtig an dem Samtvorhang vorbei in den dunklen Flur dahinter. Er konnte fast nichts von seiner Umgebung erkennen; nur eine winzige Spur von Licht, viel zu wenig, um von Nutzen zu sein, drang von den Räumen und Kammern zu beiden Seiten herein. Soweit der Übermann erkennen konnte, ging der Flur von seinem Standpunkt aus etwa zwölf Meter weiter. Mindestens zwei weitere Zimmer gingen von ihm ab; sie waren an dem blaßgrauen Schimmer zu erkennen, den die Türritzen in die Dunkelheit warfen. Er schob sich vorsichtig und beinahe geräuschlos weiter den Flur hinunter; seine Schritte wurden durch einen dicken Teppich gedämpft.

Als er den zweiten blassen Lichtflecken passiert hatte, arbeitete er sich einen oder zwei Schritte in die undurchdringliche Dunkelheit vor, doch dann traf sein Fuß plötzlich nicht mehr auf den Boden; er hatte das obere Ende einer Treppe erreicht. Indem er seinen Weg jetzt nur noch durch Tasten fand, bewegte er sich vorsichtig, Stufe für Stufe, die Spirale hinunter, bis er, lange Minuten später, im untersten Stockwerk ankam. Den dazwischen liegenden Stock hatte er ohne Zögern ausgelassen. Er bedauerte nur, daß die Treppe nicht in den Keller oder – noch besser – bis in die Grüfte führte.

Die letzte Stufe brachte ihn wiederum auf einen weichen Teppich; aus dem Gefühl der Luft und den winzigen Echos (hervorgerufen durch das leise Klirren von Panzer und Waffen) schloß er, daß er in einem großen Saal stand. Obwohl es nicht der richtige Augenblick schien, die Fackel zu entzünden, entschied er sich für das Risiko, Licht zu machen; er hatte ein paar trockene Holzsplitter in der Gürteltasche, außerdem Feuerstein und Stahl, und mit ihnen schlug er vorsichtig einen Funken. Der Span flammte zu seiner Erleichterung sofort auf und warf ein winziges dunkelrotes Licht in den Raum, das für Garths Zwecke gerade recht war.

Der Raum war tatsächlich sehr groß und reich möbliert; obwohl kaum Einzelheiten zu erkennen waren, sah er, daß der Boden unter Schichten von Teppichen verschwand. Auch die Wände waren mit Teppichen verkleidet, die das Licht reflektierten, wo Goldfäden eingewoben waren. Der große Eichentisch, der in der Mitte des Raumes stand, war kunstvoll geschnitzt, die Stühle waren aufwendig gepolstert. Der Raum war anscheinend eine Art Speisesaal. Schwere Holzläden bedeckten Öffnungen, die vermutlich zum Innenhof blickten; höchstwahrscheinlich waren sie, genau wie die, die er oben gesehen hatte, mit gläsernen Außentüren versehen. Ein geräumiger Kamin nahm das ferne Ende des Raumes ein, und zu seiner Linken führten zwei große

Türen vermutlich in andere Teile des Palastes. Unter der näheren dieser Türen entstand plötzlich ein Lichtfunke. Garth ließ sofort seinen glimmenden Span fallen und drückte ihn mit dem Fuß aus, während er mit der anderen Hand nach dem Schwertgriff tastete. Er wartete, als durch die geschlossene Tür dumpfe Schritte zu vernehmen waren; sie näherten sich langsam und gleichmäßig. Als sie aufhörten, bemerkte Garth, daß er den Atem angehalten hatte. Er atmete vorsichtig aus. Dann hörte er, wie ein Schrank geöffnet wurde; der Riegel und die quietschenden Scharniere klangen zu hell für eine normalgroße Tür. Irgend etwas wurde herumgeräumt, dann wurde der Schrank wieder geschlossen. Garth stand die ganze Zeit über reglos, wachsam und bereit für alles, was kommen mochte. Schließlich erklangen wieder Schritte, doch diesmal entfernten sie sich von ihm. Das Licht wurde schwächer, dann erlosch es, und Garth stand wieder in äußerster Dunkelheit.

Der Übermann entspannte sich langsam. Um ein Haar hätte Shang ihn entdeckt; kein angenehmer Gedanke. Er überlegte, wie es nun weitergehen sollte; er wußte, daß Shang das Gift des Basilisken irgendwie benutzt hatte, das hatte ihm der Zauberer selbst verraten. Und er hatte gerade gehört, daß er entweder etwas aus einem Lager geholt oder etwas an seinen Platz zurückgebracht hatte. Deshalb schien es nicht unwahrscheinlich, daß das Gift des Basilisken im Nachbarzimmer aufbewahrt wurde. Was sonst, wenn nicht magische Apparaturen, sollte der Zauberer herumgeräumt haben? Welchen Sinn sollte es außerdem machen, ein so gefährliches Zeug weiter als unbedingt nötig von seiner Quelle entfernt zu lagern? Gut möglich, daß der Eingang der Katakomben ganz in der Nähe war, jenseits der Tür, vor der er nun stand. Wenn nicht, war es nicht unvernünftig anzunehmen, daß beim Gift des Basilisken wenigstens ein Hinweis zu finden war, wo der Eingang lag. Es schien geboten, den Raum zu untersuchen. Shang war gerade darin gewesen, also würde er vermutlich vorläufig nicht zurückkommen – natürlich war es nicht ausgeschlossen, und Garth mußte vorsichtig sein. Er durfte keine Zeit verschwenden. Nachdem er sich entschlossen hatte, schlich Garth zu der Tür, die er durch Tasten und aufgrund seiner Erinnerung fand, und zog am Riegel. Die Tür schwang durch ihr eigenes Gewicht auf. Offenbar war sie nicht lotrecht eingehängt. Doch da sie sich lautlos öffnen ließ, machte Garth keine Anstalten, sie aufzuhalten; statt dessen trat er hindurch, als die Öffnung groß genug war. Nachdem er einen Augenblick nachgedacht hatte, hielt er die Tür auf und schloß sie wieder, tastete nach dem Riegel und senkte ihn lautlos in die Falle; obwohl ihn dies von einem möglichen Rückzugsweg abschnitt oder den Weg zumindest verzögerte, schien dies weniger wichtig, als keinen offensichtlichen Beweis seiner Anwesenheit zurückzulassen, falls Shang noch einmal diesen Raum betrat, während Garth anderswo war.

Der Raum war dunkel, wenn auch nicht ganz so schwarz wie der Speisesaal; unter einem halben Dutzend geschlossener Türen zu beiden Seiten der Kammer und durch mit Läden verschlossene Fenster in der dritten Wand fielen Lichtstreifen herein. Anscheinend war er dem Teil des Palastes sehr nahe, den Shang als persönliches Quartier benutzte. Garths Augen hatten sich bereits auf die Dunkelheit eingestellt; nachdem er die Tür geschlossen und sich von den hellen Lichtbalken abgewandt hatte, konnte er mühelos die Einrichtung des Raumes betrachten. Er erkannte sofort, wie falsch seine Annahmen gewesen waren.

Es war eine Küche; Shang hatte sich nur einen Imbiß geholt. An einer Wand standen Schränke und Vitrinen, und zwischen ihnen war ein offener Bogengang, der in die Speisekammer und den Anrichteraum führen mußte. Hinter einer Ecke lag wohl, nach den herumliegenden Pfannen zu urteilen, die Spülküche. Eine Wand wurde fast völlig von Öfen und einem großen offenen Herd eingenommen. Überall standen Tische und Theken, und es roch nach Gemüse und gekochtem Fleisch.

Garth nahm seinen Irrtum mit einem Achselzucken hin; er hätte erwarten sollen, daß der Raum neben einem Speisesaal eine Küche war, doch er hatte nicht daran gedacht. Es war ein Fehler, aber es war passiert, und er würde ihn nicht noch einmal begehen. Er war, wo er war, und er mußte das Beste daraus machen. Eigentlich, sagte er sich, war der Ort gar nicht schlecht. Die Grüfte befanden sich natürlich unter dem Palast; deshalb waren die Keller des Palastes ein guter Ort, um den Eingang zu finden, und die Küche war ein guter Ort, um einen Eingang zum Keller zu finden. Zweifellos führte eine der Türen zu einer Kellertreppe. Die Frage war nur, welche die richtige war.

Nun, es war als sicher anzunehmen, daß der Keller zu dieser Zeit nicht beleuchtet war, was die Türen ausschloß, unter denen Lichtbalken zu sehen waren. Blieben noch drei Türen im Hauptteil der Küche und vielleicht einige andere im Anrichteraum und in der Spülküche.

Er begann sich vorsichtig zur nächsten unbeleuchteten Tür durch den Raum zu schieben. Seine Stiefel kratzten leicht über den Steinboden, also verlegte er sich darauf, vorsichtige Schritte zu machen, indem er die Füße anhob, ein Stück vorschob und sie behutsam auf den Boden setzte. Er hatte die abgedunkelte Küche vielleicht zur Hälfte durchmessen, als sein Fuß mitten in der Bewegung gegen einen Kessel traf, der auf der Seite lag, wie Shang ihn fortgeworfen hatte – er mußte ein stümperhafter Haushälter sein. Der Kupferkessel rollte, von seiner Fußspitze getroffen, klappernd zur Seite; Garth verlor das Gleichgewicht und fing sich, indem er den Fuß mit einem lauten Knall fest auf den Boden setzte und sich an einem Tisch festhielt. Er erstarrte.

Der Kessel war kaum zur Ruhe gekommen, als er die

Schritte des Zauberers näher kommen hörte. Seine rechte Hand fiel abermals auf den Schwertgriff, während die Linke in den Mantel glitt und die Tasche suchte, in der er das sogenannter Juwel der Blindheit verwahrt hatte. Wenn er überhaupt je magische Hilfe brauchte, dann jetzt.

Nach einigem Wühlen fand er die Tasche; er wagte es nicht, die Augen von den beleuchteten Türen zu nehmen, denn er konnte nicht wissen, welche jetzt gleich von Shang aufgerissen werden würde. Da er nicht wußte, aus welcher Richtung der Angriff kommen würde, konnte er es sich nicht leisten, in die falsche Richtung zu blicken. Seine drei Finger suchten herum, seine Daumen hakten sich über den Taschenrand, um zu halten, was herausfallen mochte. Er spürte den harten Klumpen des Edelsteins und zog ihn heraus.

Eine Tür wurde aufgedrückt und knallte gegen die Wand. Der Zauberer stand im Rahmen, eine schwarze Silhouette vor dem fackelerleuchteten Raum dahinter. Garth war einen Moment lang vom plötzlichen Licht geblendet, doch er zog für alle Fälle das Schwert und war bereit, als die abrupte Bewegung der Tür gebremst wurde; die linke Hand hielt er vor sich, das Juwel der Blindheit fest gepackt.

Zu seinem Erstaunen irgnorierte Shang ihn; er sagte nichts, machte keine bedrohliche Bewegung. Statt dessen starrte er in die düstere Küche wie ein Trinker in die leere Flasche, als hätte er erwartet, etwas zu sehen, was nicht da war.

Garth, der seinem Glück nicht ganz traute, hielt den Atem an und machte sich bereit, während ihm langsam dämmerte, daß etwas nicht stimmte; er konnte die Spitze seines Schwertes nicht sehen, obwohl sie nahe genug war. Hatte er versehentlich den Dolch gezückt? Nein, der Gewichtsunterschied hätte es ihm sofort verraten. Er blickte nach unten und wurde von einer sehr seltsamen Form der Übelkeit übermannt: Er konnte seine Hände, seine Beine und keinen einzigen Teil seines Körpers und seiner Kleidung sehen. Sein Schwert war unsichtbar wie die Luft. Es war eine sehr seltsame und beunruhigende Erfahrung, so als triebe er schwerelos in der Luft; doch seine anderen Sinne sagten ihm, daß er mit dem Schwert in der Hand fest auf dem Boden stand.

Kapitel 6

Shang blieb für einige lange Augenblicke in der Tür stehen und starrte in die vermeintlich leere Dunkelheit. Dann trat er mit einem Achselzucken einen Schritt zurück und langte zur Seite. Seine Hand verschwand hinter dem Türrahmen, um fast sofort mit dem Stummel einer Fackel zurückzukehren. Lässig als hätte er die Möglichkeit eines Hinterhalts abgetan, schritt der Zauberer in die Küche und sah sich um. Als er den Kessel vor Garths jetzt unsichtbarem Stiefel bemerkte, durchquerte er den Raum, hob ihn auf und setzte ihn mit leichtem Stirnrunzeln auf den Tisch. Garth blieb völlig reglos stehen, wagte kaum zu atmen, aus Furcht, er könnte irgendwie entdeckt werden. Die Hand des Zauberers streifte ein paar Zoll vor seinem Fuß vorbei, und der Übermann fragte sich, was geschähe, falls Shang ihn berührte. Elmil hatte gesagt, das Juwel machte den Benutzer unsichtbar, unhörbar und unberührbar; glitte dann die Hand des Zauberers durch ihn hindurch? Würde er es spüren? Würde es ihn verletzen?

Er bekam keine Möglichkeit, es herauszufinden, denn Shang berührte ihn nicht. Statt dessen benutzte der Zauberer, nachdem er den Kessel an seinen Platz zurückgestellt hatte, den Fackelstummel, um eine hängende Öllampe zu entzünden. Dann warf er den Stummel in den Kamin, wo er in einem Schauer grauer Asche erlosch. Die Lampe flackerte für einen Augenblick hell auf, dann fiel die Flamme zu einem qualmenden, stinkenden Glimmen zusammen, während Shang verschiedene Schränke öffnete und in ihnen herumkramte; er setzte neben dem Kessel eine Käseplatte auf den Tisch, dann fuhr er fort, anscheinend auf der Suche nach irgend etwas. Schließlich knallte er mit einem zornigen Knurren den letzten Schrank zu und ging zu einer Tür, zu eben jener Tür, die Garth hatte öffnen wollen. Im flackernden Lampenlicht sah der Übermann, daß die Tür mit einem schweren Vorhängeschloß versperrt war. Er dachte rasch nach, was das bedeuten konnte; warum sollte eine Tür versperrt sein, während die anderen es nicht waren? Sie schützte etwas Wertvolles – vielleicht die Grüfte, in denen der Basilisk lebte?

Er hatte keine Zeit, weiter zu überlegen, denn Shang steckte einen schweren Schlüssel ins Schloß und zog die Tür auf; wenn Garth durch diese Tür wollte, mußte er sich beeilen. Er rannte hindurch, einen Sekundenbruchteil bevor der Zauberer selbst gemächlich hindurchschritt und sie hinter sich wieder schloß.

Unglücklicherweise führte die Tür auf einen schmalen Treppenabsatz am oberen Ende einer Treppe. Garth verlor nach seinem wilden Vorpreschen das Gleichgewicht und stolperte ungeschickt die lange Treppe hinunter, ehe er es schaffte, das Geländer zu packen und seinen Sturz abzufangen. Zu seinem Erstaunen spürte er trotz seiner zahlreichen Kontakte mit den Stufen und dem Geländer keine Prellungen oder Quetschungen, und er hatte auch kein Geräusch gemacht; die Stille war gespenstisch und schrecklich, als existierte er überhaupt nicht mehr.

Als die Tür zuknallte und das trübe Licht der Küche aussperrte, blitzte plötzlich eine kleine Flamme auf; Garth sah mit einer seltsamen Mischung aus Furcht und Faszination, daß sie aus dem Finger des Zauberers selbst entstand. Shang benutzte sie, um eine Fackel zu entzünden, die auf dem Treppenabsatz in einem Halter bereitstand. Dann löschte er den Finger mit einer Handbewegung und nahm die viel hellere Fackel auf.

Garth sah sich rasch um. Er war mehr oder weniger auf der Hälfte einer zwei Dutzend Stufen langen Treppe, die aus dunkelgrauem Stein geschlagen war. Eine Seite der Treppe wurde durch grobe Blöcke desselben

Steins begrenzt, die andere Seite war das Geländer aus schwarzem Eisen, an das er sich klammerte. Hinter dem Geländer erstreckte sich ein ansehnlicher Weinkeller mit feuchten Steinwänden auf beiden Seiten und einem komplizierten alten Steingewölbe über dem Kopf. Seine Grenzen verloren sich jenseits des Fackelscheins; in dem Teil, den er überblicken konnte, standen zahllose alte spinnwebenüberzogene Weinregale, einige gefüllt, einige leer, einige in halbleerem Zustand. Das Licht begann zu wandern, und Garth blickte nach oben. Shang näherte sich ihm, und da er keinen Zusammenstoß riskieren wollte, trat er hastig die Treppe hinunter, sich immer ein paar Schritte vor dem Zauberer haltend, bis beide den Boden erreichten, wo Garth zur Seite trat und es Shang erlaubte, ungehindert zum nächsten Weinregal zu gehen.

Währenddessen tadelte Garth sich für eine weitere unzutreffende Unterstellung: Es war viel natürlicher, daß Shang einen Schluck Wein zum Käse suchte, als daß er unbewaffnet in die Katakomben spazierte.

Als wollte er bestätigen, daß der Übermann zu hastig reagiert hatte, sagte Shang laut: »Ah! Hervorragend!« Er zog eine mit Spinnweben überzogene Flasche hervor, hinter deren trübem Glas eine dunkle Flüssigkeit schwappte. Dann wandte er sich wieder zur Treppe. Garth blieb wo er war und dachte über seinen nächsten Schritt nach.

Obwohl Shangs Gang in den Keller in keiner Weise mit den Grüften zu tun hatte, war es immer noch möglich, daß irgendwo zwischen den Weinregalen ein Eingang war; da Garth einmal hier unten war, konnte es ihm nicht schaden, sich weiter umzusehen. Deshalb ließe er den Zauberer gehen, sähe sich um und verschwände, wenn er nichts fand. Erst als er hörte, wie das Vorhängeschloß klickend einrastete, erkannte er, daß er etwas vergessen hatte. Wenn er hinauswollte, mußte er entweder warten, bis der Zauberer wieder durstig wurde, oder seine Axt benutzen, um die Tür zu zerstören. Er kam sich ziemlich dumm vor.

Doch er konnte im Augenblick nichts daran ändern, und so würde er das Beste aus der Situation machen und den Weinkeller durchsuchen. Glücklicherweise hatte Shang sich nicht die Mühe gemacht, die Fackel zu löschen, sondern hatte sie, immer noch brennend, einfach in die Klammer gesteckt. Garth fragte sich, ob das bedeutete, daß er bald zurückkommen würde. Wahrscheinlich würde er noch einmal kommen, um die Weinvorräte der Küche zu ergänzen. Deshalb mußte er sich beeilen und die Fackel zurückgesteckt haben, bevor Shang zurückkehrte. Garth ahnte, daß er nur soviel Zeit hatte, wie ein Mann zum Leeren einer Flasche brauchte, und daß er somit nicht weiter zögern durfte. Er eilte die Treppe hinauf und griff nach oben, um die Fackel aus dem Halter zu ziehen. Er schloß die Finger um den Stiel und zog. Sie bewegte sich nicht. Er zog verblüfft noch einmal, und wieder blieb die Fackel wie festgemauert an der Kellerwand hängen. Garth zog die Hand zurück, griff noch einmal zu und versuchte es erneut; immer noch weigerte sich das Holz, sich zu bewegen. Ob es verzaubert war? Es schien unwahrscheinlich, daß der Zauberer sich die Mühe machte, eine Fackel in einem Weinkeller zu verzaubern. Vielleicht hatten seine unsichtbaren Finger die falsche Stelle getroffen, und er versuchte, die Klammer fortzuziehen? Aber nein, er spürte deutlich die rauhe Maserung des Holzes.

Während er seine unsichtbare Hand studierte, kam ihm ein schrecklicher Gedanke: Wo war sein Schwert? Er tastete die Stelle ab, wo eigentlich der Griff sein sollte, und fand nichts; seine linke Hand umklammerte immer noch das Juwel der Blindheit, doch seine Rechte war leer, seit er die Treppe hinuntergefallen war und das Geländer gepackt hatte. Er mußte die Waffe entweder in der Küche oder auf der Treppe verloren haben; er konnte keine Spur von ihr entdecken. Entweder war sie immer noch unsichtbar, oder sie lag als eindeutiger Beweis seiner Anwesenheit in der Küche. Ihm fiel ein, daß es im Grunde ein Glücksfall war, daß er das Schwert und nicht den Edelstein verloren hatte, der seine einzige Möglichkeit war, wieder sichtbar zu werden. Um das Risiko auszuschalten, ihn auch noch zu verlieren, steckte er ihn vorsichtig in eine Gürteltasche – ein sehr gefährliches Unterfangen, während er unsichtbar war. Als er beide Hände frei hatte, griff er wieder hinauf und betastete die Fackel, befühlte vorsichtig die Stelle, wo der Schaft in der Eisenklammer steckte. Er konnte keinen Riegel und kein anderes Hindernis entdecken. Er setzte seine volle Kraft ein, die eigentlich ausgereicht hätte, die ganze Klammer aus der Wand zu ziehen; die Fackel flackerte nicht einmal. Entweder war sie tatsächlich verhext, oder dies war ein Nebeneffekt seines unberührbaren Zustandes ... wahrscheinlich letzteres. Konnten denn unberührbare Dinge wie Furcht oder Mut eine Fackel aus einer Klammer ziehen? Er stieg abermals die Stufen hinunter und suchte aufs Geratewohl eine Weinflasche heraus; er konnte sie nicht bewegen, genausowenig wie er die Fackel heben konnte. Gleichermaßen, so erkannte er nun, wäre er unfähig, die Tür zu den Grüften zu öffnen, selbst wenn er sie fand. Nun, entschied er, diese Einzelheiten ließ er am besten ruhen, bis er tatsächlich mit ihnen konfrontiert wurde. Er war nicht sicher, ob er abermals unsichtbar werden konnte, nachdem er die Unsichtbarkeit aufgehoben hatte (vorausgesetzt, er konnte sie aufheben), und er wagte es nicht, seinen besten Schutz vor Entdekkung aufzugeben, solange es nicht unbedingt nötig war.

Er fragte sich wieder, was aus seinem Schwert geworden war; wo auch immer es sich befand, es war anscheinend immer noch unsichtbar, denn sonst wäre Shang zurückgekehrt und hätte ihn gesucht, nachdem er die Waffe auf dem Küchenboden gefunden hätte. Ihm fiel ein, daß er normalerweise auch gehört hätte, wie es zu Boden fiel; der Unhörbarkeitszauber erstreckte sich anscheinend ebenso auf den Benutzer wie auf die gesamte Umgebung. Um es auszuprobieren, stieß er einen Ruf aus und stellte fest, daß er ihn selbst nicht hören konnte. Kein Wunder, daß die Banditen ihren Angriff so ungeordnet vorgetragen hatten! Es war erstaunlich, daß sie überhaupt gemeinsam vorgegangen waren. Zweifellos das Ergebnis langer Übung! Nun, zumindest konnte er noch fühlen; die Unberührbarkeit war anscheinend nicht ganz so vollständig.

Doch sie war vollständig genug. Er konnte die Fackel nicht bewegen, also konnte er die Wände auch nicht mit ihrem Licht absuchen. Er erinnerte sich an die Fackel, die in seinem Gürtel steckte, und fand sie durch Tasten; sie ließ sich bewegen. Er zog sie heraus, kletterte wieder die Treppe hinauf und hielt sie in die Flamme der anderen Fackel. Nichts geschah; keine Flamme entzündete sich. Er tastete nach der ölgetränkten Spitze und verbrannte sich die Finger. Sie brannte. Natürlich, die Flammen waren ebenso unsichtbar wie die Fackel, und sie warf ein unsichtbares Licht.

Garth wünschte plötzlich, er wüßte die Namen einiger passender Götter, um anständig fluchen zu können; dies schien die einzige passende Antwort auf seine Situation. Unglücklicherweise wußte er keinen Fluch. Wie die meisten Übermänner war er Atheist, zumindest Agnostiker, der sich weigerte, dem Geplapper der wetteifernden Glaubensgemeinschaften zuzuhören, die keinen greifbaren Beweis für die Existenz der zahllosen Götter und Göttinnen liefern konnten, die sie anbeteten. Eine Folge dieser verbreiteten Haltung war es, daß es in der Nordwüste keine Priester irgendeiner Richtung gab.

Er trat die unsichtbare Flamme mit seinem unsichtbaren Stiefel vorsichtig aus und nahm den Geruch von unsichtbarem Qualm wahr. Er fragte sich, ob auch Shang ihn roch: er hatte keine Ahnung, wie gut Menschen riechen konnten. Es schien ihm, daß derart vorspringende Nasen recht empfindlich waren; doch wenn er sich an den Gestank in Skelleth erinnerte, schien dies ein Irrtum zu sein.

Anscheinend konnte er nichts weiter tun, als im Zwielicht die Wände abzusuchen, indem er sich trotz seiner Unfähigkeit, auch nur ein Blättchen aufzuklauben, vor allem auf den Tastsinn verließ. Er konnte immer noch Oberflächen spüren, wenn auch ein Seidenvorhang unter seinen unsichtbaren Fingern nicht weiter nachgäbe als eine Steinwand.

Zu seiner Überraschung stellte er fest, daß er die Dunkelheit irgendwie beruhigend fand; er hätte seine Hände oder Füße im Dunkeln sowieso nicht sehen können, und so war ihr Fehlen weniger unheimlich als in hellem Licht. Er fand mühelos die feuchte und recht kalte Steinwand und tastete sich vorsichtig an ihr entlang, wich, wo nötig, den Weinregalen und ebenso den Spinnennetzen aus, die für ihn jetzt undurchdringlich waren wie ein Stahlgitter. Durch die Regale fiel genug Licht, um zu verhindern, daß er irgendwo anstieß. Die verschiedenen Vorsprünge, auf die er traf, waren als dunklere Flecken erkennbar. Allerdings konnte er keine Einzelheiten ausmachen; bei seiner Erkundung mußte er sich vor allem auf den Tastsinn verlassen.

Nach und nach wurde sein ganzes Bewußtsein von seiner Aufgabe eingenommen. Er bemerkte und katalogisierte im Geiste eine verwirrende Vielfalt von Oberflächenbeschaffenheiten des Steins und verlor jedes Zeitgefühl. Erst als er eine Ecke erreichte und beschloß, eine kleine Pause einzulegen, fiel ihm auf, daß er sich in völliger Dunkelheit befand. Selbst das Glühen der Fackel hatte sich zwischen den Weinregalen verloren. Er hatte mindestens einhundert Fuß der Wand systematisch, Zoll für Zoll erforscht; er erkannte erstaunt, daß es Stunden gedauert haben mußte, ohne daß Shang zurückgekehrt war. Er hatte keine Ahnung, wie spät es war; doch die Sonne mußte bereits wieder aufgegangen sein.

Er erhob sich aus seiner gebückten Haltung und ging zum anderen Ende des Kellers zurück, wo die Treppe emporstieg. Unterwegs sah er, daß das Fackellicht trüber war als zuvor. Indem er trabte, erreichte er rasch den Fuß der Treppe und sah, daß die Fackel zu einem Stummel heruntergebrannt war, zu kurz, um gehalten zu werden. Sie würde jeden Augenblick erlöschen. Und er konnte nichts tun, es zu verhindern. Er fragte sich, ob Shang etwas zugestoßen war oder ob er einfach vergessen hatte, noch mehr Wein zu holen. Es spielte im Grunde keine Rolle. Während Garth zuschaute, flakkerte die Flamme und erlosch zu einem trübroten Glühen, das langsam verblaßte.

Ein kurzes Unbehagen kam über ihn, doch er schüttelte es ab. Wenn dem Zauberer etwas zugestoßen war, mußte er den Unsichtbarkeitszauber brechen, um den Keller zu verlassen; wenn er den Bann nicht brechen konnte, wäre er auf ewig gefangen. Natürlich würde er nicht verdursten, aber er bezweifelte, daß ein Übermann sehr lange mit nichts anderem als Wein überleben konnte. Ihm kam nicht in den Sinn, daß er in seinem unsichtbaren Zustand gar nicht an den Wein herankommen konnte. Außerdem wartete sein Reittier immer noch draußen in der Stadt auf ihn, und wenn es nicht am nächsten Tag oder bald darauf, etwas zu fressen bekam, würde es sehr hungrig werden. Nun, das Kriegstier konnte auf sich selbst aufpassen; er hatte schon genug Sorgen. Er wandte seine Aufmerksamkeit wieder den Kellerwänden zu.

Lange danach erreichte er etwas, das zweifellos eine Tür war. Der Stein hörte auf, dann kam ein hölzerner Rahmen, und ein paar Zoll tiefer begann eine Holzfläche, die mit Eisendornen bewehrt war, um Eindringlinge davon abzuhalten, die Tür mit der Schulter einzudrücken. Es war die erste Spur von etwas anderem außer massivem Stein in der Wand. Eine nähere Untersuchung zeigte ihm, wo die Scharniere waren. Obwohl er wußte, daß es zwecklos war, drückte er an der anderen Seite. Die Tür gab nicht nach. Anscheinend war für ihn jetzt der Augenblick des Versuchs gekommen, sich wieder sichtbar zu machen. Er griff in die Gürteltasche und tastete nach dem Stein. Vorsichtig zog er ihn heraus.

Er verfing sich; eine der Kanten war im Saum der Tasche hängengeblieben.

Er zerrte gereizt. Zuerst passierte nichts, dann kam der Stein plötzlich frei und flog ihm aus der Hand. Garth ließ sich erschrocken auf die Knie fallen und tastete danach, doch er fand nur Staub. Ohne darüber nachzudenken, riß er seinen Feuerstein, den Stahl und den Zunder heraus und schlug einen Funken; er hatte vergessen, daß Flamme und Licht unsichtbar blieben.

Der Zunder fing Feuer und flammte in Garths völlig normalen, sichtbaren Händen zu einer hellgelben Flamme auf. Garth schnaubte erleichtert, als ihm klar wurde, daß er während dem Hantieren mit dem Stein irgendwie den Bann gebrochen hatte.

Rasch, bevor der flackernde Zunder erlosch, zog er seine Fackel heraus und hielt sie an die Flamme; das schmutzige, nicht mehr frische Öl brauchte einige Sekunden, bis es brannte, doch im letzten rauchigen und roten Licht zündete es.

Er steckte Feuerstein und Stahl mit einer Hand ein und hielt mit der anderen die Fackel hoch. Er hatte seinen Zunder verbraucht, so daß er es sich nicht erlauben konnte, die Fackel zu verlieren, die jetzt seine einzige Lichtquelle war. Ein rascher Blick in die Runde zeigte ihm, daß weitere Fackeln, lange nicht mehr benutzt und mit Staub und Spinnweben bedeckt, hoch oben an den Kellerwänden klebten. Er zündete die nächste Fackel an, um eine zweite Lichtquelle zu haben, falls er die erste verlor, und sammelte dann systematisch eine Ladung unbenutzter Fackeln von anderen Klammern ein, die er an seinem Gürtel befestigte. Danach wandte er seine Aufmerksamkeit der Tür zu, die er gefunden hatte.

Sie war massiv, mit drei schweren schwarzen Scharnieren verankert, die das bewehrte und mehrschichtige Eichenholz hielten, das einer Belagerung standhalten mochte. Außerdem war das Holz mit unzähligen zolllangen Dornen besetzt. Die Tür war mit einem schweren Riegel versperrt, der seinerseits mit einem massiven Bolzenschloß gesichert war, zu dem Shang zweifellos den Schlüssel besaß.

Während er an den Zauberer und seine Werke dachte, sah er sich nach dem Juwel der Blindheit um, doch entdeckte es nirgends. Er zuckte die Achseln. Es hatte seinem Zweck gedient, und er wollte keine Zeit verschwenden und es suchen; er wollte den Basilisken ans Tageslicht bringen, ehe Koros hungrig wurde und auf die Jagd ging. Er wandte seine Aufmerksamkeit dem Riegel und dem Schloß zu und hielt die Fackel so nahe wie möglich davor, ohne etwas in Brand zu stecken.

Der Riegel hatte wenig zu bedeuten; er konnte anscheinend von beiden Seiten bewegt werden. Das Schloß war das Problem. Und er brauchte sich keine Sorgen zu machen, daß es auf der anderen Seite Gitter oder weitere Schlösser geben könnte, denn hinter dieser Tür war Shang ebenso hilflos wie er selbst wahrscheinlich. Er war nicht sicher, ob solche Dinge magisch manipuliert werden konnten. Vielleicht wirkte hier ein Schutzzauber, doch damit würde er sich erst beschäftigen, wenn es nötig wurde, nicht vorher.

Die Tür war recht ordentlich in den Rahmen eingepaßt, doch eine nähere Untersuchung zeigte, daß es ein oder zwei Zoll über dem Riegel einen schmalen Riß gab; durch den Spalt konnte Garth das Licht auf dem glänzenden Metall des Schloßbolzens sehen, ein Beweis dafür, daß das Schloß vor kurzem benutzt worden war, denn der Rost war abgekratzt. Er legte die Fackel beiseite, zog seinen Dolch, und tatsächlich paßte die schmale Klinge in die Öffnung. Er drückte sie nach unten, bis er spürte, daß sie auf dem Bolzen schabte, dann drückte er zur Seite, und der Bolzen verschob sich ein winziges Stück. Er wiederholte die Bewegungen einige Male. Dann, während er die Dolchspitze hielt, wo sie war, spähte er in den Spalt. Er war nicht sicher, doch es schien, als hätte sich der Bolzen ein ganzes Stück bewegt und wäre nicht ganz zurückgeglitten. Er fuhr fort; nachdem er ein dutzendmal geschoben hatte, knackte etwas, und sein Dolch kam frei. Zu seiner Enttäuschung mußte er sehen, daß der Dolch abgebrochen war; seine sorgfältige Untersuchung des Spalts zeigte ihm jedoch, daß die abgebrochene Spitze irgendwie zwischen dem Bolzen und dem Rahmen steckengeblieben war. Er drückte noch einmal mit dem stumpfen Dolch.

Es klickte laut und dumpf, und das Schloß sprang auf.

Garth zog den Riegel zurück und drückte die Tür auf. Sie gab langsam und mit lautem Kratzen nach, denn die Dolchspitze steckte immer noch zwischen Rahmen und Schloß. Er drückte fester, sie schwang unvermittelt auf, und er stürzte in die dahinterliegende Dunkelheit.

Er taumelte unbeholfen einige Schritte hinab, dann fing er sich. Er stand auf einer schmalen Treppe, die weiter hinabreichte, als er im Fackellicht sehen konnte, und zu beiden Seiten war massiver Stein. Die Wände schienen aus natürlichem, unbearbeitetem Fels zu bestehen, denn er entdeckte keine Fugen und keinen Mörtel. Der Tunnel und die Stufen waren aus dem Untergrundgestein des Tals selbst geschlagen worden.

Ein kühler Lufthauch wehte aus den unsichtbaren Tiefen unter ihm herauf. Er war ziemlich sicher, daß er die Grüfte von Mormoreth gefunden hatte.

Von nun an mußte er äußerst vorsichtig sein; er konnte jeden Augenblick dem Basilisken begegnen.

Sein einziges Mittel, bei einer solchen Begegnung nicht versteinert zu werden, waren die Rasierspiegel, die er den toten Banditen abgenommen und mitgebracht hatte. Er fand einen der beiden Spiegel in seinem Gepäck und setzte ihn mit der freien Hand auf die Schulter. Dann drehte er den Kopf und richtete den Spiegel aus, bis er die abwärts führende Treppe darin sehen konnte, und schließlich drehte er den Helm herum, bis der Ohrschutz seine Augen blockierte. Solange er in den Spiegel blickte, konnte er darin sehen, was vor ihm war. Das war unbequem und umständlich, doch so konnte er es möglicherweise schaffen.

So gewappnet, kehrte er zum Treppenabsatz zurück, nahm seine Fackel auf und drückte die Tür vorsichtig zu, ohne sie einschnappen zu lassen. Er steckte den gebrochenen Dolch wieder ein, machte kehrt und stieg hinab, während er die Fackel hochhielt und seinen Weg nur mit dem Spiegelbild fand.

Kapitel 7

Die Treppe wand sich anmutig in diese und in jene Richtung; es waren etwa einhundert Stufen, vielleicht mehr, die in eine kleine Kammer führten, von der auf drei Seiten Gänge abzweigten. Die Luft war kühl und trocken, stand still, ohne Bewegung. Garth hatte auf der langen gewundenen Treppe den Richtungssinn verloren, doch das spielte so weit im Untergrund keine Rolle.

Die Wände waren überraschend sauber; es war kein Staub, es war kein Spinnennetz zu sehen. Auch diese Vorkammer war völlig leer – nichts als ein kahler Würfel aus Stein mit drei Gängen und der Treppe an der vierten Seite. Es gab keine Stalagtiten, keine Salzablagerungen, kein anderes Zeichen von Alter, Wachstum oder Verfall; so als wäre der Tunnel gerade erst gebohrt worden. Dennoch gab es ein undefinierbares Etwas, vielleicht einen Duft, in der Luft, der den Übermann vermuten ließ, daß die Katakomben in Wahrheit sehr alt waren, sehr alt und irgendwie böse. Gewiß waren sie völlig still; kein Wasser tröpfelte, keine Mäuse raschelten, keine Insekten huschten, und die Stille wirkte bedrükkend und voll böser Vorahnungen.

Während er sich langsam und vorsichtig bewegte, während er sich nach den trüben Reflexen im Spiegel auf der Schulter richtete, drang Garth in den linken Gang ein und begann seine Suche nach einem Lebewesen. Er hatte gehofft, daß er trotz Shangs Warnung ein kleineres Ungeziefer fände, vielleicht eine Fliege oder eine Ratte, bevor er auf den Basilisken traf; doch nachdem er die öden und unbelebten Gänge gesehen hatte, ließ er diese Vorstellung fallen. Seine Schritte hallten von den nackten Wänden wie donnernde Trommeln wider, und er war recht sicher, daß das Summen einer

Mücke oder das Huschen einer Eidechse vernehmlich verstärkt worden wäre, sollte es ein solches Tier in der Nähe geben. Er begann sich zu fragen, wie es kam, daß er vom Basilisken nichts hörte.

Während er weiter durch das komplizierte Gangsystem schritt, wünschte sich Garth allmählich, er hätte einen Faden mitgebracht, um den Rückweg zu finden; die Grüfte waren ein Labyrinth von verzweigten Tunneln, hallenden Kammern, leicht geneigten Böden und völlig identischen Verbindungsgängen, die wohl dazu angelegt waren, um den Eindringling zu verwirren. Er fragte sich, was ihr ursprünglicher Zweck gewesen sein mochte, doch er konnte sich nichts Einleuchtendes vorstellen.

Die Zeit verging, und er spürte eine seltsame Müdigkeit, vielleicht sogar einen Anflug von Übelkeit. Er schüttelte den Kopf, um klar zu werden, und unterbrach seinen Erkundungsgang einen Augenblick lang. Als er stand, bemerkte er, daß seine Schritte, hallend und widerhallend, immer noch lange Sekunden zu hören waren, nachdem er stehengeblieben war.

Warum war er so müde und benommen? Wohl wahr: Er hatte seit einem oder zwei Tagen nicht mehr geschlafen, aber das war nichts Ungewöhnliches; er war in der Vergangenheit immer fähig gewesen, mühelos eine ganze Woche auf Schlaf zu verzichten. Vielleicht war es Hunger? Er fand einen Streifen Trockenfleisch in seinem Packen und schlang ihn hinunter; es änderte nichts. Als er es tat, bemerkte er jedoch einen eigenartigen Geruch, und er erkannte jetzt, daß der Geruch schon eine ganze Weile in der Luft gehangen hatte und ständig stärker geworden war. Es war ein trockener, reptilischer Geruch, irgendwie schrecklich; es konnten nur die Ausdünstungen des Basilisken sein. Der Giftatem des Monsters schwächte ihn. Es bedeutete, daß er sein Ziel fast erreicht hatte.

Er sammelte sich, stellte den Schulterspiegel neu ein

und ging weiter. Indem er sich am Spiegelbild orientierte, kam er nur langsam voran. Trotzdem war er überrascht, als er plötzlich einen zusammengekauerten flachen Schatten entdeckte, der an der Wand einer recht großen Kammer ruhte. Es konnte keinen Zweifel geben, daß er seine Beute gefunden hatte.

Er ging einen Schritt weiter, bis der Schein seiner flackernden Fackel auf das Wesen fiel; es war dunkel, tiefgrün, etwa sieben Fuß lang, wenn man den dünnen spitzen Schwanz mitrechnete – ein abstoßender Anblick. Während er das Spiegelbild betrachtete, erwachte das Geschöpf, hob den Kopf und starrte ihn an.

Es hatte schrägstehende goldene Schlitzaugen, Augen, die Garth einfingen; er erstarrte, versuchte den Blick vom Spiegel zu reißen. Es gelang ihm nicht. Seine Augen waren trocken; er konnte nicht blinzeln. Er starrte gebannt das Spiegelbild des Monsters an, bis die roten Augen schmerzten. Schließlich bewegte sich die Kreatur, erhob sich, und der Bann war gebrochen. Garth schloß die Augen und hielt sie fest geschlossen, denn er hatte Angst, dem unheilvollen Blick noch einmal zu begegnen.

Doch auch mit geschlossenen Augen blieben die Augen des Basilisken gegenwärtig; diese schrecklichen gelben Kreise waren mit nichts zu vergleichen, das Garth bisher gesehen hatte – tief und hypnotisch, mit der Ausstrahlung des wissenden zeitlosen Bösen, der Eindruck einer schrecklich bösartigen Intelligenz. Sein Blick war der erbarmungslose, reglose und gefühllose Blick einer Schlange oder einer Eidechse – natürlich, der Basilisk *war* eine Eidechse! Nur eine Eidechse! tröstete sich Garth.

Der Gestank war jetzt stärker; er verkörperte den Verfall, den Moder, der ansonsten in den Katakomben fehlte. Es war ein trockener, brennender Geruch, der Geruch von etwas lange Totem, oder der Geruch des Todes selbst. Garth nahm sich zusammen und öffnete wieder die Augen, versuchte dem reflektierten Starren des Wesens auszuweichen.

Er sah es reglos vielleicht zwanzig Fuß entfernt stehen. Über den Rücken des anmutigen schlanken und kräftigen Körpers lief ein goldener Kamm, der auf dem schmalen Kopf in einer kleinen Krone mit sieben Spitzen auslief. Das Tier hatte einen langen schmalen Kiefer, der mit Hunderten, vielleicht mit Tausenden kleiner nadelscharfer Zähne besetzt war; eine lange schwarze Zunge zuckte stumm hin und her. Zwei schlitzförmige Nüstern stießen eine Giftwolke aus, einen blaßsilbernen Dampf, im Fackelschein kaum zu sehen. Es hatte vier kurze stämmige Beine mit langen Krallen an den Zehen, und es ähnelte, abgesehen von seiner gewaltigen Größe, völlig einer beliebigen Eidechse. Den gräßlichen Augen konnte man nicht entrinnen; Garth stellte abermals fest, wie seine Aufmerksamkeit von ihnen angezogen wurde, fühlte sich von dem glitzernden goldenen Grinsen eingesogen. Wieder riß er sich los, wobei er spürte, wie sein Helm herumrutschte. Aus Angst, dem Blick direkt zu begegnen, ließ er die Augen fest geschlossen.

Er fragte sich, wie alt das Ding war und wie lange es schon unter Mormoreth lebte; die Augen schienen alterslos, so als hätten sie mit ihrem unwandelbaren bösen Blick schon den Beginn der Zeit gesehen. Und er fragte sich, wovon es hier in den leeren, lichtlosen, unbelebten Grüften lebte, und entschied, daß er es lieber nicht wissen wollte.

Er hörte ein Huschen; der Basilisk bewegte sich. Da ihm sein Leben wichtiger war als seine Würde, wandte er sich um und rannte Hals über Kopf in den nächsten Gang, sich im letzten Augenblick erinnernd, daß er auf keinen Fall seinen Fackelstummel fallen lassen durfte; er packte ihn fester, als er floh.

Nachdem er schließlich stehengeblieben war, zog Garth eine neue Fackel heraus und zündete sie am glühenden Stummel an, leckte sich die Hand an der Stelle, wo sie von der Flamme schon leicht verbrannt war. Danach versuchte er sich zu entspannen und das Zittern zu beruhigen, das nach dem plötzlichen Adrenalinstoß entstanden war; er atmete tief und unregelmäßig. Wenn es Götter gab, sagte er sich, dann mußte dieses Wesen tatsächlich dem Totengott dienen, dem Gott, dessen Name nicht laut ausgesprochen wurde. Er fürchtete sich vor dem Basilisken, wie er sich noch nie im Leben gefürchtet hatte; der bloße Anblick jagte ihm mehr Angst, einen tieferen Schrecken ein, als alles andere, das er bisher gesehen hatte.

Er begann schon zu glauben, daß Shang damit recht hatte, daß man den Basilisken nicht fangen konnte. Außerdem bewunderte er Shangs Mut, die Katakomben zu betreten, um das Gift zu sammeln, da Shang doch genau wußte, was der Basilisk war.

Plötzlich hörte er zu zittern auf und ermahnte sich grimmig, daß er in Panik geraten war, daß er im Bann der Furcht geflohen war wie ein Tier, wie ein Kaninchen oder ein Mensch, statt sich wie ein denkender, vernünftiger und deshalb überlegener Übermann zu verhalten. Es gab nichts, das nicht zu bewältigen war, sagte er sich streng. Er mußte sich dem Problem objektiv nähern. Er mußte das Monster fangen und lebend herausbringen; das war das wichtigste. Er mußte es irgendwie fangen, ohne es zu berühren – genau wie er im Annainar-Paß gefangen worden war. Dann mußte er nur noch an Shang vorbeikommen, ohne den Basilisken anzusehen.

Der geschnitzte Holzstab, den er Dansin abgenommen hatte, war geeignet.

Er hatte den Spiegel bei seiner wilden Flucht vor dem Basilisken verloren; er lag irgendwo hinter ihm auf dem Boden. Zum Glück besaß er einen zweiten. Er wühlte in seinem Packen herum und zog den Zauberstab und den Spiegel heraus. Er ermahnte sich, mit diesen Hilfsmitteln etwas vorsichtiger umzugehen. Sie waren beinahe alles, was er noch hatte; er hatte sein Schwert und das

Juwel der Blindheit verloren, seinen Dolch abgebrochen, und jetzt war einer seiner Spiegel verloren und höchstwahrscheinlich zersprungen. Solcher Leichtsinn war unverzeihlich.

Er hatte sich wieder gefangen. Vorsichtig, den Spiegel mit einer Hand haltend, während die andere den Stab hielt, ging er durch den Gang zurück. Die Fackel ließ er auf dem Boden liegen, so daß sein Schatten länger wurde, je weiter er sich entfernte.

Der Basilisk hatte sich bewegt, wohl um den fliehenden Übermann gemächlich einzufangen. Als er näher kam, glitt das Wesen in den Gang heraus, und der grüne Schuppenpanzer funkelte schwach im trüben Fackelschein. Garth erblickte es aus dem Augenwinkel und wandte sich rasch ab, bevor es ihn ansehen konnte; er wollte es nicht einmal riskieren, das Spiegelbild zu sehen, wenn er es vermeiden konnte, schloß die Augen und begann mit dem Talisman zu hantieren, indem er sich nur auf den Tastsinn verließ.

Als er die Sequenz beendet hatte, die die magische Barriere aufbauen sollte, öffnete er vorsichtig die Augen und studierte die im Spiegel reflektierte Szenerie. Der Basilisk kam immer noch auf ihn zu, mit langsamem, königlichem Schritt, wie es dem König der Eidechsen geziemte. Plötzlich blieb er stehen, mitten im Schritt aufgehalten. Er zischte wütend, und Garth fühlte sich vom giftigen Atem des Ungeheurs benommen und übel. Er stieß in alle Richtungen vor und fühlte Widerstand; er richtete sich auf, und die helleren Bauchschuppen reflektierten das Fackellicht. Er schien in die Luft hinaufzuklettern, doch dann rutschte er ungelenk zurück. Auch eine Eidechse konnte die Barriere nicht überwinden.

Anscheinend vermochte sich die Barriere, die von innen nicht zu zerstören war, auf die Umgebung einzustellen, denn sie hatte sich so weit zusammengezogen, daß sie in den Gang paßte.

Garth war zufrieden. Er wandte dem Basilisken den Rücken und holte seine Fackel. Er war sehr mit sich zufrieden; er hatte das Wesen gefangen, hatte seinen Auftrag erfüllt und Shang mit seinen eigenen Waffen geschlagen. Alles was noch blieb: Er müßte den Basilisken sicher nach Skelleth bringen. Natürlich konnte das schwierig werden. Er mußte die Kreatur aus den Grüften und aus der Stadt schaffen, ohne Shang zu begegnen. Es war ein Unglück, daß er den Unsichtbarkeitszauber verloren hatte; trotz seiner verschiedenen Nachteile konnte er nützlich sein.

Er bückte sich und hob die Fackel auf, dann drehte er sich um, bis er das Spiegelbild des Basilisken sah. Er erstarrte. Er war weiter den Gang heruntergekommen und gerade noch so weit entfernt wie zuvor, als er sich von ihm entfernt hatte, obwohl er ein Dutzend Schritte zurückgelegt hatte.

Zu seiner unendlichen Erleichterung blieb das Wesen wie zuvor plötzlich stehen, ebensoweit von ihm entfernt wie vorher. Er hatte vergessen, daß sich die unsichtbare Mauer mit ihm bewegt und eine gleichmäßige Distanz vom Talisman gehalten hatte, der sie entstehen ließ.

Er sah einen Augenblick lang die Augen des Ungeheuers im Spiegel, und sofort lief ihm ein Schauer über den Rücken. Das ruhige Böse in seinem Blick war blankem Haß gewichen, einem intensiven Gefühl, das Garth nicht mißverstehen konnte. Die königlich unbeteiligte Haltung war verschwunden, die Muskeln spannten sich im Zorn. Der Übermann riß den Blick vom Spiegel und drehte dem Ungeheuer den Rücken. Vorsichtig nahm er das Glas von der Schulter und wickelte es in ein Stück Tuch, ehe er es in seinen Packen steckte. Er wollte seine Beute nicht noch einmal ansehen, auch das Spiegelbild nicht, und erst recht nicht direkt; widerstrebend gestand er sich ein, daß er Angst hatte.

Der Fang war gelungen, und nun drängte es ihn hinaus. Wieder bedauerte er, daß er keinen Faden mitgenommen hatte. Nun war er auf sein Gedächtnis angewiesen, und zwar ohne sich umsehen zu können; letzteres war wichtiger als jeder Handel und jedes Gerät, es war eine Sache des Überlebens. Doch als er aufbrach, verspürte er einen zunehmenden Drang, sich umzudrehen und sich zu vergewissern, ob seine Beute noch da war, immer noch sicher gefangen und nicht näher. Außerdem besaß der teuflische Blick des Wesens selbst eine Faszination, und es kostete Mühe, nicht hinzusehen.

Er brauchte mehrere Stunden, um die Treppe zu finden, die zum Weinkeller hinaufführte; mehrmals bog er falsch ab und bemerkte erst, daß der Gang der falsche war, als er schon seine halbe Länge durchmessen hatte, so daß er umkehren mußte, wobei er den Basilisken und sein magisches Gefängnis rückwärts schob (denn der Basilisk, der bereitwillig hinter ihm herkam, weigerte sich, aus eigener Kraft zurückzugehen, und mußte geschoben werden). Dies konnte erreicht werden, indem er den Holzstab, der den Käfig kontrollierte, so fest schob, daß sich das Ungeheuer bewegte, das gut zweihundert Pfund wog. Diese Anstrengung in Verbindung mit den giftigen Dämpfen, die das Wesen ausspie, der schwierige Weg durch die Giftspur, die es auf dem Steinboden hinterließ – das alles machte jedes Umkehren zu einer Tortur, und Garth wurde rasch müde und schwach. Als er endlich die Treppe hinaufstolperte, war er erschöpft, ihm war übel, und seine Stiefel waren auf dem giftverschmutzten Boden fast durchgescheuert. Er brach auf der Treppe zusammen und ruhte einige Minuten lang aus.

Dann erhob er sich wieder, ging die Treppe hinauf und kam die ersten dreißig oder vierzig Stufen mühelos voran; dann plötzlich verlor er das Gleichgewicht und fiel zurück, als hätte ihn eine unsichtbare Hand gepackt und zurückgerissen. Nur indem er sofort die Augen schloß, vermied er es, zum Basilisken zurückzublicken. Als er stürzte, hörte er das Ungeheuer wütend zischen. Dann fing ihn etwas auf, genau wie er vorher aus dem Gleichgewicht geworfen worden war, und er erkannte, was es war; der Talisman, den er im Gürtel trug, war verantwortlich. Der Basilisk war freiwillig bis zum Fuß der Treppe gefolgt, doch dann hatte er sich gesperrt. Als die hintere Wand des unsichtbaren Käfigs mit dem zweihundert Pfund schweren zornigen Basilisken zusammenstieß, war er aus dem Gleichgewicht geworfen worden, und er war vom Stab aufgefangen worden, als die Vorderwand des Käfigs auf den Basilisken traf, der sich ebenso störrisch geweigert hatte zurückzuweichen, wie er sich geweigert hatte, die Treppe zu betreten.

Es kam Garth vor, als müßte er das Wesen Stufe für Stufe die gekrümmte Treppe hinaufschleppen. Er wünschte, Koros wäre zur Stelle, um ihm die Schlepperei abzunehmen; doch das riesige Kriegstier hätte natürlich nicht durch das enge Treppenhaus gepaßt. Wieder fühlte er sich schwach und benommen. Doch indem er sich sagte, daß es notwendig war, rappelte er sich, immer noch mit geschlossenen Augen, auf die Füße und begann abermals hinaufzusteigen, diesmal vorsichtig und langsam, um nicht wieder das Gleichgewicht zu verlieren.

Als er hinaufstieg, bemerkte er, daß er seine Fackel verloren hatte; er öffnete die Augen und sah tiefste Dunkelheit. Er zuckte die Achseln. Es spielte keine große Rolle, denn von hier aus konnte er kaum noch fehlgehen. Die Dunkelheit bedeutete nur, daß er vor dem Blick des Basilisken sicher war. Ohne nachzudenken, wollte er einen Blick hinter sich werfen. Es war die Geschwindigkeit, mit der Übermänner gewöhnlich reagierten, die ihn rettete, denn als sein Kopf herumfuhr, bemerkte er einen bösen grünen Schimmer und hielt sofort inne; der Basilisk leuchtete von innen heraus. Er konnte nicht widerstehen; er kramte in seinem Packen herum, bis er den verbliebenen Spiegel gefunden hatte, und in ihm sah er, daß die Schuppen des Basilisken einen trüben, milchigen, grünblauen Glanz ausstrahlten, während die goldenen Augen mit einem unnatürlichen Licht glühten, das in der tiefen Schwärze hell schien wie der Vollmond um Mitternacht. Das Glühen verstärkte die hypnotische Kraft des Ungeheuers. Garth hatte keine Ahnung, was geschah und wieviel Zeit vom ersten Blick in dieses Geisterlicht verstrichen war, bis der Bann endlich brach, als der Basilisk, unfähig, die Barriere zu durchdringen, aufgab und blinzelte.

Sofort als er das Blinzeln bemerkte, schloß Garth die Augen und wandte sich ab. Nachdem er sich einen Augenblick ausgeruht und erholt hatte, ging er weiter. Nur indem er seine volle Kraft einsetzte, gelang es ihm, das Ungeheuer auf die erste Treppe zu hieven. Glücklicherweise konnte der Basilisk selbst die Barriere nicht bewegen, egal wie wenig Widerstand Garth leistete; dies war ein Vorteil, welchen das Zaubergerät einem normalen Käfig oder Netz voraus hatte.

Geschwächt, wie er von der giftigen Luft war, mußte Garth nach jeder überwundenen Stufe einige Minuten rasten. Er sehnte sich nach dem Geruch frischer Luft, wie er sich noch nie nach etwas gesehnt hatte, abgesehen von dem sexuellen Begehren, das eine Überfrau in Hitze in ihm entfachte.

Als er schon dachte, er würde den Weinkeller nie erreichen, sondern vorher und vielleicht für immer das Bewußtsein verlieren, gab der Basilisk zu seiner unendlichen Erleichterung den Widerstand auf und begann widerstrebend aus eigener Kraft zu kriechen. Anscheinend hatte er beschlossen, nun da er die Grüfte im Grunde bereits verlassen hatte, sich lieber solidarisch zu zeigen, als den ermüdenden und schmerzhaften Widerstand gegen die unsichtbare, unüberwindliche Mauer fortzusetzen, die ihn schon so weit gezerrt hatte. Er hielt sich immer noch am unteren Ende des Käfigs, doch nun bewegte er sich bei der ersten Berührung der vorrükkenden Barriere weiter. Garth wußte, daß dies der Wendepunkt war, daß er nun den Rest des Weges schaffen würde.

Nach geraumer Zeit tastete Garth vor sich und spürte mit gestreckter Hand ziemlich schmerzhaft, daß er die Eisendornen der Tür erreicht hatte, die den Weinkeller von den Grüften trennte. Nachdem er sich gründlich umgesehen hatte, bemerkte er, daß an den Rändern des Portals eine winzige Lichtspur hereinsickerte. Er hielt inne, wollte jedoch nicht warten, bis das Licht verschwand; höchstwahrscheinlich war es eine weitere Fackel, die zufällig weiterhin brannte. Wenn Shang wirklich jenseits der Tür wartete, hätte er außerdem ohnehin kaum noch die Kraft, noch lange in dieser giftigen Luft zu warten. Die Überraschung wäre auf jeden Fall auf seiner Seite, wenn er plötzlich hervorbräche, und jede Verzögerung würde ihn weiter schwächen.

Garth zog seinen zerbrochenen Dolch und drückte ihn in den Spalt, den er zwischen Tür und Rahmen gelassen hatte. Mit leichtem Ruck schwang die Tür nach innen. Als die Öffnung weit genug war, sprang er sofort in den Weinkeller hinaus, in seinem geschwächten Zustand kaum fähig, einen Sturz zu verhindern.

Er war einen Augenblick lang von dem Licht geblendet, in dem er nun stand, nachdem er so lange in völliger Dunkelheit gelaufen war; als er wieder sehen konnte, stand er einem Weinregal gegenüber, als wollte er es mit seinem abgebrochenen Dolch erstechen. Er krümmte sich, bereit zum Kampf, und sah sich um.

Der Keller war hell erleuchtet, nicht nur im Vergleich zu den lichtlosen Grüften; in jeder Klammer flackerten fröhlich Fackeln, obwohl er wußte, daß er einige leer zurückgelassen hatte. Außerdem schien es, daß mehr Weinregale als zuvor geleert waren; weniger als die Hälfte enthielt noch Flaschen. Da war etwas geschehen.

Benommen, wie er war durch Erschöpfung, helles

Licht und genügend Basiliskengift, um ein halbes Dutzend Männer zu töten, brauchte Garth mehrere Minuten, bis er zur Treppe hinüberzusehen vermochte, die zur Palastküche führte. Als er es endlich tat, sah er Shang am oberen Treppenende stehen, lässig am Eisengeländer lehnend, und den verwirrten Übermann mit hämischer Belustigung beobachtend.

Als der Zauberer merkte, daß Garth ihn sah, lachte er, lange und laut. »Tja, Übermann, es scheint, als hättest du überlebt«, sagte er.

Garth gab ihm keine Antwort.

»Bist du nun bereit zuzugeben, daß deine Aufgabe unmöglich ist, und wirst du in Frieden ziehen?«

»Vielleicht.« Garths Stimme klang heiser und klang unschön. Er versuchte sich mit wenig Erfolg zu räuspern.

»Es war etwas sorglos, dein Schwert in meiner Küche liegenzulassen, weißt du.«

»Ah.« Es war kaum mehr als ein Krächzen. »Da war es also?« Er mußte sich anstrengen, um überhaupt zu antworten; doch seine Selbstachtung verlangte, daß er sich nicht von diesem überheblichen Menschen erniedrigen ließ.

»Ich nehme an, der Aufenthalt in meinen kleinen Katakomben war nicht sehr angenehm. Du bist ziemlich verdreckt.«

Garth antwortete nicht; er fragte sich, was Shang nun vorhatte.

»Es war auch leichtsinnig, das Juwel der Blindheit zu verlieren; zumindest nehme ich an, daß du es verloren hast. Inzwischen muß sich selbst dein langsamer Geist daran erinnern, daß ich dich sehen kann, obwohl du vielleicht glaubst, ich könnte es nicht.«

»Du sprichst, aber ich verstehe dich nicht.«

»Spiel nicht den Ahnungslosen! Wenn ich vor meinen Augen ein Breitschwert in der Luft auftauchen sehe, dann weiß ich, daß Magie im Spiel ist. Du hast keinen

Zauber mit dir gebracht, da bin ich sicher; der Vergessene König ist nicht so freigebig mit seiner Zauberkraft, und jeder weiß, daß Übermänner keine Zauberei benutzen. Also mußt du den Stein diesem dummen Banditen abgenommen haben, dem ich ihn anvertraute. Zweifellos hat er dir verraten, wie er funktioniert, als er dein Schwert mehr fürchtete als meine Rache.«

»Zweifellos. Nur daß tote Männer sich selten die Mühe machen, solche Dinge ihren Bezwingern zu erklären.«

»In der Tat. Nun, wie auch immer, hier bist du, und wie es scheint, ohne das Juwel. Außerdem hast du kein Schwert mehr, dein Dolch ist beschädigt und praktisch nutzlos. Damit bleibt nur noch die Axt, die du auf deinen Rücken geschnallt hast. Willst du es nun mit meiner Zauberkraft aufnehmen, oder willst du in Frieden ziehen und mir dein Wort geben, daß du demjenigen nicht dienen wirst, den du den Vergessenen König nennst?«

»Diese Axt ist nicht meine einzige Waffe.«

»Nein?«

»Nein. Ich will es dir zeigen.« Er trat vor, wollte so natürlich wie möglich ausschreiten, während er versuchte, den Basilisken aus dem Tunnel zu ziehen. Zu seinem Entsetzen zischte das Untier zornig.

Shang erstarrte. Garth grinste und gab jede Vorsicht auf, zerrte und zog den Basilisken in den Keller heraus.

Der Zauberer schloß die Augen und murmelte: »Dann nehme ich an, Übermann, daß du das Ungeheuer unter deiner Kontrolle hast.«

»In der Tat, Zauberer.«

»Ich nehme an, daß du abermals eins meiner Geräte zu deinen Zwecken benutzt hast.«

»Vielleicht.«

»Du hast zweifellos Dansin aufgelauert. Ich war zu vertrauensselig. Wenn ich das nächste Mal einen Abgesandten dieses gelbgekleideten Dämonen treffe, werde ich vorsichtiger sein.«

»Ich halte es für unwahrscheinlich, daß du noch einem anderen begegnen wirst.«

»Das hat jedenfalls nichts mit dir zu tun. Du wirst dich erinnern, daß ich dir den Tod ankündigte, falls du den Basilisken fängst.«

»Wir machen alle gelegentlich dumme Bemerkungen.« Garth meinte, die kratzenden, huschenden Geräusche des Basilisken hätten sich verändert, daß er also an der Tür vorbei war. Er wagte es nicht, sich umzusehen und sich zu vergewissern. Er ging einen oder zwei Schritte weiter, dann blieb er stehen.

»Bevor ich dich beseitige, muß ich dich zu deinem Erfolg beglückwünschen. Ich war nicht sicher, ob der Bannstab ein solches Wesen halten könnte.«

»Er funktioniert ganz gut, danke.«

»Hast du ein letztes Wort zu sagen, eine Botschaft an deine Familie vielleicht?«

»Ich glaube nicht; ich habe nicht die Absicht zu sterben.« Garth fragte sich, was Shang vorhatte; da er dem Blick des Basilisken nicht begegnen durfte, waren seine Möglichkeiten stark eingeschränkt. Der Übermann sah, wie Shang nach der Fackel neben seinem Kopf langte.

»Es ist schade, daß deine Absichten nichts an der Tatsache ändern.«

Irgendein Instinkt ließ Garth vorsichtig werden und sagte ihm, daß Shang sogar mit geschlossenen Augen tödlich sein konnte. Er entschied, daß ein Rückzug das beste sei.

Shang hielt jetzt die Fackel, die er durch Tasten gefunden hatte. Er wandte sich mit dem Rücken zum Keller und sprach drei Worte, die Garth nicht verstehen konnte. Die Worte dröhnten unnatürlich laut, hallten von Wand zu Wand wider – irgendwelche Zauberworte. Garth schloß die Augen und stürzte zur Tür der Katakomben, wobei er den protestierenden zischenden Basilisken die Treppe hinunterwarf. Er drehte sich um und sah gerade noch, wie Shang die Fackel zwischen die Weinregale warf, wo sie mit einem gewaltigen Blitz explodierte und mit einer Hitzewelle und einer unnatürlichen Flamme die Regale auf allen Seiten entzündete. Sie fingen sofort Feuer, und der Brand breitete sich rasch aus. Mit der widerborstigen Eidechse kämpfend, eilte Garth in den Tunnel zurück. Selbst hier war die Hitze wie im Schmelzofen. Aus dem Augenwinkel konnte Garth sehen, wie Shang den Keller verließ, während er die Augen vor der schmerzenden Helligkeit des Feuers schützte. Es war gut möglich, daß er Garths Flucht nicht bemerkt hatte und glaubte, er sei im Inferno gefangen, das jetzt den Keller erfüllte. Wäre die Fackel näher oder zwischen ihm und der Tür eingeschlagen, dann wäre er tatsächlich gefangen gewesen.

Er mußte sich noch tiefer die Treppe hinunter zurückziehen. Diesmal wehrte sich der Basilisk nicht, denn er spürte selbst die Hitze. Garth bemerkte, daß sein Brustpanzer ein neues Zeichen trug, wo der Firnis angesengt und geschwärzt war. Seine Haare waren angesengt und zerkrümelten, und nur seine ledrige Haut hatte ihn vor dem Verschmoren bewahrt. Ein Mensch wäre wahrscheinlich fast sofort gestorben. Shangs Unwissen über die Stärke der Übermänner konnte sehr gut sein Verderben sein.

Da er keinen Grund sah, sich mehr als nötig rösten zu lassen, stieg Garth weiter hinunter und hielt erst inne, als der Basilisk fast am Fuß der Treppe war. Selbst hier spürte er die Hitze der Flammen; trotz der Windungen des Treppenhauses war der Tunnel um ihn lebhaft orange gefärbt. Die Flammen waren nicht nur ihrem Ursprung nach magisch, sondern auch ihrer innersten Natur nach, denn sie brannten viel heißer, als jede natürliche Flamme es vermocht hätte, wenn man den Brennstoff und den Ort berücksichtigte. Garth war beeindruckt. Er fragte sich, ob diese drei unverständlichen Worte der ganze Zauberbann waren oder ob Shang etwas vorbereitet hatte, so daß die Worte nur der Auslöser waren. Letzteres hätte sehr für Shangs Voraussicht gesprochen, doch ersteres für seine magischen Fähigkeiten.

Als das Feuer nach einer halben Stunde immer noch unvermindert brannte, entspannte Garth sich und richtete sich auf eine lange Wartezeit ein. Vielleicht wäre er sogar für immer gefangen; doch das schien unwahrscheinlich. Seltsamerweise konnte er nun leichter und unbeschwerter atmen und denken als zuvor; offenbar absorbierte und verzehrte das Feuer irgendwie das Gift des Basilisken, während es kühle, reine Luft aus der Tiefe heraufzog.

Nach einigem Nachdenken erkannte er, daß es nichts weiter zu tun gab, bis das Feuer entweder von selbst erlosch oder feststand, daß es ewig weiterbrennen würde. Deshalb aß er ein wenig von seinen schwindenden Vorräten, nahm einen Schluck Wasser aus seiner halbleeren Feldflasche und legte sich schlafen. Doch seine letzten bewußten Gedanken waren voller Sorge; der Basilisk hatte weder Nahrung noch Wasser. Garth wußte nicht, ob er derartige Dinge brauchte oder nicht; er hatte nirgends in den Grüften eine Spur davon gesehen. Und irgendwo über ihm wurde inzwischen Koros sehr hungrig. Es war mindestens einen Tag, wenn nicht länger her, daß er das Kriegstier verlassen hatte.

Kapitel 8

Obwohl Garth nicht genau bestimmen konnte, wieviel Zeit verstrichen war, war er sicher, daß mindestens ein Tag, vielleicht sogar drei Tage vergangen waren, bis die Hitze so weit nachließ, daß er sich bis zum oberen Ende der Treppe vorzuwagen traute. Seine Nahrung und sein Wasser waren verbraucht, obwohl er mit seinen spärlichen Vorräten so sparsam umgegangen war, wie er es in seinem geschwächten und überhitzten Zustand schaffte. Der Basilisk zeigte, wie ein gelegentlicher Blick in den Spiegel bewies, keine Zeichen von Hunger oder Ermüdung.

Er hatte während dieser Zeitspanne nur zweimal geschlafen, denn sein Schlummer wurde von wirren Träumen geplagt, in denen er wieder den unbeschreiblichen Blick des Basilisken sah. Beide Male war er zitternd erwacht und wußte nichts mehr, als daß er diese schrecklichen Augen fürchtete, wie er noch nie etwas gefürchtet hatte.

Das orangefarbene Glühen war nach ein paar Stunden erloschen und verschwunden, doch als Garth die Treppe hinaufstieg, wurde er von der unerträglichen Hitze aufgehalten, die geblieben war. Er zog sich zurück, wagte sich jedoch ab und zu wieder hinauf und ging jedesmal einige Stufen weiter, während der Weinkeller langsam auskühlte. Schließlich kam er bei einem dieser Versuche in die Nähe der Tür – oder der Stelle, an der sich die Tür befunden hatte. Im trübroten Licht von Aschebergen sah er, daß die Eichentür verbrannt war. Ihre Eisenscharniere hingen schief und angeschmolzen an den Bolzen; die Bolzen selbst hatten nachgegeben. Der hölzerne Rahmen war verschwunden, als hätte er nie existiert. Die Scharniere ragten aus nacktem, geschwärztem Stein hervor.

Einige Versuche später kam Garth nahe genug an den Ausgang heran, um zu sehen, daß auf den obersten Stufen schwarze Metallklumpen lagen – die Dorne, die aus der Tür gefallen waren. Sie waren zu harten kleinen Tümpeln geronnen, immer noch heiß und halb unter feiner grauer Asche begraben. Das rote Glühen dahinter hatte beträchtlich nachgelassen.

Trotz des Glühens entschied Garth, einen Spurt durch den Keller zu riskieren. Wenn Shang seinen Rückzug in die Grüfte beobachtet hatte, was allerdings unwahrscheinlich schien, dann würde er gewiß keine so rasche Flucht erwarten. Außerdem wurde sein Durst zum Problem.

Als er durch die ausgebrannte Türöffnung blickte, sah Garth in dem teuflischen Licht, daß der ganze Weinkeller gleichmäßig mit fast fußhoher, feiner grauer Asche und Klumpen von geschmolzenem Glas bedeckt war. Das Eisengeländer der Küchentreppe war geschmolzen und irgendwo in der Asche darunter verschwunden. Das rote Glühen kam unter der Asche hervor und markierte streifenartig die Stellen, an denen vorher die Weinregale gestanden hatten. Sie gaben dem Kellerboden das Aussehen eines gewaltigen Grills und warfen ein gespenstisches Licht auf die Steinwände und die gewölbte Decke. Indem er sich den glühenden Linien fernhielt, hoffte Garth, ernsthaften Verbrennungen zu entgehen. Allerdings böten seine Stiefel, die schon durch das Gift des Basilisken zerfetzt und versengt waren, wenig Schutz. Er nahm seinen scharlachroten Umhang ab und riß ihn halb durch, um sich mit den Stofffetzen die Füße zu umwickeln. Es tat ihm leid; der Mantel war das Geschenk einer seiner Frauen und hatte sich in der Vergangenheit als sehr nützlich erwiesen.

Er dachte an den Basilisken; er hatte keine Möglichkeit, ihn zu schützen; er mußte hoffen, daß er das kurze Rösten überstand. Er würde durch sein Gewicht gebremst werden, bis er so weit gekommen war, daß das Ungeheuer von sich aus möglichst schnell aus der Asche herauskommen wollte. Das Monster hatte bereits demonstriert, daß es – obwohl störrisch – alles andere als dumm war.

Als seine Füße so gut wie möglich geschützt waren, raffte er sich auf, holte tief Luft und stürmte los.

Die Asche war feiner, als er gedacht hätte; jeder Schritt ließ eine gewaltige Wolke davon aufstieben. Die Luft war zu heiß zum Atmen. Seine Füße wurden geröstet, sein Körper buk in der Rüstung; seine Augen waren trocken, die heiße Luft verzerrte alles, und Aschenflocken blendeten ihn. Der Basilisk war ein zweihundert Pfund schwerer Klotz am Bein; er konnte ihn kaum bewegen. Ein Fehltritt, und sein Fuß würde auf brennende Kohle treten. Das Tuch an den Füßen flackerte für einen Augenblick auf, dann erstarb die Flamme in der Asche, obwohl es sich immer noch so anfühlte, als würde es weiterbrennen.

Schließlich, als er es nicht mehr aushalten zu können glaubte, erreichte er die Treppe. Er stieg die ersten drei Stufen hinauf, aus dem Teppich aus heißer Asche heraus, und lehnte sich gegen die Wand; auch sie war heiß; er zog rasch die Hand zurück. Sein verbrannter Fuß schmerzte. Als seine Augen von Ascheflocken frei waren, sah er als erstes den Rauch, der von dem geschwärzten Fußlappen aufstieg. Eine nähere Untersuchung zeigte, daß der Boden des Lappens immer noch brannte, eine kokelnde Linie von Funken in einem unregelmäßigen, sich erweiternden Kreis, in dem die versengte Schicht darunter zu sehen war. Garth löste so rasch wie möglich die Schnüre und streifte die rauchenden Lumpen ab; auch der Stiefel darunter war schwarz und glomm, die Sohle war völlig verschwunden. Er riß sie ab und nahm sich den anderen Fuß vor. Er sah etwas besser aus; aber auch dieser Stiefel war verdorben, und er warf ihn in die heiße Asche hinunter.

Die nackten Füße schmerzten auf den heißen Stufen. Er stieg etwas weiter die Treppe hinauf. Dabei hörte er auf der anderen Seite des Kellers ein böses Zischen. Im letzten Augenblick fiel ihm ein, daß er sich nicht umdrehen durfte, und er ging wieder hinunter. Anscheinend hatte der Basilisk das Treppenhaus noch nicht verlassen.

Zum erstenmal seit er das Untier gefangen hatte, zog er den Holzstab, der die unsichtbare Barriere kontrollierte, aus dem Gürtel und legte ihn auf die dritte Stufe von unten, nachdem er die dünne Ascheschicht fortgewischt hatte. Dies gab ihm die Freiheit, sich zu bewegen, während der Basilisk gefangen blieb. Wenn er die Küche ausgespäht hatte, konnte er zurückkommen und den Talisman holen.

Humpelnd und den schlimm verbrannten linken Fuß schonend, stieg er die Treppe hinauf. Die Tür am oberen Ende war verschlossen. Sie war nicht verbrannt; sie war mit Stahl beschlagen, und die Hitze hatte anscheinend nicht ausgereicht, das Metall – so weit von der Hauptglut entfernt – zu schmelzen. Doch es war immer noch zu heiß, um es zu berühren. Außerdem hatte jemand anscheinend das Schloß auf der anderen Seite davorgelegt.

Mit einem wütenden Knurren nahm Garth die Axt vom Rücken; er hatte auf der geländerlosen Treppe nicht viel Platz zum Ausholen, doch es gab keine andere Wahl.

Er mußte mehrmals ausholen, bis er Stahl und Holz durchbrochen hatte, doch schließlich war es geschafft, wenn auch die Schneide der Axt stumpf geworden war. Nachdem er eine kleine Öffnung geschlagen hatte, dauerte es nur noch wenige Sekunden, den Rest der Tür in Trümmer zu legen. Unglücklicherweise würde der Lärm, wie Garth genau wußte, Shang alarmieren.

Als der letzte Brocken Holz aus den verzogenen Scharnieren flog, bemerkte Garth mehrere Dinge gleichzeitig: Die Küche war im Licht der Morgensonne ein heller, angenehmer Raum, genau wie er ihn in Erinnerung hatte; sein Schwert lag ganz in der Nähe auf dem Tisch; mehrere Spiegel waren aufgebaut, so daß alles, was aus dem Weinkeller heraufkam, vielleicht ein Dutzendmal in sein eigenes Spiegelbild blickte; Shang stand in der offenen Tür; und der Zauberer hielt eine undurchsichtige Scheibe aus Bernstein in der erhobenen rechten Hand.

Garth reagierte instinktiv. Er schleuderte die Axt und sprang zu seinem Schwert hinüber, doch der verletzte Fuß ließ ihn im Stich, und er stürzte plump zu Boden, auf halbem Wege zum Tisch, den er erreichen wollte, während die Axt den Zauberer um mehrere Zoll verfehlte. Shang duckte sich im Reflex, als die Axt vorbeiflog; er war nicht in Gefahr gewesen. Als die Waffe klappernd zu Boden fiel, lachte der Zauberer.

»Ein schlechter Wurf, Übermann.« Er hob wieder die bernsteinerne Scheibe.

Obwohl Garth keine Ahnung hatte, was es mit dem Gegenstand auf sich hatte, stellte es offensichtlich doch irgendeine Waffe dar; verzweifelt zog er seinen zerbrochenen Dolch und warf ihn, im Augenblick die stumpfe Klinge vergessend. Doch er hatte Glück; trotz seines Ungleichgewichts nahm das Messer die gewünschte Richtung und schlug voll gegen die Scheibe. Wäre sie massiv gewesen, wäre kaum etwas passiert, doch sie bestand aus dünnem Kristall und zersprang, als die Klinge mit der flachen Seite dagegenprallte. Shang schrie laut auf, als eine gelbe Wolke, irgend etwas zwischen Flüssigkeit und Dampf, über seine Hand strömte. Garth nahm den wohlbekannten Geruch des Basilisken wahr.

Da Shang für den Augenblick außer Gefecht war, schnellte Garth auf die Füße, während er sich schwer auf den Tisch stützte, und nahm sein Schwert an sich; so bewaffnet, stellte er sich erneut dem Zauberer.

Garth hatte gehofft, das Gift würde den Zauberer töten, doch das war nicht geschehen; statt dessen umklammerte Shang einen schwarzen Stummel, wo einmal rechte Hand und Unterarm gewesen waren. Er starrte Garth mit glitzernden Augen an. Garth hielt das Glitzern für Schmerz und Haß.

»Übermann«, sagte Shang, und seine Stimme war rauh vor Schmerz, »ich wollte dich rasch und schmerzlos töten, eine einfache Umwandlung; doch nun wirst du langsam sterben.«

Garth fand es sinnlos, einem Toten zu antworten; er wußte, daß Shang sterben mußte, wenn er selbst überleben wollte. Er gab keine Antwort, sondern näherte sich mit erhobenem Schwert dem verkrüppelten und unbewaffneten Zauberer.

Er erreichte ihn nicht. Shang machte mit seiner verbliebenen Hand eine seltsame Bewegung, und der Übermann erstarrte mitten im Schritt; seine Muskeln gehorchten nicht mehr. Trotz seines geistigen Kampfes begann sein Schwert zu sinken, und seine Glieder gaben nach; er kippte nach vorn und stürzte betäubt auf den Steinboden. Er spürte überhaupt nichts, keinen Schmerz, keinen Aufprall, als er auf den Boden schlug, sondern er hörte nur das Krachen seiner Rüstung und das Klappern seines Schwerts.

»Der Kalte Tod ist langsam, Übermann, aber nicht sehr schmerzhaft. Ich bin sicher, daß du, sollten wir uns in der Hölle begegnen, mir mein Handeln nicht vorwerfen wirst. Spar dir die Mühe zu kämpfen; nichts kann den Bann brechen, solange ich lebe und es nicht wünsche. Du wirst dein Ende nur beschleunigen, wenn du dich anstrengst.«

Garth hörte diese Worte nur leise, wie aus großer Entfernung. Er verlor den Kontakt zur Außenwelt, sogar zu seinem eigenen Körper. Der Schmerz im Fuß war verschwunden; er spürte die Hitze seiner Rüstung nicht mehr, sein Blick wurde trüb.

Zusammen mit allem anderen schwand auch sein Zeitgefühl, und er hatte keine Ahnung, wie lange er reglos auf dem Küchenboden lag und ein Tischbein anstarrte; er wußte nur, daß sein Fleisch erkaltete, daß er starb. Es tat nicht weh; Shang hatte recht. Garth hätte allerdings Schmerzen gegenüber dem langsamen Nachlassen allen Gefühls vorgezogen, so wie er es jetzt erlebte. Er empfand zunächst ein tiefes Gefühl der Ohnmacht gegenüber seinem durch Zauberkraft bewirkten Tod, doch dann begann auch dies zu schwinden. Sämtliche physischen Gefühle verblaßten, ließen ihn in völliger Leere schweben, bis auch seine Erinnerungen und Gefühle vergingen.

Etwas geschah; der Bann wurde gebrochen. Sein Gesichtssinn kehrte zurück, und mit ihm die Kraft, den Kopf zu drehen. Er tat es und sah Shang sich abwenden. Auch sein Gehör arbeitete wieder, und er vernahm Shangs besorgtes Murmeln und ein entferntes Krachen. Etwas war im Gange, etwas hatte den Zauberer gestört.

Dann huschte etwas Großes, Schwarzes hinter Shang durch die offene Tür, und plötzlich war der Zauberer tot, verloren in einem wilden Angriff von Klauen und Zähnen und Pelz; seine Schreie gingen im hungrigen Knurren des Kriegstiers unter, das ihn angegriffen hatte. Vor Garths noch trüben Augen wurde der Zauberer in Stücke gerissen und verschlungen.

Obwohl Garth allzu tief in die Abgründe des Kalten Todes gestürzt war, um überrascht zu sein, bestätigte ihm sein erster bewußter Gedanke eine Ahnung dieses Vorfalls. Es war offenbar Tage her, seit Koros zum letzten Mal gefressen hatte. Shang hatte eine Kleinigkeit nicht bedacht; ein typisch menschlicher Fehler.

Dann wurden seine Gedanken unterbrochen, als die Körpergefühle zurückkehrten, und einige lange Minuten spürte er nichts als Schmerz. Die Rückkehr des Lebens war gräßlich schmerzhaft, unendlich schlimmer, als es das langsame Nahen des Todes gewesen war. Sein ganzer Körper brannte mit einem Gefühl, das dem Stechen sehr ähnlich war, wenn ein erfrorenes Glied zu schnell aufgewärmt wird; nur daß er es überall und tausendmal intensiver spürte. Er stellte sich vor, daß sogar seine Knochen schmerzten, und wann immer er hoffte, die Qual sei vorbei, kehrte sie zurück, schlimmer als zuvor.

Es war ein Glück, daß Shang so groß und dick gewesen war; ein kleinerer, typischer Mensch hätte nicht gereicht, um den Hunger des Kriegstiers zu stillen, und Garth war kaum in der Verfassung, sein Reittier zu bändigen, sollte es auf die Idee kommen, den Übermann als Nachtisch zu verspeisen.

Als endlich die Nachwirkungen des Kalten Todes bis auf ein gelegentliches heftiges Zittern und eine allgemeine Schwäche und Übelkeit verschwunden waren, öffnete Garth die Augen und sah Koros ein paar Schritte entfernt stehen und zufrieden das Mark aus einem gebrochenen Schenkelknochen lecken. Das Licht schien trüb. Er kämpfte sich auf die Füße und rieb sich die Augen. Es war wirklich trüb. Die Küche wurde von Osten beleuchtet, und die Sonne hatte längst den Zenit überschritten, so daß der Raum grau und schattig war. Dies zeigte Garth, wie lange er unter Shangs tödlichem Bannspruch gestanden hatte. Nach dem veränderten Licht und den Schatten vorm Fenster zu schließen, hatte das Erlebnis den größten Teil des Tages gedauert, zumindest sechs oder sieben Stunden.

Und das bedeutete auch, daß der Basilisk einen halben Tag lang unbewacht in dem ausgebrannten, drükkendheißen Keller geblieben war. Er wollte zur zerschmetterten Kellertür gehen, doch dann hielt er unsicher inne. Wie sollte er verhindern, daß Koros versteinerte?

Er betrachtete das gewaltige Tier, und seine Unsicherheit wuchs. Er war nicht einmal sicher, ob er sich dem Tier zu nähern wagte. Allerdings war klar, daß er es tun mußte. Vorsichtig hob er sein Schwert auf und trat zu seinem Reittier. Koros ließ von seinem Bissen ab und musterte ihn. Seine Augen verrieten nichts; sein katzenhafter Blick, wenn er auch nicht den hypnotischen Schrecken des Basilisken hatte, verriet keine Regung, war sogar noch schlechter zu deuten als menschliche Gefühle, obwohl Garth annahm, daß das Kriegstier im Vergleich zu den verdrehten Gefühlen der Männer und Frauen ein einfaches und geradliniges Wesen war.

Es knurrte nicht, was Garth ermutigte. Da er es nicht reizen wollte, steckte er sein Schwert in die Scheide; die Waffe hätte gegen einen so mächtigen Gegner ohnehin nicht viel genutzt, und das Tier war auf jeden Fall intelligent genug, eine Waffe zu erkennen, wenn es eine sah.

Etwas in seiner Haltung veränderte sich, wurde vertrauter und beruhigend; es schien weniger gespannt.

Garth sagte: »Koros ... Tier ...« Dann hielt er inne; es verstand nur Kommandos, und er wußte nicht, welchen Befehl er geben sollte. Schließlich fiel ihm der nächstliegende ein. »Komm her, Tier!«

Das Kriegstier streckte sich gehorsam, ein Bein nach dem anderen, und kam herübergetrottet, bis seine pelzige schwarze Schnauze wenige Zoll vor Garths Gesicht war. Es blinzelte und gab ein leises kehliges Geräusch von sich, das der Übermann als Zeichen der Sättigung oder Freude erkannte.

Garth tätschelte beruhigt den riesigen Kopf und sagte: »Wir gehen jetzt.« Er deutete auf die Tür, durch die das Tier hereingekommen war, und Koros machte prompt kehrt und ging voraus. Und das, sagte Garth sich, war gut so, denn er hatte keine Ahnung, auf welchem Weg er den Palast verlassen konnte. Koros wirkte wie ein Ungeheuer, fehl am Platze wie eine Katze in einem Puppenhaus. Das Kriegstier führte seinen Herrn durch eine ganze Anzahl schwach beleuchteter, teppichbelegter und reichgeschmückter Räume, bis sie blinzelnd ins Licht der untergehenden Sonne hinaustraten, die auf die weißen Marmorwände und den leeren Marktplatz einen rosafarbenen Schein warf. Garth ging die drei Stufen auf den Marktplatz hinunter und sah sich um. Nirgends ein Lebenszeichen. Überall herrschte Schweigen; nicht einmal eine Windbö war zu hören. Garth seufzte bedauernd; er hatte gehofft, Shangs Tod würde die Menschen von Mormoreth wiederbeleben, doch offenbar war dem nicht so. Vielleicht hatte das Gift des Basilisken diesen Zauber bewirkt, und der Bann konnte nur gebrochen werden, wenn man ihn erschlug; doch abgesehen von seiner Verpflichtung, ihn lebend zurückzubringen, wußte er nicht, wie er das Monster töten sollte, ja ob dies überhaupt möglich war. Doch andererseits gab es vielleicht auch dauerhafte Bannsprüche, die auf höheren Energien beruhten als auf der persönlichen Kraft des jeweiligen Anwenders.

Plötzlich fiel ihm ein, daß der hölzerne Stab wohl auch eine höhere Kraft als die seines Schöpfers besaß. Sonst hätte sich der Basilisk nicht fangen, sondern nur heraufbringen lassen und dann wieder befreit.

Er wandte sich um und befahl Koros: »Warte hier!« Er stieg die Treppe zum Palast wieder hinauf und ging zur Küche zurück. In der Eingangshalle sah er (er hatte vorher nicht darauf geachtet) die zerschmetterten Überreste des großen goldenen Tors, das Koros bei seiner Jagd nach Frischfleisch zerlegt hatte; die Edelsteine lagen am Boden zerstreut, das Gold war in breiten verbogenen Streifen abgezogen, der massive Eichenrahmen zu Splittern zerfetzt, als wäre eine ganze Armee am Werk gewesen und nicht nur ein einzelnes hungriges Tier. Garth stellte sich den Angriffseifer seines Kriegstiers vor und schauderte. Wie, fragte er sich, konnte ein einziges Tier soviel rohe Kraft besitzen? Und warum unterwarf sich ein solches Tier der Kontrolle eines Übermanns, den es doch mit einem einzigen Schlag töten konnte?

Derlei Fragen waren beunruhigend und irreführend; er vergaß sie und humpelte zum Kellereingang zurück.

Es war seltsam. Das Kriegstier hatte in den anschließenden Räumen nichts beschädigt; nicht ein Stuhl oder Tisch waren umgestürzt, kein Teppich und keine Verzierung in Unordnung. Und doch war da die Tür, und in der Küche war Shang. Oder besser: Es gab ein paar verstreute Schnipsel seiner golddurchwirkten Robe, ein paar zermalmte Knochen, Flecken und Spritzer von geronnenem Blut. Sonst war wenig geblieben. Ein paar Splitter und ein giftverschmierter zerbrochener Dolch markierten die Stelle, an der Garth die Kristallscheibe zerstört hatte, und ein umgestürzter Tisch war ein Hinweis darauf, daß Koros ihn nicht sofort erlegt hatte, sondern daß ein kurzer Kampf vorausgegangen war. Ein armseliges Ende für einen Mann, der sich für so mächtig gehalten hatte. Es war nicht einmal genug für eine rituelle Bestattung geblieben; selbst Shangs Schädel war zerschmettert. Das größte intakte Überbleibsel war ein halber Kieferknochen.

Es war ziemlich widerlich (Garth hatte den Ausdruck einmal gehört, und er schien zu passen). Die Szenerie rief bei ihm jedoch kaum ein Gefühl hervor. Er hatte in der Vergangenheit schon gräßlichere Anblicke gesehen, teilweise auch unter seiner eigenen Rasse. Es war eher die symbolische Bedeutung, die ihm naheging. Shang war ein Mann gewesen, der Macht und Ruhm gesucht und zu einem guten Teil auch gefunden hatte; und doch war er jetzt genauso tot wie jedes Wesen, das starb, genauso machtlos. Garth bezweifelte nicht, daß Shang in wenigen Jahren vergessen sein würde.

Dies war das Schicksal, das er mit seinem Handel zu vermeiden hoffte.

Kapitel 9

Garth blieb vor dem Kellereingang stehen und suchte in seinem Packen nach dem Spiegel. Er fand ihn nicht, sondern schnitt sich den Daumen an einer rasiermesserscharfen Scherbe. Der Spiegel war bei einem seiner Stürze am Morgen zerbrochen.

Er wandte sich zur Küche und bemerkte abermals die Anordnung von Spiegeln, die Shang aufgebaut hatte; sie waren ein ungeklärtes Geheimnis. Vielleicht sollten sie auf irgendeine Weise als Verteidigung gegen den Basilisken dienen. Das kam Garth jedoch unvernünftig vor; wenn er den Anblick des Ungeheuers im Spiegel aushielt, dann konnte es dem Untier selbst bestimmt nichts ausmachen. Trotzdem. Shang hatte sich sicher etwas dabei gedacht.

Garth sammelte die Spiegel ein, stapelte sie mit der Vorderseite nach unten in einer Ecke auf und nahm nur den kleinsten mit, um seinen zerschmetterten Spiegel zu ersetzen. Dann ging er vorsichtig, die Augen auf den Spiegel gerichtet, die Kellertreppen hinunter. Er bedauerte, daß das Eisengeländer nicht mehr da war; auf seinen versengten nackten Füßen war er nicht sehr sicher.

Die weite Kammer war immer noch unerträglich heiß, doch das rote Glühen war erloschen. Garth stand nun in einem düsteren Raum, der nur noch vom trüben Tageslicht erhellt wurde, das durch den Eingang hereinfiel. Er mußte tasten, um den Talisman zu finden. Endlich fiel seine Hand darauf, er hob ihn auf und zog sich einen oder zwei Schritte von der heißen Asche auf den untersten Stufen zurück.

Der Basilisk zischte wütend; er lebte noch und war nach wie vor gefangen. Garth schnaufte erleichtert. Sollte er das Wesen lassen, wo es war, während er eine

Bedeckung für das magische Gefängnis entwarf? Doch er entschied, daß es besser sei, es aus der Hitze herauszuholen. Er hatte es nicht gesehen, und das Zischen klang gesund wie eh und je, doch er bezweifelte, daß das Wesen hier glücklich war.

So zerrte er den widerspenstigen Basilisken die Stufen hinauf, kämpfte darum, einen sicheren Stand zu finden. Er kam nur langsam vorwärts, und er mußte sogar den Spiegel sinken lassen, um sich mit beiden Händen abzustützen. Er schloß die Augen und schob sich hinauf, ließ sich auf Hände und Knie fallen, als seine gequälten Fußsohlen protestierten.

Der Basilisk zischte wieder, diesmal lauter; er machte für einige Minuten ein ziemliches Gezeter, bis er in die Küche heraufkletterte, wo er sofort Ruhe gab. Garth fürchtete, das Wesen sei zusammengebrochen, doch er wagte es nicht, sich umzusehen. Statt dessen ging er durch die offene Tür in den nächsten Raum weiter und war sehr erleichtert, als der Widerstand des Bannstabes sofort nachließ; der Basilisk bewegte sich wieder aus eigener Kraft. Sobald er wußte, daß das Wesen überlebt hatte, legte er den Talisman auf den Boden und schloß die Tür, um dem Blick des Monsters nicht versehentlich zu begegnen.

Nun brauchte er etwas, um den unsichtbaren Käfig zu bedecken, zumindest eine undurchsichtige Barriere zwischen dem Kriegstier und dem Basilisken. Ein großes Stück Stoff oder mehrere zusammengenähte Stücke wären das Richtige gewesen. Er musterte die überall aufgehängten Wandteppiche, entschied sich jedoch gegen sie; sie waren schwer und würden Koros unnötig belasten. Es gab leichteren Stoff.

Er trat in die Eingangshalle und hinaus auf den Platz. Die Sonne war untergegangen, und die langen Schatten mischten sich in das dichter werdende Zwielicht. Koros wartete gehorsam. Er knurrte leise, als er seinen Herrn auftauchen sah. Garth hörte das Geräusch und erkannte es eher als Hunger denn als Gruß; das Tier hatte bereits den größten Teil seines letzten Opfers verdaut und brauchte Nachschub, um sein verlängertes Fasten auszugleichen. Garth nahm es als Warnung.

Er näherte sich dem Tier, tätschelte ihm die Schnauze und streichelte die dreieckigen Katzenohren. Es machte kein Geräusch, sondern legte nur die Ohren auf den breiten Schädel zurück. Es war nicht in der Stimmung, solche Gesten dankbar aufzunehmen. Garth nahm die Hand fort und befahl: »Jag!«

Sofort stellte es die Ohren wieder auf, drehte sich um und trottete die Straße hinunter, die zum Stadttor führte. Garth war sicher, daß es lange dauern würde, bis es zurückkehrte; im Tal von Mormoreth gab es kein Wild. Es mußte bis zu den Bergen vorstoßen, genug Wild aufspüren und töten, um seinen gewaltigen Appetit zu stillen, und dann zurückkehren. Ein solches Unternehmen gab ihm mehr als genug Zeit, aus den Baldachinen und Vorhängen der verlassenen Marktstände eine Decke zu nähen.

Es war sehr angenehm, zu sitzen und auszuruhen und die mißhandelten Füße zu schonen. Er rastete für einen Augenblick auf der Treppe des Palastes und betrachtete den karminroten Sonnenuntergang, der im Westen verblaßte, während er überlegte, was er an Stoffmengen brauchte. Er kannte nicht die genauen Maße des Gefängnisses, besonders nicht die Höhe; es schien etwa zwanzig Fuß weit zu sein, und er nahm an, daß es die Form einer Halbkugel aufwies. Das Zentrum war mindestens zehn Fuß hoch, wie er von den Ereignissen im Annamar-Paß wußte, als er selbst gefangen gewesen war. Er unterstellte, daß dies die Maße waren. Wenn der Käfig kleiner war, konnte der übrige Stoff einfach überhängen oder abgeschnitten werden; wenn er größer war, konnte er noch mehr Stoff annähen. Er würde mehrere Baldachine brauchen; die meisten waren weniger als zehn Fuß groß.

Außerdem brauchte er natürlich Nadel und Faden, doch die ließen sich zweifellos in den früheren Quartieren der Frauen finden.

Die Rückreise nach Skelleth mußte ebenfalls vorbereitet werden; der Gedanke erinnerte ihn daran, daß er mörderisch hungrig war. Es war so lange her, daß er zum letztenmal gegessen hatte, daß er sich an den Schmerz in seinem Bauch gewöhnt und gelernt hatte, ihn zu ignorieren – besonders da er mit anderen Sorgen beschäftigt gewesen war.

Eine dieser Sorgen hatte ihn dazu gebracht, den Basilisken in der Küche zurückzulassen. Es war wirklich lästig. Dennoch, wenn er darüber nachdachte, schien Essen das Wichtigste zu sein. Es gab keinen Grund mehr, daß er sich beeilte.

Eine Untersuchung mit dem Spiegel zeigte ihm, daß der Basilisk in einer Ecke schlief. Garth weckte ihn nicht mit der Barriere, sondern schlich so leise wie möglich hinein und plünderte die Schränke, die nicht durch die unsichtbare Barriere versperrt waren. Die Ausbeute war eher begrenzt, da die Barriere etwa ein Viertel der Schränke unzugänglich machte; doch der Übermann fand einige Regale mit Wein, eine große Menge Pökelfleisch, in Leinen eingenäht, damit Insekten es nicht verseuchen konnten, mehrere Körbe mit einigermaßen frischen Früchten und andere Delikatessen, die zusammen ein Festmahl ergaben, wie er es lange nicht mehr genossen hatte. Kurz nachdem er seine Beute ins Nebenzimmer verlagert, die Küchentür geschlossen und mehrere Kerzen entzündet hatte, verlor er jegliches Zeitgefühl. Irgendwann merkte er, daß er mehr Wein getrunken hatte, als ratsam war, und zu einem anderen Zeitpunkt wurde er ungewöhnlich schläfrig, doch der größte Teil des Abends verging im Rausch. Am nächsten Tag erwachte er, gemütlich in einen dicken Wollteppich gewickelt, der mehrere nackte Frauen zeigte, die um einen Brunnen tanzten. Er hatte Leibschmerzen, eine trockene Kehle und vage Erinnerungen an unangenehme Träume voller böser Reptilienaugen. Die Sonne strömte durch die zum Innenhof blickenden Fenster herein, und ein Blick auf den Winkel sagte ihm, daß es fast Mittag war. Die Kerzen, die er entzündet hatte, waren zu Lachen aus geronnenem Wachs heruntergebrannt.

Er wollte aufstehen, doch er überlegte es sich sofort anders; die Verbrennungen an den Füßen hatten sich in unzählige nässende Blasen verwandelt, und die Haut schälte sich ab.

Er dachte wehmütig darüber nach, wie wenig das Leben den Erzählungen von früheren Helden ähnelte. Diese Geschichten waren immer zu Ende, wenn die Suche vollendet war und der Held seine Gegner erschlagen hatte. Es war nie davon die Rede, wie schwierig es war, den fraglichen Gegenstand nach Hause zu schaffen.

Mehrmals zusammenzuckend, schaffte er es, auf die Füße zu kommen. Auf einem Tisch standen die Überreste des Festmahls der vergangenen Nacht, und aus ihnen suchte er sich ein brauchbares Frühstück zusammen. Nachdem er gegessen hatte, ließen die Leibschmerzen nach, doch sie waren immer noch zu spüren – zweifellos eine Folge davon, daß er sich nach seiner Fastenzeit so vollgestopft und den Magen stark überdehnt hatte. Eine halbe Flasche eines ihm unbekannten goldenen Weins vertrieb die Trockenheit der Kehle. Er fühlte sich trotz des schlimmen Zustandes seiner Füße allmählich etwas besser. Der Kopf schien jetzt, da er nicht mehr an Erschöpfung und unter den Dämpfen des Basilisken litt, erstaunlich klar. Er fürchtete die Notwendigkeit, irgendwann die Küchentür öffnen zu müssen; die Atmosphäre da drin mußte inzwischen ausgesprochen ungesund sein.

Glücklicherweise konnte er es noch eine Weile aufschieben. Er hatte noch keine Bedeckung für den unsichtbaren Käfig hergestellt, und das würde eine ganze Zeit dauern. Widerwillig stand er von seinem Frühstück auf und machte sich, wegen der Blasen etwas schwankend, auf die Suche nach einer Nadel und einem Faden, der für seine Zwecke fest genug war.

Nachdem er eine Stunde gesucht hatte, fand er in einem rückwärtigen Lagerraum eine Nadel und einen Vorrat an dickem Garn, anscheinend für die Reparatur von Sätteln gedacht; es schien geeignet. Er humpelte durch den Innenhof zurück und dann auf den Marktplatz hinaus, blinzelte in die Mittagssonne und sammelte herabgefallene Baldachine ein.

Koros kehrte von der Jagd zurück, als die Schatten so lang waren wie ihre Quellen, die Stunde in der Mitte des Nachmittags. Garth hatte ein Dutzend großer Stoffstücke zu einem bunt gemusterten, etwa dreißig Fuß durchmessenden Kreis zusammengenäht und dachte gerade darüber nach, ob sie reichten. Koros Rückkehr nahm ihm die Entscheidung ab; er würde es riskieren und endlich seine Rückreise nach Skelleth in Angriff nehmen.

Er fragte sich, was das Kriegstier als Beute wohl gefunden hatte. Es schien gut gesättigt, obwohl um sein Maul, anders als sonst, kaum Blut zu sehen war. Es spielte natürlich keine Rolle, solange das Tier nur zufrieden war.

Es war nötig, Koros vorübergehend außer Sichtweite des Marktes zu bringen, während er die Plane über den Käfig legte. Garth hatte sich bereits überlegt, daß es unpraktisch wäre, die Hülle überzuziehen, solange sie noch im Palast war, wo sie sich an jeder Tür verfinge. Die Barriere schien ihre Größe den Türbögen anzupassen, doch die Plane, die ja aus gewöhnlichem Tuch bestand, war nicht so entgegenkommend.

Er führte das Kriegstier in eine passende Gasse und befahl ihm zu warten. Dann war es nur noch eine Sache von Minuten, den Basilisken herauszuholen und die

Bedeckung über das Gefängnis zu streifen. Die Plane paßte wunderbar; der Käfig durchmaß etwa zwanzig Fuß und war zehn Fuß hoch, wie er geschätzt hatte, so daß die Säume der Plane auf allen Seiten den Boden berührten, ohne jedoch mehr als ein paar Zoll nachzuschleifen. Allerdings flatterte der Saum etwas im Wind, so daß Garth sich noch die Zeit nahm, die Ketten, die er während des ganzen Abenteuers in seinem Packen getragen hatte, am unteren Rand festzuzurren, dankbar, daß sie doch noch zu etwas nütze waren, nachdem er sie so lange herumgeschleppt hatte. Das zusätzliche Gewicht hielt die Plane sicher an ihrem Platz. Garth trat ein paar Schritte zurück und bewunderte sein Werk; der Basilisk war nicht mehr zu sehen, und Koros war sicher – und er selbst auch. Er konnte sich umsehen, ohne sich um Spiegel und ähnliches sorgen zu müssen. Alles was zu sehen war, war ein halbkugelförmiges großes Zelt. Dem Basilisken schien seine neue Behausung anscheinend nicht sehr zu gefallen; er zischte wütend und protestierend. Garth ignorierte seine Beschwerden. Er hatte sich nur bereiterklärt, das Wesen lebendig zurückzubringen, und nicht glücklich und zufrieden.

Es dauerte nur einige Minuten, um Koros zu holen, den hölzernen Talisman sicher ins Geschirr des Kriegstiers zu stecken und aufzusteigen, um endlich die Füße zu entlasten. Er hatte sich so daran gewöhnt, auf ihnen zu laufen, daß das plötzliche Nachlassen der Schmerzen eine Euphorie verursachte, als wäre er angenehm betrunken. Er wollte singen, doch unglücklicherweise wußte er keine Lieder, und er bezweifelte, daß er den Ton hätte halten können, wenn er welche gekannt hätte. Übermänner waren grundsätzlich unmusikalisch. Statt dessen stimmte er einen Sprechgesang an, eine blutrünstige Sache, die er als Kind gelernt hatte. Während Koros durch die Straßen Mormoreths zum zerstörten Stadttor schritt, verlor Garth sich im Rezitieren einer Geschichte seiner Vorfahren, der in den lange vergangenen Rassenkriegen zwischen Menschen und Übermännern ganz allein eine Stadt gehalten hatte – während jener Kriege, die die zahlenmäßig weitaus unterlegenen Übermänner in die Nordwüste getrieben hatten.

Er hatte es geschafft, sagte er sich selbst zwischen den Strophen; er hatte den Basilisken gefangen und ritt jetzt gemütlich zurück, die Beute hinter sich herschleppend, während die zeltähnliche Bedeckung scheinbar aus eigener Kraft und ohne sichtbare Verbindung seinem Reittier zu folgen schien. Er war sicher vor dem Zauberer Shang; obwohl er ihn nicht wirklich besiegt hatte, war der Zauberer dennoch tot und nicht länger gefährlich. Er hatte gut gegessen, seine Wunden waren nicht schwer und heilten bereits. Das Leben war sehr angenehm.

Diese glückliche Stimmung hielt sich nicht lange; sie wurde zerstört, als er das Stadttor erreichte und erkannte, daß die sorgfältig vorbereitete Umhüllung des Basilisken nicht hindurchpaßte. Garth brach mißmutig seinen Gesang ab. Es erwies sich als unumgänglich, Koros ein gutes Stück an der gekrümmten Stadtmauer fortzuführen, das schützende Tuch abzustreifen und durchs Tor zu schleppen, das Gefängnis hindurchzuzerren und alles wieder zusammenzusetzen. Nach der kurzen Verschnaufpause war der Schmerz in seinen Füßen schlimmer als zuvor; er humpelte schlimm, als er mit dem widerstrebenden Basilisken und seinem unnachgiebigen Käfig kämpfte. Als er wieder aufgestiegen war und weiterritt, drehte er sich halb im Sattel um und versuchte so gut wie möglich seine verletzten Sohlen zu säubern und zu verbinden, aus denen jetzt Ströme von Blut und Eiter sickerten. Die Sonne war am westlichen Himmel schon weit gesunken, und die Schatten behinderten ihn. Als er sich schließlich wieder nach vorn wandte, war ihm die Lust zum Singen gründlich vergangen. Statt dessen begann er düster darüber nachzugrübeln, was der Vergessene König mit einem Basilisken anfangen wollte.

Es schien klar, daß der alte Mann von vornherein gewußt hatte, wem Garth begegnen würde. Warum sonst hätte er den Übermann auf einen solchen Botengang geschickt? Es war sinnlos, sich darüber den Kopf zu zerbrechen, *woher* er gewußt hatte, daß das einzige Lebewesen in den Grüften ein Basilisk war; er hatte es gewußt, höchstwahrscheinlich durch Magie. Aber er hatte es Garth nicht gesagt. Warum nicht? Um zu verhindern, daß er Angst bekam und den Handel nicht einging? Es schien unwahrscheinlich, daß der Vergessene König seinen neuen Diener so falsch eingeschätzt hatte. Nein, der alte Mann hatte gewollt, daß Garth schlecht vorbereitet war. Diese Folgerung führte zu zwei Möglichkeiten: Entweder der König hatte gewollt, daß Garth scheiterte und bei seiner fast unmöglichen Aufgabe starb, oder er hatte Garths Entschlossenheit einer schweren Prüfung unterziehen wollen. Vielleicht war es beides; vielleicht sollte die Aufgabe entweder mit seinem Erfolg oder mit seinem Tod enden. Ersteres würde Garth dem König empfehlen, letzteres würde eine Unannehmlichkeit beseitigen.

Doch es mußte Tausende möglicher Aufgaben geben, die zu einem solchen Zweck dienen konnten. Es wäre viel einfacher gewesen, wenn er sich mit einem würdigen Gegner bis zum Tode geschlagen hätte. Der König mußte also eine Verwendung für den Basilisken haben; oder vielleicht hielt er Shang auch für einen Feind. Nein, in diesem Fall hätte er Garth geschickt, Shang zu töten. Er hatte eine Verwendung für den Basilisken.

Welche möglichen Nutzen besaß ein Basilisk?

Er konnte natürlich unbegrenzte Mengen von Gift liefern, und man konnte ihn benutzen, um Leute zu versteinern. Deshalb hatte Shang ihn haben wollen. Ob der Vergessene König mit Skelleth genau das vorhatte, was Shang mit Mormoreth getan hatte? Wenn dies der Fall war, dann wollte Garth nichts damit zu tun haben. Oder vielleicht wollte er den Basilisken gegen jemand anders einsetzen; gegen den Hohen König in Kholis vielleicht oder – das wäre das schlimmste – gegen Garths eigenes Volk, um zu beenden, was die Rassenkriege vor dreihundert Jahren begonnen hatten.

Was auch immer der alte Mann im Sinn hatte, Garth bezweifelte kaum, daß es etwas Böses war; es war schwer, sich einen Nutzen für den Basilisken vorzustellen, der *nicht* im Grunde böse war. Er war ein Wesen des Todes. Wie er sich in den Grüften gesagt hatte – wenn es Götter gab, dann diente der Basilisk dem Gott des Todes, dem Wesen, das die Menschen den Letzten Gott nannten. Er versuchte, sich an alles zu erinnern, was er über diesen Gott wußte; es war sehr wenig. Es gab einen Mythos, der besagte, daß jedes Wesen, das den wirklichen Namen des Todesgottes aussprach, augenblicklich sterben müsse, es sei denn, es hatte sich bereits an eine Macht des Bösen verkauft. Außerdem hatte der Letzte Gott Brüder und Schwestern. Garth wußte nicht, wie der verbotene Name lautete und welche der unzähligen Götter mit dem Tod verwandt waren.

Wenn der Basilisk in Wirklichkeit ein Geschöpf des Todesgottes war, diente ihm dann auch der Vergessene König? Wenn dies so war, dachte Garth, dann könnte es so weit kommen, daß er seinen Handel bereute. Er wollte keinen Handel mit den Mächten des Bösen; sie waren für seinen Geschmack bereits viel zu stark. Wenn er sein Leben für die Unsterblichkeit hingeben mußte, würde er sich vielleicht mit einem geringeren Ruhm zufriedengeben.

Er würde noch einmal eingehend mit dem Vergessenen König verhandeln.

Die Sonne war untergegangen, bevor er ein Drittel der Distanz zum Annamar-Paß zurückgelegt hatte, doch Garth ignorierte die Dunkelheit und ließ Koros weiterwandern und den wuchtigen Tuchkäfig über die

Straße zerren. Selbst im Dunkeln war es kaum möglich, den Weg zu verfehlen, denn die Straße war auf beiden Seiten von hohem Gras gesäumt. Als er sich ab und zu im dichter werdenden Dunkel umsah, bemerkte er, daß die Vegetation auf der nicht gepflegten Straße und auf beiden Seiten verdorrte, als der Käfig des Basilisken darüberglitt – ein weiterer Beweis – falls der überhaupt noch nötig war – für die Kraft des Giftes dieses Monsters.

Etwa um Mitternacht erreichte Garth die Stelle, wo er kampiert und sich von Elmil getrennt hatte, bevor er Mormoreth betreten hatte. Die Stelle war so gut wie jede andere, um den Rest der Nacht zu rasten. Er brauchte etwa fünf Minuten, um das Kriegstier abzuladen und den Bannstab zu sichern, und fünf Sekunden, um einzuschlafen. Sein letzter bewußter Gedanke war die Frage, was der Vergessene König mit dem Basilisken vorhatte.

Er schlief unruhig, wurde abermals von Träumen heimgesucht, in denen er dem Blick des Basilisken begegnete, von Träumen, in denen er wieder die Taubheit des Kalten Todes spürte, während das Monster und der Vergessene König seinen Tod beobachteten. Schließlich erwachte er und sah Elmil, gestützt auf eine grobe Krücke, mit blankem Schwert über sich stehen.

Er wollte sich aufrichten, doch als der Bandit mit dem Schwert eine drohende Geste machte, hielt er inne. Widerstrebend legte er sich wieder hin.

»Ich grüße dich, Übermann.«

Garth schwieg.

»Du hast dein Wort gebrochen. Ich dachte, man könnte dem Wort eines Übermannes vertrauen.«

Garth staunte, sagte jedoch nichts. Seine Augen erweiterten sich etwas, doch Elmil, der mit Übermännern genausowenig Erfahrungen hatte wie Garth mit Menschen, fiel es nicht auf.

»Hast du eine Erklärung?«

»Mir ist nicht bewußt, daß ich mein Wort gebrochen hätte.«

»Du hast geschworen, Dansin nicht zu töten.«

»Ich habe Dansin nicht getötet.«

»Du hast geschworen, daß dein Tier Dansin nicht töten würde.«

Garth wollte sprechen, doch er hielt sich zurück. Eine solche Entwicklung hatte er nicht vorausgesehen. Er mußte vorsichtiger sein, wenn er Koros zur Jagd entließ – vorausgesetzt, er lebte lange genug, um es noch einmal zu tun. Seine Worte vorsichtig wählend, sagte er: »Ich habe ihm nicht befohlen, Dansin zu töten.«

»Und doch hat es das getan.«

»Das habe ich nicht gewußt.«

Elmils Stimme war ruhig und kontrolliert. Garth konnte nicht erkennen, ob der Bandit Angst, Wut oder Haß unterdrückte oder ob er sich einfach darauf vorbereitete, ihn zu töten. »Dein Tier hat Dansin ohne Herausforderung getötet, obwohl du geschworen hast, daß es das nicht tun würde.«

»Es war hungrig.«

»Und du hast es meinen Kameraden fressen lassen?«

»Ich wußte nicht, was es gefressen hat. Ich war in Mormoreth. Ich war mehrere Tage in den Grüften unter dem Palast gefangen, und Koros hatte nichts gefressen. Er hat Shang getötet und gefressen, doch er war immer noch hungrig. Ich gab ihn frei, damit er jagen konnte. Ich wußte nicht, daß er Dansin töten würde; ich wußte nicht einmal, daß Dansin in der Nähe war. Hätte ich ihn nicht jagen lassen, wäre er vielleicht über mich hergefallen.«

Die Spitze von Elmils Schwert wurde ein Stück von Garths Kehle zurückgezogen. »Shang ist tot?«

»Ja.«

»Du hast ihn getötet?«

»Koros hat ihn getötet.«

»Was ist in diesem Zelt?«

»Der Basilisk.«

»Basilisk?«

»Das Ungeheuer, das ich fangen sollte.«

»Was für ein Ungeheuer ist es?«

»Ein sehr giftiges. Sein Blick verwandelt jeden in Stein.«

Elmil schwieg.

»Es war der Basilisk, der Shang in die Lage versetzte, das Volk von Mormoreth in Stein zu verwandeln. Er hat das Gift eingesammelt.«

»Das glaube ich nicht.«

»Dann sieh ihn dir selbst an.«

Elmil bekam ein schwaches Grinsen zustande. »Vielleicht glaube ich dir doch.«

»Gut. Darf ich aufstehen?«

Elmil humpelte zurück und erlaubte Garth, sich aufzusetzen. Nachdem ihm der schlimme Zustand seiner Füße eingefallen war, verzichtete der Übermann darauf, ganz aufzustehen.

»Du hast dennoch dein Wort gebrochen.«

»Wahr, doch es geschah ohne Absicht. Ich muß mich entschuldigen, obwohl das dir oder Dansin kaum ein Trost sein wird.«

»Es ist unter meinem Volk Brauch, für den Tod eines Mannes zu bezahlen.«

»Ich habe wenig an Blutgeld zu geben.« Plötzlich fiel ihm etwas ein. »Es sei denn, die Stadt Mormoreth, die ich Shang genommen habe. Wirst du die Stadt als Wehrgeld annehmen?«

Nun war es an Elmil, erstaunt zu sein.

»Wie du weißt, leben die Leute von Mormoreth nicht mehr, und nach Shangs Tod ist die Stadt verlassen. Es ist eine schöne Stadt, wenn es auch ein paar zerbrochene Türen und eine ganze Menge Statuen gibt.«

»Es ist eine Bauernstadt.« Der Tonfall des Barbaren war unsicher, strafte seine Worte Lügen.

»Können Banditen nicht die Landwirtschaft erlernen?

Gewiß ist das doch ein einträglicheres Geschäft, und sicherer ist es auch.«

Elmil grinste. »Nun gut, Garth, du Eidbrecher, wir werden deine Zahlung für Dansins Leben akzeptieren.«

»Gut.«

»Die Sonne ist schon aufgegangen. Wirst du bald aufbrechen?«

»Ich glaube, das sollte ich tun.«

»Vielleicht werde ich dich bis zur südlichen Straße begleiten.«

»Wenn du willst.«

»Es wird eine große Überraschung für meine Gefährten sein, wenn sie hören, daß das Tal von Mormoreth nun uns gehört.«

»Ihr habt viel dafür bezahlt; elf eurer Stammesleute sind tot.«

»Wahr. Jene von uns, die überlebt haben, werden zusätzliche Frauen annehmen, um es auszugleichen.«

Garth war nicht sicher, ob das Gesagte ein Witz war, etwas, das man bedauern mußte, oder etwas, über das man sich freute. Er hielt lieber den Mund. Das menschliche Geschlechtsleben war ihm ein Buch mit sieben Siegeln.

Das Gespräch brach ab, und Garth stand humpelnd auf, um Koros zu satteln.

Kapitel 10

Neun Tage später zügelte Garth sein Kriegstier, als in der Ferne Skelleth in Sicht kam. Er wollte nicht offen ins Dorf einreiten und das Gefängnis des Basilisken hinterherschleppen. Einmal bezweifelte er, ob es durch die schmalen gewundenen Straßen paßte. Zweitens riefe ein solches Spektakel sicher eine Menge Gerede hervor, und er bezweifelte, daß das dem Vergessenen König schmecken würde. Auch gab es die Möglichkeit, daß ein Dummkopf unter das Tuch lugte, das langsam aus dem Leim ging. Es hatte während der Rückreise zweimal geregnet, ein Vorgeschmack auf die Frühjahrsgüsse, die nun jeden Tag losbrechen mußten, und das Tuch hatte sich, als es naß war, gedehnt und war eingesunken. Der untere Saum war mit Dreck bespritzt, und die beständige Reibung der Ketten über den Boden hatten hier und dort kleine Flecken fortgerieben, glücklicherweise nicht genug, um einen Blick ins Innere zu gewähren. Alles in allem sah das Ding ziemlich schlimm aus, wenn es auch immer noch seinen Zweck erfüllte, und Garths ästhetischer Stolz trug einen Teil dazu bei, mit einem solchen Gebilde im Schlepptau von einer Parade durch die Straßen abzusehen.

Als er sich an seinen ersten Besuch in Skelleth erinnerte, beschloß er, nicht einmal auf Koros einzureiten; wenn er vermeiden wollte, von Gaffern umringt zu werden, mußte er zu Fuß in die Stadt schleichen und so klein und menschlich aussehen wie nur irgend möglich. Deshalb mußte er Koros und den Basilisken irgendwo zurücklassen, wo er sie wiederfinden konnte, vor zufällig Vorbeikommenden jedoch in Sicherheit waren. Er wußte daß Koros jeden, der zufällig vorbeikam, auf Distanz halten würde, egal wo er zurückblieb, selbst wenn es mitten auf einer Straße stände. Doch er wollte nicht nur den Basilisken sicher unterbringen, sondern ihn auch unentdeckt wissen. Als er sich umsah, machte er zu seiner Linken ein ziemlich zugewuchertes Gebüsch aus und entschied, daß es in der sumpfigen, nur teilweise landwirtschaftlich genutzten Umgebung von Skelleth den besten nur denkbaren Schutz bot.

Zehn Minuten später war er dankbar, daß das Tuch so schmutzig geworden war, denn der Dreck diente in gewisser Weise als Tarnung; die windgebeugten kleinen Bäume des Gebüsches konnten allein einen so großen Gegenstand kaum verdecken. Nachdem er Koros befohlen hatte, Wache zu halten, wandte er sich um und ging zum Dorf. Er trug einen groben grauen Mantel, den er aus seinem Stoffbündel zusammengefügt hatte, um Panzer und Waffen zu verbergen, und Lumpen um die sonst nackten Füße, um sie vor Kieseln zu schützen und um ihren rauhen schwarzen Pelz zu verbergen. Glücklicherweise waren seine Verbrennungen auf dem Weg von Mormoreth fast völlig verheilt.

Dieser Aufzug bot noch einen weiteren Vorteil, erkannte er; er würde sich erkundigen können, wozu der Vergessene König den Basilisken brauchte. Sollte er eine üble Missetat planen, konnte Garth sein Wissen um den Aufenthaltsort des Ungeheuers für sich behalten, was nicht möglich wäre, wenn er das Wesen direkt in die Stadt schaffte.

Bis zum Osttor war es eine Stunde Fußweg, und Garth verbrachte die Zeit mit Überlegungen, wie er den Vergessenen König möglichst taktvoll dazu zu einer Erklärung bringen konnte, was er mit dem zweifellos tödlichsten Geschöpf der ganzen Welt im Sinn hatte. Es nützte nicht viel; sein Verstand war nicht bereit, derartige Dinge mit großem Einfühlungsvermögen zu behandeln.

Am Tor stand keine Wache; als er aufgebrochen war, hatte auch kein Posten aufgepaßt. Garth war nicht überrascht. Zu seiner Lebenszeit oder der seines Vaters hatte es nur wenige Kriege gegeben, abgesehen von kleineren Scharmützeln und Piratenüberfällen, und in Skelleth gab es ohnehin nichts, was einen Kampf wert war. Ein solches Dorf in einer so verlassenen Gegend brauchte kaum Wachen. Als er jedoch die Ruinen durchquert und den noch bewohnten Teil der Stadt erreicht hatte, stellte er überrascht fest, daß die Straßen verlassen waren. Es war Spätnachmittag, und er hätte erwartet, Frauen auf dem Weg zum Markt zu sehen, Bauern, die mit Dörflern Handel trieben, Hunde und Kinder, die auf der Straße spielten. Doch das ganze Viertel war menschenleer.

Allerdings nicht ganz still. Garth hörte irgendwo weiter vorn die Geräusche einer recht großen Menge. Während er weiterging, wurden die Geräusche lauter; offenbar kamen sie vom Marktplatz vor dem Amtssitz des Barons. Obwohl es möglich gewesen wäre, den *Gasthof des Königs* zu erreichen, ohne den Platz zu überqueren, war Garths Neugierde geweckt; er folgte dem Geräusch. Als er näher kam, kurz vor der letzten Ecke vor dem Marktplatz, wich das Geräusch plötzlich dem Geschiebe einer Menge, die erwartungsvoll verstummt war. Das Ereignis, was immer es war, hatte begonnen.

Er umrundete die Ecke und sah die Rücken eines Dutzends Menschen. Anscheinend war das ganze Dorf auf den Beinen. So unauffällig wie möglich schloß er sich den Leuten an und lugte über die Köpfe.

Im Zentrum des Platzes war eine Plattform errichtet worden, vielleicht sechs Fuß hoch und zehn Fuß breit. Darauf befanden sich drei Männer, zwei stehend und einer vor einem Holzklotz kniend. Der kniende Mann trug das Kettenhemd und die Lederhosen der städtischen Wachleute, und er war sehr jung und sehr blaß. Er schien über irgend etwas sehr bestürzt zu sein, doch Garths beschränktes Verständnis für menschliche Regungen und Mimik hinderte ihn daran, die schreckliche Angst des Burschen zu erkennen. Die stehenden Männer sahen ganz anders aus. Einer war ziemlich fett; er trug eine schwarze Robe und hielt eine doppelschneidige Axt in der Hand, die Garth für einen zeremoniellen Gegenstand hielt, denn sie war nicht kräftig genug, um im Kampf benutzt zu werden. Der Mann hatte einen nichtssagenden Gesichtsausdruck, während der zweite, der sehr schmal und etwas kleiner als der Durchschnitt war, eine bunte, rote und goldene Tunika trug und mit einem Ausdruck zusah, den Garth für Widerwillen hielt. Der zweite Mann hatte die Hände hinter dem Rücken verschränkt und trug, wie Garth bemerkte, einen goldenen Stirnreif. Dieser zweite Mann sprach gerade.

»Kraft des Erbes, meinem Vater gegeben von Seremir, dem dritten dieses Namens und dem Hohen König von Kholis von Eramma, und durch meinen Zugang zu Land, Besitz und Titeln meines Vaters, bin ich, Doran von Skelleth, Sohn von Talenn, der rechtmäßige Baron des Dorfes und der Länder von Skelleth und der Nordwüste. Als solcher bin ich berufen, die Einhaltung der Gesetze zu sichern, mein Reich und das Reich von Eramma unter dem Hohen König zu schützen und für die Aufrechterhaltung und Förderung des öffentlichen Wohlergehens Sorge zu tragen.« Diese Ansprache wurde als Singsang vorgetragen; offenbar war sie ein Ritual, das vor einer Amtshandlung vollzogen werden mußte, doch Garth hatte keine Ahnung, welche Handlung das sein sollte.

»Es ist erwiesen, daß Arner, Sohn des Karlen, meine Gesetze und Befehle, erlassen zum Wohle des Staates, mißachtet hat, indem er den ihm zugewiesenen Posten ohne Erlaubnis verließ. Deshalb verkünde ich hiermit, wie es mein Recht und meine Pflicht ist, daß er die Strafe erleiden soll, die ich für ein solches Vergehen für angemessen halte, und zu Tode gebracht werden soll.«

Er zögerte einen Augenblick, als sei er unsicher, was er als nächstes sagen sollte. Durch die Menge lief ein ärgerliches Raunen. Garth erkannte entsetzt, daß er einer öffentlichen Hinrichtung beiwohnte, und blieb reglos stehen. Ein Teil seines Bewußtseins sagte ihm, daß er den Zweck der Veranstaltung schon lange hätte erkennen sollen. Wozu sonst sollte die Axt dienen? Die Axt eines Henkers brauchte keinen Panzer zu durchschlagen und keine anderen Waffen zu parieren, also konnte sie leichter und zerbrechlicher sein als eine Kampfaxt und trotzdem ihren Zweck erfüllen.

Der Baron setzte seine Ansprache fort. »Weiterhin, da der Verurteilte aus der rechtmäßigen Gefangenschaft entflohen ist, ist es mein Recht und meine Pflicht, zusätzliche Bestrafungen festzusetzen, die in diesem Fall nur in der Art des Todes zum Ausdruck kommen können. Allerdings habe ich mich dagegen entschieden, den Verurteilten der Folter oder dem langsamen Tod durch Feuer auszusetzen, sondern beschlossen, daß sein Tod schnell und schmerzlos sein soll.« Der Ausdruck des Barons war sehr seltsam, als er diese Worte sprach. Garth konnte überhaupt nichts damit anfangen. »Weiterhin, wie es der Brauch ist, sei dem Verurteilten das Recht gewährt, hier vor dem Stadtvolk zu sprechen, obwohl dieses Privileg gewöhnlich nicht wiedereingefangenen Flüchtlingen gewährt wird. Ich bin so nachsichtig, wie das Gesetz es zuläßt. Als Gegenleistung hoffe ich, daß der Verurteilte die Namen derer offenbaren wird, die ihm zur Flucht verholfen haben, und daß er mir für seinen Tod vergeben wird.« Die letzten Worte klangen angestrengt, als müßte der Mann sich zusammennehmen, um sie auszusprechen. Garth fragte sich, warum der Baron eine solche Ansprache hielt; das war gewiß mehr, als das Gesetz verlangte.

»Der Verurteilte möge nun sprechen«, verkündete der schwarzgekleidete Henker.

Arner, immer noch mit verängstigtem Gesicht, das

Garth nicht als solches erkannte, blickte verzweifelt über die Menge. Er leckte sich die Lippen und versuchte zu sprechen.

»Ich ... ich ... ich möchte mich für alle Fehler entschuldigen, die ich begangen habe. Ich bitte um mein Leben, Herr, doch ich werde nicht ... ich werde nicht sagen, wer mir zur Flucht verhalf, denn sie taten es aus Barmherzigkeit.« Der Baron stand völlig reglos dabei, mit versteinertem Gesicht und zusammengebissenen Zähnen. Die Menge hielt sich mucksmäuschenstill. Garth ahnte allmählich, daß sie über Arners bevorstehenden Tod nicht glücklich waren. Doch den Posten zu verlassen, das wußte er, wurde gewöhnlich mit dem Tode bestraft. Er war verwirrt. Warum sollte Arner da eine Ausnahme sein? Oder besser: Warum wollten die Dörfler, daß Arner eine Ausnahme sei?

Arner sprach weiter, diesmal kräftiger; seine Furcht hatte anscheinend nachgelassen. »Der Baron hat mich um Vergebung gebeten. Die will ich ihm geben.« Der Baron machte ein überraschtes Gesicht, ein Ausdruck, der bei Menschen und Übermännern sehr ähnlich aussah. Arner wandte sich jetzt eher an die Menge als an die Männer neben ihm auf der Plattform. »Doch es macht keinen Unterschied, denn was kann die Vergebung einer einzelnen Seele ausrichten, wenn unser Baron sich selbst an die Dunklen Götter verkauft hat?« Ein Murmeln erhob sich. In Garth erwachte ein Verdacht: Wollte Arner einen Aufstand anzetteln? Wollte er durch die Einwohnerschaft einer ganzen Stadt befreit werden? »Der Baron, der unser Dorf regiert, steht in den Diensten des Herrn des Bösen! Er hat den Irrsinn über sich selbst und Unheil über unser Dorf gebracht! Tötet er nicht in jedem Frühling einen Menschen, ob er es nun verdient hat oder nicht? Es ist ein Opfer! Warum läßt unser Handel nach, warum verhungert unser Volk? Weil es die Götter des Bösen so wollen und weil der Baron es zuläßt! Er wird mich hinrichten, und doch erlaubt er es Übermännern, ungehindert durch unsere Straßen zu laufen!«

Arners Rede wurde plötzlich unterbrochen. Auf eine Geste des Barons reagierend, klatschte der Scharfrichter die Hand auf den Mund des Gefangenen. Der Herr von Skelleth, der daneben stand, zitterte sichtlich.

Nachdem er sich wieder unter Kontrolle gebracht hatte, verkündete der Baron: »Das Recht des Verurteilten zu sprechen, gestattet ihm nicht, weitere Verbrechen zu begehen. Ich will Arner erlauben weiterzusprechen, wenn er sich dieser aufrührerischen Verleumdungen enthält. Obwohl es unter meiner Würde ist, mit Verbrechern zu diskutieren, muß ich darauf bestehen, daß ich nicht mit den Göttern des Bösen im Bunde bin, und ich werde nicht zulassen, daß behauptet wird, daß ich es sei. Außerdem war nicht *ich* es, der einen Übermann unbegleitet nach Skelleth einließ, sondern Arner selbst. Sonst wäre er nicht hier. Arner, du kannst fortfahren.«

Arner hörte auf, sich zu wehren, und der Scharfrichter nahm seine Hand fort. Der Verurteilte sah sich um, über die Menge hinweg, schien zusammenzusacken. »Ich habe nichts weiter zu sagen.«

»Dann soll das Urteil vollstreckt werden.« Der Baron wandte sich um und verließ die Plattform. Garth sah angewidert zu, wie Arner über den Block gelegt wurde. Die Axt fiel.

Der Scharfrichter verstand sein Handwerk; es brauchte nur einen einzigen Schlag, einen einzigen Blutschwall, und es war vollbracht.

Der Übermann dachte unterdessen über Arners letzte Bemerkungen nach. Inwieweit hatte er mit Arners Tod zu tun? War der Posten, den Arner verlassen hatte, etwa der am Nordtor gewesen? Wenn dies so war, dann hatte Arner Pech gehabt, daß er zufällig gekommen war, als Arner fort war. Dennoch, der Mann hatte seinen Posten verlassen, und ein solches Verbrechen wurde bei den Menschen mit dem Tode bestraft.

Die Menge begann sich zu zerstreuen. Garth achtete kaum darauf, sondern blieb, wo er war, und wartete darauf, daß der Markt sich soweit leerte, daß er ihn überqueren konnte, gebeugt, um seine Größe zu verbergen, und das Gesicht und den Panzer so gut wie möglich im Schatten unter seinem notdürftigen Mantel versteckt.

Ein Mann warf ihm einen mißtrauischen Blick zu, dann ging er vorbei. Ein zweiter hielt inne und betrachtete die große Gestalt, die zusammengekrümmt in der Gasse stand. Seine Augen waren anscheinend besser als die des ersten Mannes, denn er begann zu rufen: »Der Übermann ist hier! Der Übermann schleicht wieder durch unsere Straßen!«

Die Menschen, die still gewesen waren, begannen zu murmeln, während sie sich der neuen Attraktion zuwandten.

»Schweig, Mann, oder du stirbst!« Garth zischte seine Worte durch die Zähne, während seine Hand auf den Schwertgriff fiel.

»Was willst du hier, Ungeheuer?« Jemand anders hatte gesprochen. Garth war bereits von einem Dutzend Menschen umringt.

»Warum besudelst du unser Dorf?«

»Bist du ein Geschöpf des Barons?«

»Warum wolltest du, daß Arner starb?«

Garth erkannte, daß er keine Chance hatte, diesen Auflauf still zu zerstreuen. Er richtete sich ganz auf, warf die Kapuze und den Mantel ab, vergewisserte sich, daß sein Schwert und sein Panzer zu sehen waren.

»Ich wollte niemand etwas zuleide tun. Es ist nicht meine Schuld, daß Arner starb. Ich wußte bis heute nichts von seiner Existenz, als ich den Lärm hier hörte und kam, um nachzusehen. Was meine Geschäfte in Skelleth betrifft, so gehen die nur mich etwas an; sie haben nichts mit dem Baron und nichts mit irgendeinem von euch zu tun. Und jetzt laßt mich durch.«

»Du bist hier nicht willkommen, Ungeheuer.«
»Geh dorthin zurück, wo du hingehörst.«
Von irgendwo wurde ein Klumpen Dreck geworfen; er flog an Garths Ohr vorbei und klatschte gegen eine Wand. Der Übermann wußte, daß dies ein schlechtes Zeichen war. Worte konnten ihn nicht verletzen, doch sobald der Schritt von Worten zu Taten getan war, konnte die ganze Sache sehr leicht aus der Kontrolle geraten.
»Ich will keinen Ärger. Laßt mich in Frieden meinen Geschäften nachgehen.«
Ein paar Reihen weiter hinten sprach jemand. Die meisten Leute beobachteten jetzt den Übermann. »Ich habe gehört, die Übermänner hätten keine Götter, aber das ist eine Lüge. Du dienst den Herren von Dûs, oder?«
»Ich diene keinen Göttern.«
Ein zweiter Schlammklumpen flog vorbei und verfehlte Garths Schulter nur um wenige Zoll; ein dritter klatschte vor seinen Brustharnisch, so daß der Dreck nur so spritzte. Er zog sein Schwert. Die erste Reihe der Dörfler versuchte zurückzuweichen, doch das war nicht möglich; die Menge drängte zu nahe heran.
»Wenn ihr mich nicht in Frieden gehen laßt, dann gehe ich im Kampf. Wollt ihr die Rassenkriege wieder aufflammen lassen?« Garth sprach laut und donnernd.
»Du machst leere Drohungen. Wer bist du, daß dein Tod einen Krieg entfachen wird? Dein Leben für Arners Leben!« Ein Stein prallte harmlos von seiner Rüstung ab, und er begann sich zu fragen, wer es war, der ihm da so zusetzte; die gleiche Stimme hatte ihn auch beschuldigt, das Böse zu verehren und Arner den Tod gewünscht zu haben.
»Ich bin Garth von Ordunin, ein Adliger unter den Übermännern. Wer bist du, der sich da hinter anderen versteckt und mich verhöhnt?«
Außer einem weiteren Stein kam keine Antwort; die-

ser prallte hallend vor seinen Helm. Ein weiterer Dreckklumpen besudelte seinen Harnisch, dann noch einer.

»Wenn du meinen Tod willst, dann will ich deinen Namen wissen, damit deine Gefährten wissen, wem sie die Schuld geben können, wenn Skelleth als Rache für diese Beleidigungen in Schutt und Asche gelegt wird.«

»Ungeheuer, du wirst nicht gerächt werden. Es gibt nicht mehr genug Übermänner, um Skelleth zu gefährden. Vielleicht bist du der letzte deiner Rasse. Bist du deshalb aus deiner Heimat geflohen?«

»Du weißt nicht, was du redest. Komm und laß mich dich ansehen.« Garth glaubte den Sprecher ausgemacht zu haben, einen finsteren alten Mann in dunkelroter Kleidung. Seine Antwort erbrachte jedoch nichts außer weiteren Schlammbrocken, die diesmal wie ein richtiger Schauer auf ihn hereinprasselten. Er bereitete sich widerstrebend darauf vor, sich den Weg freizuhauen. Während er die Augen mit dem linken Arm schützte, hob er sein Schwert.

»Ich will euch ein letztes Mal warnen. Laßt mich gehen, oder viele von euch werden sterben.« In der Menge gab es eine Bewegung. Garth glaubte Helme zu sehen. Hatten sich die Bewaffneten dem Mob angeschlossen?

»Steck dein Schwert ein, Übermann! Und ihr, Leute, geht nach Hause!« Der Ruf kam von einem Mann mit einem Stahlhelm. Garth erkannte ihn als den Hauptmann der Wache, der sich ihm bei seiner ersten Ankunft entgegengestellt hatte. Er gehorchte jedoch nicht; der Mann war noch weit hinten in der Menge, und Garth hatte keine Lust, sich töten zu lassen, ehe er wirklich in Sicherheit war.

»Los, los, geht heim!« Es war eine andere Stimme, und Garth sah jetzt, daß ein Dutzend Gardisten versuchte, den Mob zu zerstreuen, indem die Männer Leute wegzogen und fortschickten.

»Mit deiner Erlaubnis, Hauptmann, werde ich das

Schwert für den Augenblick noch bereit halten. Aber wenn es nötig ist zuzuschlagen, werde ich es mit der breiten Seite tun.«

»Nun gut. Komm schon, du, geh nach Hause!« Garth konnte sehen, daß die Gardisten ebenfalls ihre Schwerter benutzten, um die widerwilligen Dörfler mit Klapsen zum Gehen zu bewegen. Kurz darauf war die Menge auf die Hälfte geschrumpft, und die Gardisten umringten den Übermann.

»Ich danke euch für euren Schutz, Männer.«

»Danke uns nicht zu früh. Der Baron hat uns geschickt, dich zu holen, als er den Lärm hörte.«

»Oh.«

»Ich hoffe doch, du hast keine Einwände.«

»Ich bin nicht in der Situation, Einwände zu haben.«

»Gut. Nun komm.« Der Hauptmann führte ihn zum Haus des Barons. Die Überreste der Menge teilten sich widerstrebend vor dem Dutzend Schwertern, die den Übermann umringten. Sie hatten den Platz vielleicht zur Hälfte durchquert, als ein Dreckklumpen vor Garths Helm prallte.

»Ungeheuer!« Die Menge hatte sich nicht lange einschüchtern lassen.

»Hört auf damit!« Der Hauptmann schien ehrlich erzürnt.

»Herrenmer, ist es dir denn egal, daß das Ungeheuer für Arners Tod verantwortlich ist?«

»Arner hat seinen Posten verlassen, Darsen. Der Übermann hat ihn nicht getötet.« Die Stimme des Hauptmanns klang kalt, während er dem rotgewandeten alten Mann antwortete. Doch der Schmäher ließ sich nicht so leicht aufhalten.

»Was ist mit dir, Tarl? Warum beschützt du das Ungeheuer?«

»Damit ich meinen Sold bekomme, Darsen.« Das brachte die Menge zum Lachen. Garth war froh, daß sich die Stimmung etwas zu heben schien. Keine weiteren Schlammbrocken flogen, und er und seine Eskorte erreichten ohne weiteren Zwischenfall die elegant geschnitzte Tür des Amtssitzes. Der Hauptmann öffnete, und Garth trat ein. Der Hauptmann und zwei Männer folgten ihm, während die anderen draußen Wache hielten.

Die Vorkammer war schön eingerichtet, doch recht klein; sie war mit Wollteppichen in sanften Farben ausgekleidet, ohne Gold oder Silber, und Boden, Decken und Wände bestanden aus Holz. Skelleth war nicht wohlhabend genug, um über zahlreiche Farben zu verfügen oder wertvolle Metalle für Ornamente zu verschwenden oder Marmor oder andere Steine zu importieren. Granit und Basalt, für den Hausbau geeignet, konnten jedoch in den Hügeln im Norden gefunden werden, und Garth war etwas überrascht, weil für den Boden kein Stein benutzt worden war.

Er hatte kaum Zeit, über derartige Dinge nachzusinnen; viel schneller, als er es erwartet hatte, und völlig ohne jede Zeremonie wurde er in den Audienzsaal des Barons geschoben. Seine Dreimanneskorte blieb bei ihm.

Die Kammer war vielleicht zwanzig Fuß breit und doppelt so lang, mit einer einigermaßen hohen Decke. Auch hier waren die Wände mit Teppichen bedeckt, nur daß es hier drei Fenster über Augenhöhe gab, die gräuliches Tageslicht einließen. Nach kurzem Überlegen erkannte Garth, daß die Fenster nach Norden gingen, was das spärliche Licht erklärte – sie blickten auf die Gasse hinaus, in der der *Gasthof des Königs* lag, und es erklärte, warum sie so hoch über dem Boden waren. Wer wollte diesen Dreck schon sehen?

Unter dem mittleren Fenster stand ein großer schmuckloser Eichenstuhl. Der Baron, der noch das kunstvoll rot und golden bestickte Gewand trug, das er bei Arners Hinrichtung getragen hatte, saß mit gespreizten Beinen darauf.

»Ich grüße dich, Übermann.«

Garth war nicht sicher, wie die angemessene Zeremonie für diese Gelegenheit aussah, doch da die Gardisten nicht niederknieten oder sich verbeugten, entschied er, daß ein solches Anzeichen des Respekts von seiner Seite als Kriecherei mißverstanden werden mochte. Er blieb nur stehen und sagte: »Ich grüße dich, Baron.« Er war froh, daß er daran gedacht hatte, in der Vorkammer sein Schwert in die Scheide zu stecken. Obwohl er vielleicht versuchen würde, durch die Fenster zu entkommen, war das Schwert weniger nütze als zwei freie Hände, und der Baron hätte sich beleidigt fühlen können. Zumindest wäre er mißtrauisch geworden.

Während er über eine mögliche Flucht nachdachte, begann er mit den Augen die Entfernung zum Fenster abzuschätzen. Er würde mehrere Schritte und einen Sprung brauchen, und dann mußte er noch das Glas und den Rahmen durchbrechen (wenn er an den Gestank der Gasse dachte, waren die Fenster natürlich nicht dafür vorgesehen, geöffnet zu werden). In dem Raum waren nur sechs Männer; seine drei Wachen, der Baron und zwei Höflinge, wahrscheinlich die einzigen beiden, die es in der Stadt gab. Wenn seine Audienz einen schlechten Verlauf nahm, war die Flucht durchaus möglich.

Der Baron hatte ihn schweigend beobachtet.

»Wer bist du?«

»Ich bin Garth von Ordunin.«

»Ist Ordunin nicht die Stadt der Übermänner an der nordöstlichen Küste?«

»Das ist richtig.«

»Was führt dich nach Skelleth?«

»Ich bin nur auf der Durchreise.«

»Das finde ich sehr unwahrscheinlich. Wohin wolltest du, daß es nötig war, durch Skelleth zu kommen?«

»Ich bin vorher auf dem Weg nach Mormoreth schon

einmal durch diese Stadt gekommen und habe etliche Vorräte für meine Reise gekauft. Ich hatte gehofft, auf meiner Rückreise nach Ordunin dasselbe tun zu können.«

»Was wolltest du in Mormoreth?«

»Ich wurde geschickt, um etwas zu finden.«

»Oh? Und? Hast du?«

»Es gefunden?«

»Ja.«

»Nein.«

»Wie unglücklich. Was war es denn?«

»Ein Edelstein.«

»Was für ein Edelstein?«

»Wir hatten gehört, daß es in Mormoreth einen Edelstein geben soll, der einen Übermann unsichtbar machen kann.«

»Oh? Aber du hast ihn nicht gefunden?«

»Nein.«

»Wer hat dich ausgeschickt, ihn zu suchen?«

»Die Weisen Frauen von Ordunin.«

»Wer sind sie?«

»Orakelweiber, die in der Nähe von Ordunin leben.«

»Warum haben sie dich nach diesem Stein ausgesandt?«

»Ich denke, das sollte offensichtlich sein: ein solcher Stein ist äußerst wertvoll.«

»Warum haben sie dich und nicht jemand anderen geschickt?«

»Ich bin unter meinem Volk als einer geachtet, der fähig wäre, dies zu vollbringen.«

»Ich verstehe. Also bist du nach Mormoreth gegangen, um diesen Stein zu suchen. Zu Fuß?«

»Nein.«

»Wo ist dann dein Reittier?«

»Mein Kriegstier wurde auf der Ebene von Derbarok von Banditen getötet.«

»Und du selbst bist entkommen?«

»Ich mußte mein Gold ausliefern, dann ließen sie mich gehen.«

»Und dein Schwert hast du behalten?«

»Ja.« Garth erkannte, daß er einen Fehler gemacht hatte, doch es war zu spät.

»Seltsam.«

»Ich hatte einige erschlagen, und sie wollten nicht weiterkämpfen.«

»Ah, natürlich. Banditen sind sehr feige.«

Garth zuckte die Achseln.

»Also bist du in vier Wochen nach Mormoreth und zurück gereist. Ich nehme an, die Banditen sind dir auf dem Rückweg begegnet?«

»Ja.«

»Wie bist du ihnen auf dem Hinweg entkommen?«

»Mit Glück.«

»Ah. Und wie lange warst du in Mormoreth, um nach diesem Stein zu suchen?«

»Ich weiß es nicht mehr genau.«

»Oh.«

Es gab eine Pause, dann fuhr der Baron fort: »Und jetzt kommst du auf dem Weg nach Ordunin wieder hier durch.«

»Das ist richtig.«

»Du bist in Skelleth, um Vorräte zu erwerben.«

»Ja.«

»Du hast zwei Tage im *Gasthof des Königs* verbracht, um die Vorräte für die Reise nach Mormoreth zu beschaffen?«

»Ja.« Garth gefiel die Richtung nicht, die die Fragen nahmen.

»Nun für diese Suche nach einem magischen Juwel brauchtest du Ketten, Seile, einen Käfig für Tauben, obwohl du keine bei dir hattest, und ein Bündel aus gutem Tuch.«

»Ich hoffte, sie gegen den Edelstein einzutauschen.«

»Mit derart wertlosen Dingen wolltest du einen verzauberten Stein kaufen? Du bist aber sehr optimistisch, was?«

Garth zuckte wieder die Achseln; er hoffte, die Geste wirkte natürlich.

»Was ist mit deinem Gold?«

»Ich hatte nicht viel dabei.«

»Mit was hast du dann von den Banditen in Derbarok deine Freiheit erkauft?«

»Mit dem wenigen, das ich hatte, und mit dem, was ich in Mormoreth für meine Waren bekommen habe.«

»Und, mit Armut geschlagen, wie du warst, hast du ein gutes Stück Gold hier in Skelleth ausgegeben und einen alten Mann gespeist? Und ich habe gehört, daß der Stalljunge, der dein Kriegstier versorgte, auf geheimnisvolle Weise plötzlich so wohlhabend war, daß er sich in die Eiskarawane einkaufen konnte. Ob dieses Gold womöglich von dir kam?«

»Ich ...« Garth hielt inne. Ihm wollte keine glaubwürdige Antwort einfallen.

»Und wie kommt es, daß dich diese ›Weisen Frauen‹ mit so wenig Gold nach Süden geschickt haben? Das, mein Freund, war *nicht* weise.«

»Nun gut. Ich hatte viel Gold. Die Seile und Ketten sollten dazu dienen, Geiseln zu nehmen, falls mein Angebot von Gold für den Stein abgewiesen werden würde.«

»Ah, schon besser. Und der Käfig?«

»Ich habe keinen Käfig gekauft.«

»Der Zimmermann Findalan sagt, du hättest einen gekauft.«

»Er irrt sich.«

»Das scheint unwahrscheinlich.«

Garth zuckte abermals die Achseln.

»Und was ist mit dem alten Mann, mit dem du gesprochen hast?«

»Er schien viel zu wissen, und ich mußte den Weg nach Mormoreth erfahren.«

»Ich verstehe. Er muß in der Tat sehr viel gewußt haben.«

Ein weiteres Achselzucken.

»Allerdings habe ich von allen anderen Menschen, die mit diesem alten Mann gesprochen haben, genau das Gegenteil gehört.«

»Oh?«

»Er ist in Skelleth als das mürrischste, unfreundlichste Wesen in ganz Eramma bekannt.«

»Vielleicht mag er Übermänner.«

»Vielleicht.« Der Baron änderte seine Haltung, bis er aufrecht saß. Er beugte sich vor, um die Ellbogen auf die Knie zu stemmen, und legte die Hände zusammen, um das Kinn auf die Finger zu stützen. »Kennst du seinen Namen?«

»Nein.«

»Hast du nicht gefragt?«

»Es schien unwichtig.«

»Es würde mich interessieren, seinen Namen zu erfahren.«

»Warum?«

»Dieser Mann hat schon vor meiner Geburt im *Gasthof des Königs* gelebt, und doch kennt niemand seinen Namen. Man nennt ihn einfach ›den Alten‹, was nicht sehr respektvoll klingt. Ich würde ihn gern mit seinem richtigen Namen anreden.«

»Es tut mir leid; ich habe nicht gefragt.«

»Man sagt, der alte Mann sei eine Art von Zauberer.«

»Davon weiß ich nichts.«

»Erzähl mir von Mormoreth. Ich war noch nie dort.«

Garth war verblüfft, als der Baron plötzlich das Thema wechselte. »Nun, es ... es ist eine Stadt aus weißem Marmor, mitten in einem fruchtbaren Tal ...«

»Das weiß ich alles. Was ist mit dem Baron von Mormoreth?«

»Es gibt keinen Baron von Mormoreth. Die Stadt wird von einem Zauberer namens Shang regiert.« Es schien nicht ratsam zuzugeben, daß Garth die Stadt den Banditen überlassen hatte.

»Oh. Bist du diesem Zauberer begegnet?«

»Nein.«

»Warum nicht? Ich sollte doch meinen, daß er der Besitzer des magischen Steins sein muß, den du suchtest.«

»Vielleicht; doch er läßt keine Besucher ein.«

»Aber gewiß wird doch ein ... eine so entschlossene *Person* wie du sich nicht von einer solchen Nebensächlichkeit aufhalten lassen!«

»Ich wollte keinen Händel bekommen.«

»Und doch hast du hier Händel angefangen.«

»Nicht absichtlich. Ich wollte keinen Händel. Deine Dörfler haben angefangen.«

»Ah, ja, ich glaube, sie wollten dir die Schuld an der heutigen Exekution geben.«

»Einige von ihnen schon.«

»Gut, daß sie dir und nicht mir die Schuld geben. Sie mochten Arner viel zu gern, um *ihm* selbst die Schuld zu geben, doch *irgend jemand* muß verantwortlich sein.« Der Baron lächelte. Garth gefiel seine Miene nicht.

»Sag mir, Garth, wie konnten die Banditen dein Kriegstier töten?«

»Mit einem Schwert durchs Auge.«

»Erwartest du, daß ich dir das glaube?«

Sein Tonfall und sein Ausdruck hatten sich nicht verändert, und Garth suchte verzweifelt nach einer Antwort.

»Es ist wahr!« Das war alles, was er herausbekam.

»Ein Teil davon vielleicht.«

»Glaub, was du willst. Ich habe die Wahrheit gesagt.« Hin und wieder, fügte Garth im Geiste hinzu.

»Warum hast du die Seile und Ketten nicht in Ordunin gekauft?«

»Ich wußte, daß ich sie hier bekommen konnte, und ich wollte mein Reittier nicht unnötig belasten.«

»Bist du dir bewußt, daß es vom Hafen von Lagur bis

nach Mormoreth nicht weiter ist als von Ordunin nach Skelleth? Wenn man den Seeweg wählt, bekommt man es nicht mit Banditen zu tun.«

»Es gibt Piraten. Und ich wußte nicht, daß Mormoreth in der Nähe von Lagur liegt. Wie ich schon sagte, mußte ich den alten Mann nach dem Weg fragen.«

»Die Weisen Frauen wußten es nicht?«

»Nein.«

»Habt ihr keine alten Karten in Ordunin? Mormoreth ist tausend Jahre alt.«

»Unsere Karten sind nicht zuverlässig.«

»Weniger zuverlässig als die Angaben eines senilen alten Dummkopfs in einer Schenke?«

»So schien es damals.«

»Also bist du ein Dutzend oder mehr Wegstunden von deinem Weg abgewichen, um Skelleth zu besuchen.«

»Ja.«

»Ich will dir sagen, Garth von Ordunin, was ich von deiner Erzählung glaube. Ich glaube dir, daß du nach Mormoreth gegangen bist. Das ist alles; der Rest ist nichts als Lügen.«

»Glaub, was du willst.«

»Ich glaube nicht, daß ein Bandit in Derbarok dein Kriegstier tötete und dich leben ließ. Wann ist dies geschehen?«

»Vor fünf Tagen.« Das war tatsächlich der Zeitpunkt, zu dem er am Ort seines ersten Kampfes mit den Banditen vorbeigekommen war.

»Du hast die Reise von Derbarok nach Skelleth in fünf Tagen geschafft?«

Garth erkannte, daß er abermals einen Fehler gemacht hatte, und schwieg.

»Ich habe gehört, daß du, als die Menge dich bedrohte, sie warntest, die anderen Übermänner würden deinen Tod rächen.«

»Das habe ich getan.«

»Aber was, wenn ich einen Boten schicke und Lösegeld für dich verlange?«

»Aufgrund welchen Gesetzes?«

»Du bist ein Feind, der unberechtigt in unser Gebiet eingedrungen ist. Wie dir sicher bekannt ist, hat Eramma nie Frieden mit deinem Volk geschlossen. Wir befinden uns theoretisch mit den Übermännern immer noch im Kriegszustand. Warum sonst muß euer ganzer Handel über den Seeweg abgewickelt werden? Warum sonst haben seit drei Jahrhunderten keine Übermänner mehr Skelleth besucht?«

»Mich festzuhalten, könnte der Beginn eines neuen Krieges sein.«

»Das halte ich für unwahrscheinlich. Gewiß ist doch ein bescheidenes Lösegeld einem Gemetzel vorzuziehen.«

Garth wußte keine Antwort. Der Baron hatte natürlich recht.

»Behauptest du immer noch, daß du mit leeren Händen von Mormoreth zurückkehrst und daß deine Besuche in Skelleth nur der Beschaffung von Proviant dienten?«

»Nein. Meine Besuche in Skelleth sind, was ich sage, doch was den Rest angeht, habe ich gelogen. Solltest du mich gefangennehmen, wird mein Kriegstier mich suchen und zweifellos viele Menschen töten, ehe es aufgehalten wird.«

»Ah! Und wo ist das Tier?«

»Ich habe es in einem Versteck in der Nähe der Stadtmauer gelassen.«

»Und warum, frage ich, bist du nicht wie schon einmal in die Stadt eingeritten?«

»Ich wollte kein Aufsehen erregen.«

»Das könnte der Grund sein, aber ich bezweifle es; nein, ich glaube, du hast das Tier zurückgelassen, um etwas zu bewachen. Ich glaube, deine Suche in Mormoreth war erfolgreich.«

»Warum sollte ich das Tier und den magischen Stein woanders lassen? Ich könnte einen solchen Stein leicht an mir selbst verbergen. Und was das angeht, wenn ich einen Stein hätte, der unsichtbar macht, wäre ich dann gesehen, angegriffen und verhaftet worden?«

»Vielleicht weißt du nicht, wie man einen solchen Stein benutzt. Allerdings glaube ich eher, daß dies nichts als Lügen sind. Du bist nach Mormoreth gegangen, um etwas zu holen, das zu groß ist, um es zu verbergen, falls du wirklich in Mormoreth warst. Nein, ich glaube, du hast einen Gefangenen. Warum sonst die Ketten und Seile? Oder vielleicht ein wertvolles Tier, das du in einem Käfig hältst. Du bist nach Skelleth gekommen, weil der alte Mann es dir befohlen hat. Ihr habt euch vielleicht auf einen Preis geeinigt, und nun kommst du, um die Ware abzuliefern.«

Garth war verblüfft, wie nahe die Schlußfolgerungen des Barons der Wahrheit kamen. Ob der Mann eine Art Seher war?

»Nun, dies klingt gewiß sinnvoller als eine vergebliche Suche nach einem unzuverlässigen Klunker wie einem Unsichtbarkeitsjuwel. Die einzige Frage ist die nach der Natur deines Gefangenen.«

»Du scheinst sehr geübt darin, dich selbst auf falsche Fährten zu bringen.«

»Oh? Ich glaube nicht, daß ich mich täusche. Du selbst sagtest, daß dein Kriegstier in der Nähe wartet. Warum führst du mich nicht hin, damit wir sehen, ob es eine wertvolle Beute bewacht?«

»Warum sollte ich das tun?«

»Um dir deine Freiheit zu erkaufen.«

»Aber du kannst mich so oder so nicht lange festhalten. Koros wird mich befreien oder bei dem Versuch sterben, und ich bezweifle, daß du das willst.«

»Koros ist demnach dein Kriegstier? Nun, selbst wenn das Tier so treu ist, wie du sagst, würde es erschlagen werden, ehe es dich im Kerker erreichen kann.

Die Dörfler, die es dabei töten mag, sind mir egal. Skelleth ist übervölkert und am Verhungern. Außerdem würde es mir ein solcher Angriff erlauben, deine Bedrohung umzukehren. Dem Hohen König von Kholis könnte ein Vorwand, seine lästigen und kriegslüsternen Barone auf eine Invasion in die entlegene Nordwüste zu senden, sehr gelegen kommen. Nein, Garth, warum willst du nicht diese Schwierigkeiten und Komplikationen einfach vermeiden? Es soll eine Art Wette sein, ein Handel, den du nicht ausschlagen kannst: Führ mich und eine bewaffnete Eskorte zu deinem Kriegstier, und ich gebe dich frei. Jedoch wird jeder Gefangene, Mensch oder Tier, den dein Reittier bewacht, mein Eigentum. Das ist doch sicher ein guter Tausch? Wenn du die Wahrheit sagst, verlierst du überhaupt nichts; wenn du lügst, wirst du dennoch frei sein.« Der Mann grinste.

Garth fand keinen glaubwürdigen Grund, ein solches Angebot abzulehnen. Damit würde er den Basilisken sicher nach Skelleth bekommen, ohne daß er dem Vergessenen König in die Hände fiel. Vielleicht konnte er sich auch von dem Baron befreien, wenn er den Mann dazu brachte, unter die Plane zu schauen. Und die Chancen, draußen zwischen den umgebenden Bauernhöfen zu entkommen, waren größer als hier im Haus des Barons ... obwohl im Augenblick eine Flucht angemessen schien. Er blickte unauffällig zu den Fenstern, als dächte er über den Vorschlag des Barons nach.

»Oh, übrigens, falls du fliehen solltest, werden wir eine Wache am *Gasthof des Königs* aufstellen – mit Armbrüsten.« Garth senkte erschrocken und zornig den Blick. Dieser Mensch hatte anscheinend keine Schwierigkeiten, den Gesichtsausdruck eines Übermannes zu beurteilen, während Garth kaum erkennen konnte, was in einem Menschen vorging. Er fragte sich wieder, ob der Baron ein Seher oder Zauberer war. Vielleicht hatte er sich wirklich den Mächten des Bösen verschrieben.

Das, sagte Garth sich, war albern: Aller Wahrscheinlichkeit nach gab es keine solchen Götter.

»Nun, Übermann, wirst du uns zu deinem Kriegstier führen?«

»Ja. Wenn ich vor diesen Zeugen deinen Eid bekomme, daß du mich unmittelbar danach freigeben wirst.«

»Ich werde dir sogar deine Waffen zurückgeben, die ich dir während des Ausflugs leider nehmen muß, um eine Flucht nicht ganz so verlockend zu machen.«

»Sehr gut; dein Eid.«

»Wie soll ich ihn schwören?«

»Ich weiß wenig über menschliche Eide. Tu es, wie du willst.«

»Sehr gut; ich schwöre bei den Sieben, bei den Sieben und bei dem Einen, daß ich mich dem Abkommen unterwerfen und dich freigeben werde, wenn du uns richtig führst.«

Während der Eid gesprochen wurde, beobachtete Garth nicht das Gesicht des Barons, sondern das eines der Höflinge, die zuhörten. Der Mann blieb beim ersten ›bei den Sieben‹ reglos, beim zweiten erbleichte er, und bei ›dem Einen‹ machte er ein verwirrtes Gesicht und blickte seinen Herrn an. Garth vermutete, daß die anscheinend sinnlosen Zahlen eine theologische Bedeutung haben mußten, wenn er sich auch nicht vorstellen konnte, welcher Art diese war. Er tat so, als hätte er verstanden, und nickte. »Das soll reichen.«

»Gut. Aber es ist spät. Du wirst über Nacht mein Gast sein, und wir werden morgen früh aufbrechen.«

Kapitel 11

Am nächsten Morgen erwachte Garth beim ersten Tageslicht. Man hatte ihm ein Zimmer im Ostteil des Hauses gegeben, und das Sonnenlicht drang durch die Fenstervorhänge und zeichnete goldene Flecken an die gelben Wände, obwohl der Himmel noch zum größten Teil dunkel war.

Er lag in einem bequemen Bett und hatte am vergangenen Abend als Gast des Barons gegessen, doch er war nicht glücklich. Er hatte wieder schlecht geträumt, und außerdem gefiel ihm der Handel nicht, den er mit dem Baron abgeschlossen hatte. Wahrscheinlich mußte er den Basilisken ausliefern, und es wäre ziemlich ärgerlich, das Wesen wieder einzufangen, falls der Vergessene König darauf bestand.

Er stand auf und zog sich an. Er hatte kaum seinen Panzer übergestreift – er hatte keine anderen Kleider dabei, und die Diener im Haus hatten nichts in seiner Größe gefunden –, da klopfte es an der Tür. Er knurrte, daß er es gehört habe, und der Baron trat ein – wie immer in Garths Gegenwart von zwei Gardisten begleitet.

»Ich sehe, daß du schon auf bist. Ich hoffe doch, du hast gut geschlafen?« Der Baron schien leicht gereizt, wie Garth bemerkte; vielleicht hatte er selbst nicht gut geruht.

»Es reicht.« Dann fiel ihm die Höflichkeit ein, die ein Baron erwarten konnte, und er fuhr fort: »Danke, mein Herr.«

»Dann laß uns aufbrechen.«

»Wie du wünschst.« Er sah schweigend zu, wie einer der Gardisten sein Schwert und seine Axt nahm. Den gebrochenen Dolch hatte er, mit Basiliskengift verkleistert, in Mormoreth zurückgelassen. Obwohl er nicht gerade die Absicht hatte, die Sache zu überstürzen, wollte ihm kein glaubwürdiger Grund für eine Verzögerung einfallen; er folgte dem Baron, der ihn die Treppe hinunter und an den Wachen vorbei auf den Marktplatz führte. Dort blieb die Gruppe stehen, bis ein weiteres halbes Dutzend Bewaffnete zu ihnen gestoßen war. So verstärkt, deutete der Baron eine winzige Verbeugung an und sagte: »Nun, mein lieber Garth, würdest du uns bitte führen?« Sein Gehabe kam dem Übermann etwas seltsam vor, und das hämische Lächeln, das am vergangenen Tag zu sehen gewesen war, fehlte völlig. Während er sie zum Osttor führte, ein gezogenes Schwert wenige Zoll hinter seinem Rücken, fragte Garth sich, was die Veränderung bewirkt haben mochte.

Etwas mehr als eine Stunde später erreichte die Gruppe das Gebüsch. Koros stand dort, geduldig wartend. Er begrüßte seinen Herrn mit einem Knurren, während er die neun Männer in Garths Begleitung mißtrauisch beäugte. Die Gruppe blieb wenige Schritte vor dem tuchbedeckten Gefängnis stehen.

Der Baron schwieg, betrachtete verdrossen das zeltähnliche Gebilde. Er schien auf seltsame Weise in sich zusammenzusinken. Als das Schweigen gar zu drükkend wurde, sagte Herrenmer, der Hauptmann der Wache: »Du hast nichts von einem Lager gesagt, Übermann.«

»Ich hatte keinen Grund, es zu erwähnen.«

»Dein Zelt sieht komisch aus. Ist ein solcher Aufbau bei deinem Volk auf Reisen üblich?«

Garth zuckte die Achseln.

Herrenmer wandte sich an den Baron. »Mein Herr, sollen wir das Zelt durchsuchen?«

Der Baron schwieg. Garth schaltete sich ein. »Mein Herr, kannst du deinen Männern trauen? Es wäre das beste, du würdest selbst nachschauen, falls ich wirklich einen großen Schatz von Mormoreth herbringe.«

Das leichte Stirnrunzeln des Barons verwandelte sich

in ein böses Starren. Er wählte einen seiner Männer aus, den Garth vor diesem Morgen noch nicht gesehen hatte, und fragte: »Wieviel Geld hast du?«

Der Mann machte ein verblüfftes Gesicht und zog seine Börse heraus. Sie enthielt vier Silbermünzen.

»Du siehst nach.«

Der ausgewählte Mann verbeugte sich und sagte: »Ja, mein Herr.«

Garth sah resigniert zu, wie der Soldat den Käfig umrundete und nach einer Türklappe suchte. Er hatte die anderen zu offensichtlich merken lassen, daß es eine Falle war. Obwohl sich das Verhalten des Barons über Nacht von geschwätziger Bosheit zu düsterem Schweigen verändert hatte, war er kein Dummkopf.

Der Mann, der zum Forschen ausgeschickt worden war, sagte: »Es gibt keine Öffnung. Soll ich den Saum heben und hineinkriechen?«

Der Baron rief: »Natürlich, du Narr!« Der Mann fiel prompt auf die Knie und begann die mit Ketten beschwerte Ecke zu heben. Garth spannte sich, um sofort zu reagieren, und schloß die Augen. Um sein Verhalten zu tarnen, gähnte er, doch er konnte den Baron nicht täuschen.

»Warte!« Er blickte Garth an, der die Augen öffnete und seinen Blick erwiderte. »Auf der anderen Seite.« Er blickte zu den Männern hinter dem Übermann, und Garth spürte eine Schwertspitze im Rücken.

Herrenmer sagte: »Übermann, wenn da drin eine Gefahr lauert, dann solltest du es sagen. Das Abkommen läßt keine Fallen zu, und meine Männer hätten keine Hemmungen, dich zu töten, wenn einem ihrer Kameraden etwas zustößt.«

Der Baron gab nickend seine Zustimmung. Herrenmer rief den Sucher an und befahl ihm zu warten. »Gibt es eine Gefahr, Übermann?«

»Ich glaube wohl«, räumte Garth widerstrebend ein.

»Erkläre!« befahl Herrenmer.

»Dies ist eigentlich kein Zelt, sondern ein Käfig. Er hält das Ungeheuer fest, das zu fangen ich ausgesandt wurde, damit ich es lebend zurückbringen kann.«

»Dann risse das Ungeheuer meinen Mann in Stücke? Warum hat es dann nicht das Zelt zerrissen?«

»Das Ungeheuer wird einen Mann nicht mit Zähnen oder Klauen verletzen. Es sitzt in einem magischen Käfig.«

»Welche Gefahr gibt es dann?«

»Man sagt, der Anblick des Monsters verwandelt jeden in Stein.«

Herrenmer starrte ihn ungläubig an. Der Baron schaltete sich ein. »Was für ein Ungeheuer?«

»Man nennt es einen Basilisken.«

Der Baron nickte düster. Herrenmer blickte zwischen dem Übermann und seinem Herrn hin und her.

»Was«, fragte er laut, »ist ein Basilisk?«

»Eine Art giftige Eidechse«, erklärte Garth.

Der Baron murmelte: »Dein Teil des Handels.«

»Der Basilisk ist dein, wenn du ihn willst; so war das Abkommen. Wenn ich bewaffnet bin und sicher auf meinem Reittier sitze, werde ich dir sagen, wie das Gefängnis bewegt werden kann. Ich werde dir nicht sagen, wie es entfernt wird, denn das war kein Teil unseres Handels. Ich habe mich nur verpflichtet, dir meine ganze Beute auszuliefern, aber nicht, dir zu zeigen, wie man sie benutzt.« Garth war stolz, daß ihm dieses Schlupfloch eingefallen war. »Wenn du den Basilisken nicht willst, nehme ich ihn gern und gehe meines Weges.«

Der Baron schnaubte. »Ich muß schon sagen! Wie funktioniert der Käfig? Ich sagte, dich würde ich freigeben und bewaffnen, aber ein toter Übermann ist so frei wie ein lebendiger.«

Als Antwort auf die Worte des Barons wurde die Schwertspitze etwas fester in Garths Rücken gedrückt. Koros knurrte warnend.

»Wenn du mich tötest, werden nicht alle von euch lebend nach Skelleth zurückkehren.«

Der Baron hatte anscheinend keine Lust, mehr zu sagen. Müde winkte er Herrenmer, der sagte: »Wie wäre es mit einer Veränderung unserer Abmachung, oder besser: mit einer Erweiterung? Dein Leben im Austausch für die Funktion des Schutzkreises.«

»Wenn ihr mich tötet, werdet ihr nicht nur nicht erfahren, wie das Gefängnis funktioniert, sondern ihr werdet es auch nicht bewegen können, falls überhaupt einer von euch Koros Angriff überlebt. Ihr werdet das Kriegstier töten müssen, um zu überleben, und ich bezweifle, daß ihr das könnt.«

»Dann haben wir ein Patt. Du hast uns nicht wie versprochen den Gefangenen übergeben. Deshalb werden wir dich nach Skelleth zurückbringen und dort töten.«

»Ich werde euch sagen, wie ihr es bewegen könnt; es zu befreien, wäre viel zu gefährlich. Reicht das nicht?« Garth wünschte, er könnte sein Schwert oder seine Axt erreichen; die Männer, die seine Waffen trugen, standen neben ihm, ein wenig zu weit für einen einzigen Sprung. Wenn er bewaffnet wäre, wären er und Koros ohne weiteres mit acht Soldaten und einem unbewaffneten Baron fertiggeworden.

Herrenmer war offensichtlich unsicher, wie er auf Garths Antwort reagieren sollte. Er wandte sich an den Baron, der nickte.

Indem er sich umdrehte, sagte er: »Nun gut, Übermann. Du magst leben, und wir werden dich im Austausch für den Basilisken freigeben, gefangen, wie er ist. Allerdings muß von nun an jeder Übermann, der dieses Land betritt, Tribut an den Baron entrichten, was zu verlangen sein Recht ist.«

Garth dachte einen Augenblick nach, dann nickte er. »Der Käfig wird bewegt, indem man einen Talisman bewegt; ich habe ihn dort drüben halb eingegraben.« Er wies die Richtung, und der Soldat, der das Zeltgebilde hatte durchsuchen sollen und sich inzwischen wieder zu der Gruppe gesellt hatte, ging hinüber, um den Gegenstand zu suchen. Ein paar Sekunden später hielt er den Holzstab hoch.

Herrenmer fragte: »Wie funktioniert es?«

»Beweg den Stab, und der Käfig wird folgen. Aber es erfordert einige Kraft.«

Der Mann, der den Talisman hielt, wollte zur Gruppe zurückkehren, doch er stolperte und stürzte unbeholfen zurück, als der Stab, den er gepackt hatte, plötzlich nicht weiter wollte. Er drehte sich um und zog mit ganzer Kraft, und langsam, Zoll um Zoll, gab der Stab nach, und der Käfig folgte ihm, während die Plane laut flappte. Aus dem Innern ertönte ein lautes Zischen.

Einer der Wächter sagte: »Vala, was ist das für ein Geräusch?«

»Der Basilisk«, antwortete Garth. Nach einem Moment fuhr er fort: »Ich habe meinen Teil des Handels erfüllt. Gib mir mein Schwert.«

Der Mann, der die Waffen hielt, blickte fragend zu seinem Hauptmann, der wiederum den Baron anblickte. Der Baron tat nichts. Er stand reglos da, betrachtete stirnrunzelnd das Gefängnis des Basilisken. Herrenmer winkte den Mann achselzuckend näher. Er gehorchte sofort und wollte das Schwert seinem Besitzer zurückgeben. Herrenmer hielt ihn zurück. »Warte. Übermann, dein Wort, daß du keinen von uns verletzen und nicht versuchen wirst, das Ungeheuer zurückzubekommen.«

»Ich habe versprochen, den Gefangenen zu übergeben.«

»So ist es; wir bitten nur um eine vernünftige Sicherheit, bevor wir dir deine Waffen zurückgeben.«

»Du hast mein Wort, daß ich diesen Ort in Frieden verlassen werde.«

Herrenmer blickte zum Baron, der immer noch abwesend vor sich hinstarrte. Als er kein Anzeichen sah, daß der Baron überhaupt der Unterhaltung gefolgt war, sagte Herrenmer: »Das soll reichen.« Garth streckte den Arm aus und bekam sein Schwert; es tat gut, die Waffe wieder zu fühlen. Während er es anlegte, blickte er zum Käfig, wo der Basilisk wieder zischte. Es war gut möglich, daß er das verdammte Monster noch einmal einfangen mußte und daß er zu einem solchen Unternehmen das Schwert gebrauchen mußte. Er freute sich nicht darauf. Die Schwertscheide sicher an seiner Seite, nahm er den angebotenen Griff der Axt und schlang sie an den gewohnten Platz auf seinem Rücken. So ausgerüstet, ging er zu Koros und legte Sattel und Packen auf den Rücken des Kriegstiers. Einen Augenblick später waren die Riemen geschnürt, und Garth schwang sich in den Sattel. Die Gardisten hatten ihn unauffällig beobachtet; als Garth sein Reittier umdrehen ließ und nach Norden ins sumpfige Ackerland davonritt, gaben sie keinen Kommentar.

Natürlich schien es so, als machte Garth sich auf schnellstem Wege zu seiner Heimat auf. Doch dies war nicht der Fall. Sobald er sicher war, daß er nicht mehr beobachtet wurde, dirigierte er Koros nach Westen und umrundete die nördliche Ecke von Skelleth. Da er jetzt – nach Arners Hinrichtung – wußte, daß am Nordtor ein Wachtposten stand, mied er diesen Eingang, schlug einen weiten Bogen darum und ritt statt dessen zum Westtor. Es schien unwahrscheinlich, daß auch dort eine Wache aufrechterhalten wurde; es gab keinen Grund für die Annahme, daß von Westen her jemand sich der Stadt näherte. Garths begrenzte Ortskenntnis brachte ihn zu dem Schluß, daß die Straße, die von Skelleth aus nach Westen führte, nur zur yprischen Küste führen konnte, die, wie er glaubte, lediglich von einigen halb verhungerten Barbaren bewohnt wurde.

Er hätte zu Fuß drei oder vier Stunden gebraucht, um das Westtor zu erreichen, doch das elegant gleitende Kriegstier, anscheinend vom Schlamm völlig ungehindert, legte die Entfernung in anderthalb Stunden zurück. Es war noch eine gute Weile vor Mittag, als Garth abstieg und Koros vorsichtig an den zerbröckelten Überresten der Stadtmauer hinaufführte.

Dreihundert Jahre der Vernachlässigung, des Verfalls und des Bevölkerungsrückgangs (nachdem Skelleth seine ursprüngliche Aufgabe als militärischer Stützpunkt verloren hatte) und das beständige Nachlassen des Handelsverkehrs hatten, wie Garth schon bei seinem ersten Besuch aufgefallen war, die äußere Grenze Skelleths als Ring von Trümmern hinterlassen, nur von Dieben, Ratten und Ausgestoßenen bewohnt – bis dieses Ungeziefer verhungerte, wie es vielen von ihnen zweifellos jeden Winter zustieß, so daß in jedem Sommer Raum für die neue Ernte war. Ein Beamter mit Verantwortungsgefühl hatte vor einem Jahrhundert einige der unbewohnten Häuser abreißen lassen, doch hatte sich die Unternehmungslust der Städter kaum darüber hinaus erstreckt; die dachlosen einsturzgefährdeten Ruinen wurden einfach sich selbst überlassen. Sie boten kaum Schutz, doch Garth suchte keinen Schutz, sondern Deckung. Als er das Westtor durchschritten und das Niemandsland betreten hatte, bog er von der Straße ab, die ins Zentrum führte, und bahnte sich vorsichtig einen Weg durch den mit Trümmern übersäten, überwucherten Irrgarten von Straßen und Gassen.

Es brauchte etwa zwanzig Minuten, bis er fand, was er suchte – einen Keller, versteckt zwischen zwei Wänden, die auf der Seite zur Hauptstraße bis in Schulterhöhe erhalten waren. Die Wände schienen einigermaßen sicher und nicht übermäßig schwer zu überklettern. Es dauerte einen Moment, bis er Koros überredet hatte, in ein derart ungemütliches Loch zu springen, doch Garth hielt es für nötig, das Tier irgendwo zu verstekken; es war klar, daß er nicht einfach ins Dorf einreiten konnte, und ebensowenig wollte er Koros draußen vor den Mauern lassen und damit seine Anwesenheit jedem verraten, der vorbeikam – wie zum Beispiel den Gardisten des Barons, die möglicherweise in der Gegend patrouillierten, um bereit zu sein, falls weitere Übermänner kamen. Dieser Keller war eine hervorragende Operationsbasis, und Garth war es egal, wenn Koros nicht davon begeistert war.

Allerdings war es möglicherweise eine gute Idee, dafür zu sorgen, daß das Kriegstier gefüttert wurde. Es war nicht dringend; Koros hatte vor anderthalb Tagen gefressen, so daß mindestens noch vierundzwanzig Stunden Zeit waren, bis er sich Sorgen machen mußte.

So blieb nichts weiter zu tun. Er wagte nicht, bei Tageslicht nach Skelleth einzudringen, sondern wollte im Schutze der Dunkelheit zum *Gasthof des Königs* schleichen, um mit dem Vergessenen König zu sprechen. Er konnte keine weiteren Pläne schmieden, solange er nicht über die Lage nachgedacht hatte. Bis Sonnenuntergang, etwa in sieben Stunden, blieben noch reichlich lose Enden zum Zusammenknüpfen.

Er polierte sein Schwert, bis es glänzte; mit einem passenden Stein schärfte er Schwert und Axt rasiermesserscharf; er machte eine Bestandsaufnahme seiner Vorräte; er polierte seinen Brustharnisch; er streifte seinen provisorischen Umhang ab; er räumte die Hälfte des Kellers aus, damit Koros sich bewegen konnte. Bei Sonnenuntergang war seine Phantasie erschöpft. Er verbrachte die letzte halbe Stunde, bevor der Himmel dunkel genug wurde, mit dem Beobachten der Wolken, die im Vorbeitreiben allmählich dichter wurden. Als er schließlich aus dem Loch kletterte, wußte er eine Menge über das Verhalten von Wolken und war fast sicher, daß es noch vor Mitternacht regnen würde.

Kapitel 12

In unbequemer Haltung gebückt, stand Garth unter dem überhängenden ersten Stockwerk eines Hauses, triefnaß, die schlitzförmigen Nüstern mit dem Gestank der verfaulten Abwässer gefüllt. Dieser Geruch hatte ihm genauso vernehmlich wie seine Erinnerung an den Weg gesagt, daß er die richtige Gasse gefunden hatte. Unvertraut, wie er mit Skelleth war, und nicht bereit, sich auf die großen Durchgangsstraßen zu wagen, hatte er sich vorsichtig von den Ruinen aus in die Stadt geschlängelt und sich prompt verlaufen. Seine Ahnung hatte sich früher als erwartet erfüllt. Zwei Stunden nach Sonnenuntergang hatte ein Dauerregen begonnen, und er hatte immer noch versucht, sich einzureden, daß er sich nicht verlaufen hätte. Der Versuch schlug fehl; es war reines Glück, daß er schließlich doch noch die stinkende Gasse hinter dem Haus des Barons fand, und er wußte es. Der Regen war für seine Tarnung ein Segen gewesen, denn er hatte alle Menschen in die Häuser getrieben, so daß er kaum noch eine Entdeckung befürchten mußte; doch es war ein zweifelhafter Segen, denn ihm war kalt, er war naß, halb krank, und die Gäste im *Gasthof des Königs* blieben lieber in der Schenke, als in einem solchen Sturm nach Hause zu laufen. Er wagte nicht einzutreten, bis so viele Leute gegangen waren, daß er den Raum durchqueren konnte, ohne überall mit den Ellbogen anzuecken. Abermals wünschte er, er könnte fluchen, während er sich wunderte, wieso eine Schenke in einer derartig abstoßenden Gegend so viele Gäste anzog.

Von seinem Versteck aus konnte Garth die ganze Gasse bis zum Haus des Barons überblicken. Mehrere Fenster waren beleuchtet. Gesprächsfetzen von Passanten entnahm er, daß der Baron aus seiner Rückkehr mit dem Basilisken einen Triumphzug gemacht hatte; der Käfig war, sicher bedeckt, durch die Straßen zum Marktplatz geschafft worden, wo er bis zum Sonnenuntergang schwer bewacht geblieben war; dann waren die Gaffer fortgescheucht worden. Als sie zurückkehren durften, war der Käfig verschwunden, und niemand wußte, wo er geblieben war, woher er gekommen war, oder sonst etwas über das geheimnisvolle zeltähnliche Gebilde. Kurz gesagt, die Leute wußten nicht mehr, als Garth erwartet, und viel weniger, als er befürchtet hatte. Es war nicht gut, wenn sie erfuhren, daß ein Basilisk in der Stadt war; irgendein Dummkopf hätte gewiß versucht, seine legendären Kräfte auf die Probe zu stellen.

Eine Bewegung aus der Richtung des *Gasthofs des Königs* fesselte seine Aufmerksamkeit. Er wandte sich um und beobachtete reglos ein halbes Dutzend betrunkener Bauern, die grölend durch die Pfützen nach Hause taumelten – oder dorthin, wo sie in ihrem Rausch ihre Häuser vermuteten. Garth bezweifelte, daß sie die Gasse schafften, ganz zu schweigen davon, ihr jeweiliges Zuhause zu finden. Und natürlich, einer stolperte und fiel längelang in eine stinkende Lache aus Regen und Abwasser. Seine Gefährten halfen ihm auf, und bald war die ganze Gruppe verschwunden.

Der Übermann schätzte, daß es etwa Mitternacht war. Er verließ seinen kümmerlichen Unterschlupf und ging langsam, gebeugt und schlurfend, zum Gasthof. Ein Blick durchs Fenster bestätigte, daß immer noch zu viele Gäste da waren. Ein zweiter Blick zeigte, daß der Vergessene König, unsichtbar unter seinem zerlumpten safrangelben Umhang mit der Kapuze, an seinem gewohnten Platz saß, als hätte er sich seit Garths Abreise vor einem Monat nicht bewegt. Außerdem sah der Übermann, daß ein guter Teil der Gäste bewußtlos war, was Garth, zusammen mit der Tatsache, daß der Regen keine Anstalten machte nachzulassen, dazu bewegte, noch einmal zu bedenken, ob er eintreten sollte. Er stritt noch mit sich, als er aus dem linken Augenwinkel eine Bewegung sah.

Vom anderen Ende der Gasse näherte sich ein Mann. Selbst auf diese Entfernung und trotz des Regens und der Dunkelheit konnte Garth sehen, daß er ein Schwert und einen Helm trug. Der Baron mußte seine Gardisten angewiesen haben, durch die Straßen zu patrouillieren.

Ohne weiteres Nachdenken schlurfte Garth durch die Tür der Schenke und blieb tropfnaß hinter der Tür stehen. Niemand achtete auf ihn; die Gäste waren zu sehr mit Bier, Wein und Gesprächen beschäftigt. Er ermahnte sich, seine gebückte Haltung beizubehalten, und schüttelte seine Kleider trocken. Dann drängte er sich langsam durch die Menge zu dem Tisch, an dem der Vergessene König trotz des Gedränges allein saß. Hinter ihm hörte er, wie die Tür zuknallte. Er hatte sie ein Stück offengelassen und vermutete, daß einer der Gäste, dem die kühle Luft von draußen nicht gefiel, die Tür geschlossen hatte. Er drehte sich nicht um, aus Angst, sein Gesicht könnte erkannt werden.

Als sich eine plötzliche Stille über den Raum legte, gewann seine Neugier die Oberhand. Er drehte den Kopf, wie er es bei gichtigen alten Männern beobachtet hatte, und sah aus den Augenwinkeln den Soldaten, den er auf der Straße bemerkt hatte und dem er hatte ausweichen wollen. Der Mann schüttelte sich das Wasser aus dem Haar, ohne auf die nasse, mit einem Umhang bekleidete Gestalt zu achten, die halb den Raum durchquert hatte. Erleichtert, daß der Gardist ihn nicht verfolgte, ging Garth zum Tisch des Vergessenen Königs weiter und ließ sich auf einen freien Stuhl sinken. Während er sein Gesicht vorsichtig im Schatten hielt, lugte er um den Rand seiner Kapuze herum, um zu sehen, was der Soldat tat, nachdem er sich einigermaßen getrocknet hatte.

Er tat genau das, was man von einem Mann in einer

kalten nassen Nacht in einer Schenke erwarten würde: Er drängte sich zum Wirt vor, der eifrig Gläser einschenkte, und verlangte laut ein Glas warmen roten Wein. Der nervöse dicke Bursche ignorierte alle anderen Bestellungen, holte sofort das verlangte Getränk und nahm dankbar die Münze, die ihm der Soldat in die Hand drückte, bevor er sich wieder seinen anderen Gästen zuwandte.

Der Soldat leerte die Hälfte des Glases mit einem Schluck, dann drehte er sich um und schien jetzt erst die Menge zu bemerken.

»Was tut dieser ganze Pöbel hier?« fragte er. »Ihr wißt doch, daß der Baron solche Liederlichkeiten nicht duldet.«

Eine Stimme aus der Menge rief: »Er mag es auch nicht, wenn seine Gardisten saufen.« Darauf folgte herzhaftes Gelächter. Der Soldat grinste breit.

»Wohl wahr; es gibt nicht selten Zeiten, da gefällt ihm überhaupt nichts, aber dann wieder hat er Zeiten, in denen er fröhlich ist wie nur irgendeiner, und bei seinen Anfällen kümmert er sich sowieso um gar nichts. Tja, und da wir nicht wissen, wie er im Augenblick gelaunt ist, werde ich, wenn ihr nichts sagt, von mir aus auch nichts sagen, und damit geht's uns allen gut. Die Götter wissen, daß ein Mann in einer solchen Nacht ab und zu was Warmes im Bauch braucht. Aber in einer Viertelstunde oder so wird noch einer kommen, der nicht so freundlich ist. Der Baron glaubt, der Übermann könne sich wieder hier einschleichen.« Dies rief einen Ausbruch von Schmähungen und verräterischen Bemerkungen über Skelleths Herrn hervor, so daß Garth die weitere Unterhaltung nicht mehr verfolgen konnte.

Er wandte sich an die gelbgekleidete Gestalt, die ihm gegenüber am Tisch saß, und flüsterte: »Können wir irgendwo ungestört sprechen?«

Er war nicht sicher, ob der Kopf unter der Haube leicht genickt hatte oder nicht, doch einen Augenblick später stand der alte Mann auf und wandte sich um, als wollte er gehen. Garth tat es ihm nach und sah, daß der Vergessene König ihn die Treppe hinauf führte. Oben führte ein Flur zum vorderen Teil des Gebäudes, von dem zu jeder Seite vier Türen abgingen. Der Flur war kahl und roch nach Staub, ein alter Geruch trotz des Regens, der über ihm aufs Dach trommelte. Es gab keine Decke; die nackten Planken und Bohlen des Daches waren etwa fünfzehn Fuß über Kopf undeutlich zu sehen, und der Dachfirst verlief mitten über dem Gang.

Hinter ihnen hörte Garth das Geräusch von Stühlen, die zurückgeschoben wurden, und sich entfernende Schritte. Die Warnung des Soldaten hatte anscheinend gewirkt, und er fragte sich, ob es wirklich nötig gewesen war, die fröhliche Schenke gegen diesen modrigen Flur einzutauschen, der ihn irgendwie an die Grüfte unter Mormoreth erinnerte.

Von der Dunkelheit unbeeindruckt, führte ihn der Vergessene König zur hintersten Tür und zog einen verzierten Schlüssel unter seinen Lumpen hervor. Es klickte laut, und die Tür schwang auf und gab den Blick in ein großes Zimmer mit niedriger Decke frei, mit einem breiten, in zahlreiche kleine Scheiben unterteilten Fenster, das die Straße überblickte. Der kleine Schimmer, der hindurchfiel, war die einzige Beleuchtung. Als Garth über die Schwelle trat, griff der alte Mann zu einem kunstvoll geschmiedeten Kerzenleuchter aus Eisen, und die große Talgkerze, die darauf steckte, flammte sofort auf, obwohl Garth keinen Funken, keinen Span und kein Zündholz gesehen hatte. Die Kerze warf ein rauchiges trübes Licht in den Raum, so daß Garth einen Teil des Mobiliars erkennen konnte.

Es war eine Schlafkammer. An der hinteren Wand stand ein Himmelbett mit einem Dach aus Samt und mit schön gearbeiteten Kandelabern auf Tischen zu beiden Seiten. Das Licht war zu trübe, als daß er Farben erkennen konnte, doch die Samttücher schienen Garth die Farbe von trockenem Blut zu haben.

Eine Bö klatschte Regentropfen vor die Scheibe, und Garth blickte zum Fenster. Zwei niedrige Stühle, reich gepolstert und keinem Stuhl ähnlich, den er bisher gesehen hatte, standen links und rechts neben einem niedrigen Tisch, der seltsam funkelte, als sei er aus Glimmerschiefer geschlagen.

Der alte Mann deutete auf die Stühle. Garth ließ sich vorsichtig auf einen davon sinken und fand ihn überraschend bequem, doch zu niedrig, um aufrecht darauf zu sitzen. Er nahm so gut wie möglich Platz und lugte durchs Dunkel zum König.

Das Schweigen wurde schließlich gebrochen, als Garth ohne Vorgeplänkel sagte: »Ich bin aus Mormoreth zurückgekommen.«

Der Vergessene König ließ sich nicht herab, auf eine so offensichtliche Feststellung zu antworten, und nach einer Pause fuhr Garth fort: »Ich habe hergebracht, was ich in den Grüften fand, und es ist jetzt in Skelleth.«

»Wirklich?« Die trockene, gräßliche Stimme erschreckte den Übermann, obwohl er sie nicht zum erstenmal hörte. Er hatte unterwegs vergessen, wie rauh sie klang. Als er die Hände sah, die die Stuhllehnen umklammerten, wurde ihm auch von neuem bewußt, wie alt und hinfällig der Mann war. Seine Finger waren kaum mehr als Knochen, von einer dünnen Schicht runzliger Haut zusammengehalten. Sein Gesicht war verborgen wie immer, und Garth fragte sich erneut, wie wohl die Augen aussehen mochten.

»Ja.«

»Dann gib es mir, und wir können unseren Handel zum Abschluß bringen.«

»Vorher ist noch etwas zu klären.«

»Wirklich?«

»Ich glaube, du weißt, was ich gefunden habe.«

Der König antwortete nicht.

»Ich glaube nicht, daß du mir eine solche Aufgabe gestellt hättest, wenn dir ihre Natur nicht bekannt gewesen wäre.«

Wieder kam keine Antwort.

»Deshalb glaube ich, daß du eine Verwendung für dieses Wesen hast. Als wir das letzte Mal sprachen, erwähntest du gewisse Bedürfnisse, die du hast und für die du Dinge brauchst, die du noch nicht besitzt. Dieses Wesen ist eins dieser Dinge, nicht wahr?«

»Ich habe eine Verwendung für den Basilisken.«

»Welche Verwendung?«

»Das geht dich nichts an.«

»Vielleicht nicht; dennoch will ich wissen, wozu du ihn brauchst.«

»Das war kein Teil unseres Handels.«

»Wahr. Aber als wir unseren Handel abschlossen, hatte ich keine Ahnung, daß ich nach so einer giftigen Kreatur ausgeschickt wurde.«

»Ah. Was ändert das an unserem Abkommen?«

»Ich will nicht, daß eine so tödliche Macht wie der Basilisk losgelassen wird. Ich kann keine Verwendung für eine solche Kreatur sehen, es sei denn, du willst sie benutzen, wie Shang es tat, um viele Menschen zu vernichten.«

»Und dennoch habe ich eine Verwendung dafür, und du hast dich bereit erklärt, mir ihn als ersten Teil unseres Handels zu bringen.«

»Wie ich schon bei unserem ersten Treffen sagte, bin ich den allgegenwärtigen Tod und Verfall leid. Ich möchte nicht dazu beitragen, daß sich der Tod weiter ausbreitet.«

Die gelbe Gestalt regte sich etwas. »Garth, weißt du, welches Jahr wir haben?«

Garth war angesichts des plötzlichen Themawechsels verblüfft. »In Ordunin ist es das Jahr dreihundertvierundvierzig.«

»Kennst du keine andere Zeitrechnung?«

»Die Menschen in Lagur nennen es das Jahr des Delphins, glaube ich.«

»Es ist das Jahr zweihundertneunundneunzig des Dreizehnten Zeitalters, des Zeitalters, in dem die Gottheit P'hul über die ganze Welt herrscht.«

»Ich verstehe nicht, was das zu bedeuten hat.«

»P'hul ist die Gottheit des Niedergangs, Handlanger des Todes und einer der größten Herren von Dûs.«

»Ich verstehe immer noch nicht, was das mit mir zu tun hat.«

»Dies ist das Zeitalter des Verfalls, Garth. Weder du noch irgend jemand kann etwas tun, um den allgegenwärtigen Niedergang aufzuhalten, solange P'hul regiert.«

»Dieser Fatalismus hat nichts zu bedeuten. Ich glaube nicht an deine Götter. Und selbst wenn ich Tod und Verfall nicht verhindern kann, kann ich zumindest vermeiden, dazu beizutragen.«

»Vielleicht. Vielleicht auch nicht. Wie viele Tode hast du bei diesem Gang bereits verursacht?«

»Ein Dutzend Männer starb, damit ich dir das Monster bringen konnte.«

»Einer war zweifellos Shang, der Zauberer, der für die Entvölkerung Mormoreths verantwortlich ist. Die anderen, nehme ich an, waren Banditen?«

»Ja.«

»Beklagst du den Tod dieser zwölf?«

»Jeder Tod ist ein Unglück.«

»Und doch hast du sie getötet.«

»Ich handelte in Selbstverteidigung.«

»Dennoch hast du sie getötet. Kannst du es wirklich vermeiden, zu Tod und Verfall beizutragen?«

Garth schwieg einen Moment lang, dann erwiderte er: »Ich habe in Selbstverteidigung getötet. Du stehst nicht unter einer solchen Bedrohung, und deshalb brauchst du den Basilisken nicht zu deiner Verteidigung.«

»Also wirst du ihn mir nicht übergeben?«

»Es sei denn, du versicherst mir hinreichend, daß du ihn nicht zum Töten benutzen wirst.«

»Das kann ich tun, ohne meine Absicht zu enthüllen.«

Es gab wieder ein kurzes Schweigen – oder besser; einen Augenblick, in dem nichts als das beständige Trommeln des Regens an der Scheibe zu hören war. Die Flamme der einsamen Kerze flackerte. Schließlich sagte Garth: »Wie?«

»Ich schwöre bei meinem Herzen und allen Göttern, daß ich nicht die Absicht habe, den Blick oder das Gift des Basilisken zu verwenden, um andere zu töten. Dieser Eid hat dir schon einmal gereicht.«

Garth schwieg, dachte nach.

»Wenn dies nicht reicht, dann will ich weiterhin schwören bei dem Gott-dessen-Namen-man-nicht-nennt.«

Garth sagte zögernd: »Ich wurde gewarnt, daß du ein böses Wesen bist.«

»Ah. Shang hat dich gewarnt?«

»Ja.«

»Was ist böse? Vielleicht war ich nur der Gegner Shangs, der doch eine unschuldige Stadt zerstört hat. Auf jeden Fall sollten selbst böse Wesen nicht leichthin beschworen werden. Und du hast meinen Eid gehört.«

Garth antwortete nicht. Er fühlte sich etwas beschämt, wenn er auch unsicher war, warum.

»Wirst du nun den Basilisken holen?«

Garth räusperte sich. »Ja.«

»Gut. Bring ihn in den Stall hier im Gasthof. Ich werde einen Platz vorbereiten.«

»Es gibt immer noch Dinge, die ich wissen will«, sagte Garth zögernd.

»Wirklich?«

»Ich habe gehört, daß du schon seit Jahrzehnten hier lebst und daß dennoch niemand deinen Namen kennt.«

»Das ist wahr.«

»Warum?«

»Das geht dich nichts an.«

»Bist du wirklich böse, wie Shang behauptete?«

Es gab eine Pause, bevor der alte Mann erwiderte: »Ich weiß nicht, was böse ist.«

»Wie ist dein Name, daß du ihn nicht verrätst?«

»Einst nannte man mich Ythill, ein Name, der dir gewiß nichts bedeutet.«

In der Tat war er für den Übermann bedeutungslos.

»Du hast geschworen, den Basilisken nicht zu mißbrauchen.« Garth war immer noch verwirrt, suchte weiter nach Sicherheit. Die Antwort des Vergessenen Königs war kaum ein Trost.

»Ich werde gewiß weniger Unheil damit stiften als der Baron von Skelleth, dem du ihn gegeben hast.«

Garth fuhr auf, fragte sich, woher der Alte das wußte, dann sagte er sich wütend, daß er zweifellos vom geheimnisvollen Zelt auf dem Marktplatz gehört und sich einen Reim darauf gemacht hatte, nachdem Garth erklärt hatte, der Basilisk sei in Skelleth. Auf jeden Fall entsprach die Bemerkung der Wahrheit. Der Übermann erhob sich linkisch von dem zu niedrigen Stuhl, hüllte sich in den zerlumpten grauen Mantel und verkündete: »Ich werde ihn holen.«

Der alte Mann sagte nichts, sondern stand nur auf, mit einer Leichtigkeit und so leise, wie man es bei einem so alten Mann nie erwartet hätte.

Garth wandte sich zum Gehen, dann hielt er inne. Ihm war eingefallen, daß in der Schenke womöglich Soldaten waren, und er wollte nicht einfach an ihnen vorbeigehen. Außerdem war er länger von Koros getrennt gewesen als geplant, nachdem er sich im Regen und in den gewundenen Straßen verlaufen hatte. Er wollte sicher sein, daß das Kriegstier gefüttert und einigermaßen bequem untergebracht war.

Er blieb ein paar Schritte vor der Tür unsicher stehen.

»Du zögerst«, sagte der Vergessene König.

»Ja. Ich möchte wissen, ob es einen Hinterausgang gibt. Ich will nicht noch einmal durch die Schenke gehen. Deine Mitbürger mögen mich nicht, und die Gardisten dienen einem Baron, der Übermänner aus dem Dorf verbannt hat.«

»Ah.«

»Außerdem möchte ich mich um mein Kriegstier kümmern, ehe ich den Basilisken zurückhole.«

»Wie du willst. Ich habe so lange gewartet, da kommt es auf eine kleine Verzögerung nicht an. Unglücklicherweise gibt es keinen anderen Ausgang als den durch den Schankraum. Vielleicht kannst du eine Weile warten, während ich eine Ziege besorge, die du deinem Tier geben kannst, und mich vergewissere, daß der Weg frei ist.«

»Ich wäre dir dankbar dafür.« Garth hätte mit einer Bemerkung fortfahren können, wie sehr er die Aufmerksamkeit des Mannes schätzte, dem zu dienen er sich verpflichtet hatte, doch er hatte kein Publikum mehr; der alte Mann – dessen unaussprechlicher Name Garth nicht über die Lippen wollte – war schon gegangen. Der Übermann rief ihm nach, hoffte, daß er nur von den richtigen Ohren gehört werden würde: »Kannst du zwei Ziegen beschaffen?«

Es gab keine Antwort: Schweigen senkte sich über den düsteren Raum, abgesehen vom stetigen Trommeln des Regens.

Kapitel 13

Garth brauchte nicht lange zu warten; vielleicht fünfzehn Minuten waren verstrichen, als der Vergessene König in der Tür erschien und dem Übermann bedeutete, ihm zu folgen. Garth gehorchte sofort, sprang von dem Stuhl auf, auf dem er gewartet hatte. Er war froh, den Raum mit seiner staubigen Düsternis und seiner beunruhigenden Atmosphäre verlassen zu können. Beim Warten hatte er die Möbel näher studiert und bemerkt, daß sie seltsamer waren, als es im ersten Augenblick den Anschein hatte. Unter einer allgegenwärtigen Staubschicht entdeckte er Hölzer und Polster; sie schienen aus keinem gebräuchlichen Material zu bestehen, das dem Übermann bekannt war; vielmehr wirkten sie unnatürlich glatt und irgendwie fremdartig. Was er zuerst für Walnuß und Ebenholz gehalten hatte, besaß eine Maserung, wie Garth sie noch bei keinem Holz gesehen hatte. Was ihm wie Leder und Samt gedünkt hatte, fühlte sich falsch an, und er war sicher, daß diese Materialien von keinem gewöhnlichen Tier stammten. Der ganze Raum war irgendwie unnatürlich, so als wäre er eine magische Illusion, und er war erleichtert, hinauszukommen und in den kahlen, aber beruhigend normalen Flur zu treten.

Der Vergessene König führte ihn bis zur Treppe, dann drehte er sich um und keuchte: »Der Weg ist frei. Der Gasthof ist geschlossen, und die beiden Ziegen sind an der Stalltür angebunden.«

Garth nickte. »Danke«, sagte er, während er zum Gürtel griff, um seine Börse herauszuziehen. »Wieviel haben die Ziegen gekostet?«

»Sie sind schon bezahlt.«

Garth hielt inne und musterte den alten Mann von

nahem. Sofort bedauerte er es, denn die Mumienhände und das verborgene Gesicht des Mannes setzten seinen Nerven zu. Er zuckte die Achseln und ließ das Geld, wo es war. Zweifellos hatte der König mehr als genug Gold, um solche Dinge zu bezahlen, auch wenn er es nicht hatte ausgeben mögen, als Garth das letzte Mal in Skelleth gewesen war.

»Ich danke dir noch einmal«, sagte er.

»Du verwöhnst das Tier«, erwiderte der alte Mann.

»Besser verwöhnen, als das Risiko unkontrollierten Hungers einzugehen.«

»Vielleicht.« Ohne weitere Umstände wandte Garth sich um und ging die Treppe hinab. Wie der Vergessene König versprochen hatte, war der Schankraum leer und dunkel. Die Messingbeschläge der Weinfässer glänzten trüb im schwachen Licht, das durch die sauberen Fenster hereinströmte; ein Licht, das wenig dazu beitrug, die Dunkelheit zu erleuchten. Garth durchschritt vorsichtig die Schenke und schaffte es, die Tür zu erreichen, ohne sich das Schienbein anzuschlagen. So leise wie möglich ließ er den Riegel zurückgleiten, öffnete die Tür und glitt in die widerliche Feuchtigkeit der Gasse hinaus. Über ihm gab es einen Überhang, so daß der Regen, der bis auf ein beständiges Nieseln nachgelassen hatte, ihn nicht unmittelbar erreichte. Nach diesem kurzen Aufenthalt raffte er seinen Umhang zusammen, schob das Schwert zur Seite, bis es nicht mehr zu sehen war, und bückte sich, so daß er beim Heruntertreten von der Schwelle wieder aussah wie ein gebeugter alter Mann, wenn auch außergewöhnlich groß. Die Kapuze hatte er weit vorgezogen, um den Regen von den Augen fernzuhalten.

Ein paar Schritte zur Linken war die Stalltür. Er wandte sich in diese Richtung und versank bis zum Fußgelenk in einem übelriechenden Tümpel, den er in der Dunkelheit nicht gesehen hatte. Das kalte Wasser durchweichte die Lumpen, die er statt der Stiefel umgebunden hatte, und er wünschte abermals, einen angemessenen Fluch für solche Gelegenheiten zu kennen. Er wollte aus dem Wasser zurücktreten, doch dann überlegte er es sich anders und ging weiter; was konnte noch passieren?

Und prompt schnitt er sich den gerade verheilten linken Fuß an einem scharfen Gegenstand, der unter der glatten schwarzen Oberfläche des Wassers verborgen war. Mit einem wütenden Knurren marschierte er weiter und erreichte ohne weitere Verletzung die Schwelle der Stalltür. Er lugte hinein, konnte jedoch nichts sehen. Als er die Hand auf den Türrahmen legte, berührte er eine Leine. Er zog daran, und das Blöken einer Ziege antwortete.

Nun mußte er die Ziegen nur noch zu Koros bringen, dann den Basilisken finden und zurückholen. Er marschierte, die störrischen Ziegen hinter sich her schleppend, nach Westen.

Es war eine gute Weile nach Mitternacht, und die Straßen schienen völlig verlassen. Garth ging gebückt weiter und behielt die schützende Kapuze auf dem Kopf, die auf jeden Fall den Regen abhielt; doch er beschloß, sich nicht noch einmal durch die schlammigen Seitenstraßen zu quälen und zu riskieren, daß er sich wieder verlief. Er hatte sich gerade überlegt, daß sogar die Hauptstraße westlich vom Marktplatz sicher und offenbar der beste und schnellste Weg sein müßte, als er den dunklen Eingang des Gasthofs passierte und jemand aus der mittleren der drei Gassen trat, die auf jene Gasse zuliefen, in der er sich befand; die Gestalt war kaum ein Dutzend Meter entfernt. Der düstere Schein aus den wenigen noch beleuchteten Fenstern glomm gelblich auf seiner Schulter, und Garth erkannte, daß der Mann ein Kettenhemd trug – einer der Gardisten des Barons.

Nun, es war klar, daß der Baron vor dem Gasthof eine Wache postiert hatte. Garth schalt sich insgeheim, weil er nicht damit gerechnet hatte. Es war zu spät, sich zu verstecken; der Soldat hatte ihn bereits gesehen. Er marschierte weiter, zerrte die Ziegen hinter sich her, als besäße die Gegenwart des Mannes für ihn keine Bedeutung.

»He, du da!«

Garth blieb stehen. Er zögerte eine Sekunde lang, ehe er antwortete, und sah sich um, als wollte er sich vergewissern, ob er auch wirklich gemeint war.

»Ja?« Er quietschte ein Oktave über seiner normalen Stimmlage.

»Was tust du hier?«

»Ich gehe nach Hause.«

»Wo ist das?«

»Im Westen der Stadt.«

»Woher hast du diese Ziegen?«

»Gekauft.«

»Um Mitternacht?«

»Heute nachmittag. Ich bin auf ein oder zwei Gläschen eingekehrt, das ist alles.«

»Tja, Alter, ich weiß so gut wie du, daß du sie gestohlen hast. Aber ich habe Befehl, hierzubleiben und dieses Rattenloch von Gasthof zu bewachen. Vielleicht kann ich vergessen, daß ich dich gesehen habe.« Während des Gesprächs waren die beiden weiter aufeinander zu gegangen, so daß sie jetzt nur noch wenige Schritte auseinander waren. Garth hielt den Kopf gesenkt und konnte nur die Füße des Soldaten sehen. Die ausgestreckte Hand des Mannes sah er nicht, doch er verstand die Bedeutung seiner Worte. Der Mann wollte bestochen werden.

»Ich habe kein Geld, Herr, sonst würde ich für deine Güte bezahlen.« Er versuchte, seine Stimme zittern zu lassen, doch das Ergebnis klang im günstigsten Fall unnatürlich.

Der Soldat musterte die gebeugte, mit einem Umhang bekleidete Gestalt, die dennoch so groß war wie er selbst, und entschied, daß er ohne Kampf wohl kein Geld bekäme. Widerwillig befahl er: »Dann mach, daß du weggkommst, mit deinen verdammten Ziegen! Und nimm den Regen mit.« Er drehte sich mürrisch um und platschte zu seinem Posten in der mittleren Gasse zurück.

Indem er versuchte, wie ein kriecherischer Bauer zu sprechen, sagte Garth: »Ja, Herr, und danke, Herr, vielen Dank, und die Götter mögen dich segnen, und die Götter mögen dich schützen.« Er tappte durch die Pfützen weiter, zerrte die widerwilligen Ziegen hinterher und versuchte seine übermenschliche Kraft nicht zu offensichtlich zu zeigen. Erst als er ein gutes Stück an der mittleren Gasse vorbei war, an der Ecke der westlichen Gasse, wo er gewartet hatte, bevor er die Schenke betreten hatte, wagte er es, anzuhalten und seine Rolle als alter Mann aufzugeben. Er lugte grollend durch den Regen, doch er konnte nichts sehen. Er bezweifelte, daß die kleinen blassen Menschenaugen so gut waren wie seine eigenen blutroten, und er schloß deshalb, daß niemand ihn sehen konnte, wenn er nichts sehen konnte. Er blieb lange genug aufrecht stehen, um den Schmerz in seinem mißhandelten Rücken etwas zu lindern und so heftig am Seil zu ziehen, daß die Ziegen blökend übereinanderpurzelten. Dann nahm er wieder seine gebeugte Haltung ein; allerdings eher um das Gesicht trocken zu halten als um seine Tarnung aufrechtzuerhalten, und wanderte durch die nassen schwarzen Straßen.

Den Rest des Weges legte er ohne Zwischenfall zurück, während er um die stinkenden Seitenstraßen einen Bogen schlug, bis er schließlich die Weststraße erreichte, die relativ breit war, gerade und gut entwässert, so daß er schnell vorankam. Die Ziegen hatten es aufgegeben, gegen seine überlegene Kraft zu kämpfen, und eilten sogar willig mit, weil sie wohl hofften, der Übermann bringe sie aus dem Regen heraus.

Obwohl es außer dem unsicheren Untergrund und der schlechten Sicht wegen des Regens keine weiteren Verzögerungen gab, wußte Garth, daß nur drei Stunden bis zur Dämmerung blieben, als er schließlich die markante, zerstörte Wand sah, die seinen Keller umgab. Da er hoffte, noch vor Sonnenaufgang ins Haus des Barons einzudringen, war er in Eile und ungeduldig. Er rief Koros, als er noch ein Dutzend Schritte entfernt war.

Es gab keine Antwort.

Oh, nun gut, sagte sich Garth. Das Tier mußte schlafen. Er ging weiter, die Ziegen führend, die sich wieder zu sträuben begannen. Vielleicht hatten sie die Witterung des Kriegstiers aufgenommen.

Nachdem er durch eine Pfütze gespritzt war, umrundete er eine eingestürzte Wand und lugte in die Dunkelheit des Kellers, in dem er Koros zurückgelassen hatte. Er konnte nichts erkennen. Hier gab es kein Streulicht aus den Fenstern des Ortes mehr, und der Mond und die Sterne waren hinter Wolken verborgen. Das einzige Licht war ein schwacher Schimmer, der aus den Wolken selbst zu kommen schien.

Es war nicht weiter überraschend, daß er ein schwarzes Tier nicht sehen konnte, egal wie groß es war, wenn es in einem pechschwarzen Loch steckte. Er bedauerte, kein Licht entfachen zu können; doch es gab nichts Trockenes, das sich mit einem Funken seines Feuersteins entzünden ließ. Er rief noch einmal, doch die Antwort bestand nur aus schwachen Echos seiner eigenen Stimme. Während er hinunterstarrte und nicht mehr in den matten Schein des Himmels blickte, hatte er das Gefühl, daß seine Augen sich auf diese tiefere Dunkelheit einstellten, und doch schien der Keller eine durchgehende schwarze Fläche zu sein. Es schien irgendwie unnatürlich; Garth wurde plötzlich sehr vorsichtig, hob einen kleinen Stein auf, warf ihn in den Keller und wartete auf das Klicken des Kiesels auf dem Steinboden, den er am Nachmittag freigeräumt hatte.

Statt dessen hörte er ein leises *Platsch,* als der Stein auf glattes Wasser traf, und er erkannte, warum er so vorsichtig geworden war. Seine Sinne, das Auge oder das Gehör, hatten den Fall des Regens auf Wasser und nicht auf Stein wahrgenommen, obwohl er es nicht sofort erkannt hatte. Der Sturm hatte sich weitgehend gelegt, aber der Regen war noch da. Koros nicht.

Das Kriegstier vertrug mehr Wasser als seine Katzen-Vorfahren und war überaus gehorsam; aber es bliebe kaum in einem Loch, das mehr als einen Fuß hoch mit Wasser überflutet war. Garth bückte sich und überlegte, wohin das Tier entlaufen sein mochte.

Es gab mehrere Möglichkeiten. Das Tier konnte seinen Herrn suchen, um neue Befehle zu bekommen, konnte auf Jagd gehen, da es seit einem oder zwei Tagen nicht mehr gefressen hatte, es konnte nach Hause laufen, nach Ordunin, oder wenn sein Gedächtnis so weit zurückreichte, nach Kirpa, oder es konnte sich einfach einen trockenen Platz suchen, um abzuwarten, bis der Sturm vorbei war. In allen vier Fällen würde es nach einer Weile zurückkehren, um auf Garth zu warten.

Wenn es Garth suchte, dann hatte es sich jetzt vielleicht auch im Dorf verlaufen und wanderte, auf der Suche nach seinem Herrn durch die verlassenen Straßen. Wenn es heimgegangen war, nun, dann war es fort. Ebenso wenn es auf der Jagd war – dann würde es zurückkommen, wenn es das Gefühl hatte, daß es Zeit war, und Garth hatte keine Chance, es inzwischen zu finden. Er konnte die Gegend absuchen, auf die Möglichkeit hin, daß es nur in der Nähe Schutz gesucht und gefunden hatte; doch der Übermann hatte das Gefühl, daß er keine Zeit verschwenden durfte. Statt dessen würde er die Ziegen hier zurücklassen und nach Skelleth zurückeilen, um den Basilisken zu holen. Wenn er dem Vergessenen König das Ungeheuer übergeben hätte, bliebe immer noch genug Zeit, nach Koros zu suchen. Das einzig Bedauerliche war, daß er auch seine Vorräte im Keller gelassen hatte, so daß sie nun irgendwo in dem dunklen Regenwasser lagen. Er hatte keine große Lust, herumzuplatschen und danach zu suchen.

Nachdem er sich entschieden hatte, band er die Leine der Ziegen um einen schmalen Stein, der aus der Ruine vorsprang, und eilte zur Hauptstraße. Ohne die lästigen Ziegen legte er den Weg viel schneller zurück. Es regnete zwar immer noch, doch das schwache Nieseln machte ihm kaum etwas aus. Bis zur Dämmerung hatte er immer noch mehr als zwei Stunden Zeit, als er den verlassenen Dorfplatz erreichte.

Er machte sich etwas Sorgen, weil Koros verschwunden war und weil er nun außer seinem Schwert und seiner Axt, die unter seinem grauen Flickenmantel verborgen waren, keine anderen Hilfsmittel mehr hatte. Seine Füße waren gründlich verkühlt, und er fühlte sich in den durchweichten Lumpen nicht wohl. Der Schnitt unter der linken Fußsohle, der ihm zuerst unbedeutend gedünkt hatte, begann so stark zu schmerzen, daß er humpeln mußte. Er bedauerte, daß er keinen Schuhmacher aufgesucht und sich neue Stiefel hatte machen lassen, ehe er sich auf weitere Abenteuer einließ. Es war zu spät, um kehrtzumachen. Koros konnte jeden Augenblick von den Männern des Barons gefunden werden und die Anwesenheit seines Herrn in Skelleth verraten. Je länger der Baron außerdem den Basilisken besaß, desto wahrscheinlicher wurde es, daß er ihn mißbrauchte.

Der Platz war verlassen, das Haus des Barons war es eindeutig nicht. Mehrere Fenster waren beleuchtet. Garth bezweifelte dennoch, daß genügend Leute wach waren, um ihm ernsthaften Widerstand zu leisten; höchstwahrscheinlich waren der Baron und ein paar ausgewählte Männer mit irgend etwas beschäftigt, vermutlich mit der Untersuchung des Basilisken.

Obwohl es beleuchtete Fenster gab, waren mindestens genauso viele dunkel. Garth suchte ein passendes aus und zog vorsichtig den Rahmen auf. Der Riegel bot nur wenig Widerstand, wahrscheinlich war er nicht richtig geschlossen. Er hatte Glück mit dem Fenster, sagte er sich. Dann knarrte das Scharnier, und er erkannte, warum der Riegel nicht gehalten hatte. Der Rahmen paßte nicht genau in die Öffnung, so daß der Riegel locker war und die Scharniere sich verzogen hatten. Er erstarrte, doch es kam keine Reaktion auf das Geräusch.

Vorsichtiger als zuvor schob er das Fenster ein wenig weiter auf, bis er sich hindurchdrücken konnte. Er glitt langsam am Rahmen vorbei, setzte die geschundenen Füße drinnen sachte auf den Boden, damit der nicht genauso knarrte wie vorher das Fenster.

Der Raum, in dem er nun stand, war mindestens so dunkel wie der Platz draußen, noch dunkler sogar, denn hier gab es keinen Schein aus den beleuchteten Fenstern. Er konnte keine Einzelheiten erkennen, doch er hatte eine ungefähre Vorstellung von den Ausmaßen: mittelgroß, vielleicht zwanzig Fuß weit, mit einer Decke, die für den sieben Fuß großen Übermann ungemütlich niedrig war. Es gab kein Lebenszeichen. Garth glaubte, in der Mitte des Raumes einen großen Tisch zu sehen, und unter einer Tür war ein schwaches Glühen zu sehen, so als wäre dahinter eine Fackel entzündet, und zwar nicht im nächsten, sondern im übernächsten Zimmer. Dies war die einzige Tür, die er im Dunkeln sehen konnte; die anderen, falls es andere gab, verschmolzen mit den Wänden.

Seine nackten Zehen, die aus den Verbänden ragten, berührten die Kante eines üppigen Teppichs. Fast ohne nachzudenken, bückte er sich, riß die durchweichten Binden ab und ließ seine nackten Füße das Gefühl des dicken weichen Stoffs genießen. Dann streifte er auch den triefnassen Mantel ab, denn er wollte keine Tropfspur im Haus hinterlassen. Er wickelte das nasse Tuch zusammen und warf es aus dem Fenster. Dann schloß er es wieder, vorsichtig, damit es nicht wieder quietschte wie beim Öffnen. Falls er verkleidet fliehen wollte, konnte er das Gewand draußen wieder aufheben; jetzt aber konnte es ihn nicht behindern, falls er sich schnell bewegen mußte. Außerdem bewiesen die feuchten Lumpen noch lange nicht, daß er in das Haus eingedrungen war, denn sie lagen draußen. Der einzige Beweis im Innern war ein feuchter Fleck am Rande des Teppichs, der mit etwas Glück trocknen würde, ehe man ihn bemerkte. Es war gewiß ein beträchtlich angenehmeres Eintreten als in Mormoreth; diesmal gab es keinen umstürzenden Baldachin und kein baumelndes Seil.

Er überlegte, wie er weiter vorgehen sollte. Er hatte keine Ahnung, wo der Basilisk zu finden war. Das Haus war nicht sehr groß. An sich hätte er es in weniger als einer Stunde durchsuchen können; die Notwendigkeit, heimlich vorzugehen, würde diese Spanne höchstwahrscheinlich verdoppeln. Er würde, soweit er sie erreichen konnte, mit den Räumen beginnen, die unbeleuchtet und deshalb wahrscheinlich leer waren.

Als er sich an der Wand entlangtastete, stolperte er beinahe über einen Stuhl, doch er fing sich mit der Hand an einer Kante, die sich eher nach einem Türrahmen als nach einer normalen Wand anfühlte. Er wich dem Stuhl aus, forschte weiter und fand den Türgriff. Er ließ sich leicht bewegen, und er betrat den nächsten Raum, der so dunkel war wie der erste.

Es gab keinen Hinweis auf das, was er suchte, und vor allem konnte er den Geruch des Ungeheuers nicht wahrnehmen. Er tastete sich weiter, durch eine andere Tür, die ihn in die Eingangshalle entließ, durch die er eskortiert worden war. Er erkannte sie trotz der Dunkelheit an ihrer Größe, ihrer relativen Lage und ihrem Geruch nach poliertem Holz wieder. Die Tür zum Audienzsaal war verschlossen, und über dem Türblatt drang ein heller Lichtstreifen hindurch. Interessanterweise schloß die Unterkante so dicht mit der Schwelle ab, daß unter der schweren Tür kein Lichtfünkchen durchkam. Der Schein über der Tür reichte jedoch völlig aus, ihn fernzuhalten. Er schlich zur anderen Seite der Vorhalle, wo eine weitere dunkle Tür zu dem Ostflügel führte, wo er die vergangene Nacht verbracht hatte.

Seine Nüstern nahmen einen schwachen Hauch des Basilisken wahr, und er wußte, daß das Ungeheuer, egal wo es jetzt war, auf diesem Weg hereingebracht worden war. Er hielt inne und versuchte die Quelle des schwachen Geruchs zu finden, doch es gelang ihm nicht. Mit einem Achselzucken schlich er durch die offene Tür in den Ostflügel.

Er stand in einem Flur. Geradeaus und links führte eine Treppe zu den Schlafzimmern, während rechts ein mit Holz verkleideter Gang in den Raum führte, in dem er als Gast des Barons gespeist hatte. Er erinnerte sich daran, daß unter der Treppe, direkt vor dem Eingang zum Speisesaal, eine Tür abging. Als er daran vorbeigekommen war, war sie geschlossen gewesen.

Er starrte ins Dunkel am oberen Ende der Treppe und glaubte, Licht zu entdecken, vielleicht auch Stimmen. Es schien sehr unwahrscheinlich, daß der Baron das Wesen die Treppe hinauf geschafft hatte. Er beschloß, sich die obere Etage bis zuletzt aufzuheben, und wandte sich vorsichtig zum rechten Flur. Der Eingang zum Refektorium war dunkel; die Tür unter der Treppe war es nicht. Ein sehr schwacher Schimmer war darunter zu sehen, wie von einem Licht, das mindestens eine Ecke entfernt war.

Obwohl der Speisesaal ebenso unwahrscheinlich schien wie die Schlafkammern, beschloß Garth, um der Gründlichkeit willen auch dort nachzuschauen, statt hinter der beleuchteten und deshalb gefährlichen Tür.

Er langte nach dem Türgriff; es war abgeschlossen. Seine erste Reaktion war die Überlegung, daß der Basilisk in diesem Raum sein mußte; doch nachdem er sich an einige ähnliche Vermutungen in Mormoreth erinnerte, hielt er inne und dachte weiter nach. Diesmal hatte er den Vorteil, daß er den Raum bereits kannte – es war eine große, reich möblierte Kammer. Ihm fiel ein, daß die Einrichtung, darunter auch goldene Kerzenleuchter, es wert war, geschützt zu werden. Zweifellos war die Tür verschlossen, um diebische Diener daran zu hindern, sich mit den zweifellos wertvollsten Gegenständen im Haus davonzumachen.

Das bedeutete natürlich nicht, daß der Basilisk *nicht* dort drinnen war; es war schon sinnvoll, ihn in einem Zimmer mit guten, stabilen Schlössern unterzubringen. Allerdings bedeutete es, daß Garth, für den Augenblick wenigstens, nicht dort suchen würde. Er wußte fast nichts über das Knacken von Schlössern, und das Aufbrechen, das ihm eher lag, war eine laute, unangenehme Sache, die immer Spuren hinterließ. Wenn er das Monster nicht fand, konnte er immer noch zurückkommen.

Als er sich von der versperrten Tür abwandte, stand er vor einer Entscheidung; er konnte das schwache Licht ignorieren und die Tür unter der Treppe zu öffnen versuchen, er konnte ins obere Stockwerk vordringen, oder er konnte zum Westflügel zurückgehen und sein Glück an den anderen Türen in den beiden ersten Räumen versuchen, die er durchsucht hatte. Er schnüffelte, hoffte, einen Hinweis zu bekommen.

Er nahm eine Spur des Basilisken-Gestanks wahr, wie schon in der Eingangshalle. Der Basilisk war in den Ostflügel geschafft worden, doch abermals konnte er die Richtung nicht bestimmen.

Mit einem Achselzucken wandte er sich zur Tür unter der Treppe, denn sie war die nächste. Sie öffnete sich sofort, und der Übermann stand vor einem winzigen

Raum, kaum größer als ein Schrank, von dem drei Türen abgingen. Durch eine Tür war er hereingekommen, und unter den beiden anderen drang Licht hindurch, auf einer Seite etwas heller. Das trübere Licht war zu seiner Linken; dort mußte eine Treppe nach unten führen, parallel zu der, die irgendwo über seinem Kopf endete. Nach kurzem Überlegen war Garth sicher, daß die zweite in die Küche führte; die Tür, durch welche die Diener während seines Mahls mit dem Baron gekommen waren, war nur wenige Schritte entfernt, und es war nur logisch, daß die Küche gleich beim Keller und Speisesaal lag. Außerdem war es logisch, daß der Basilisk im Keller untergebracht worden war, wo man keine Fenster zu verschließen brauchte, um zu verhindern, daß etwa vorbeikommende Passanten einen Blick hereinwarfen und versteinerten. Das Licht unter der Tür war schwach. Garth beschloß, es zu riskieren. Die Tür ging leicht auf, wenn auch mit einem leisen Quietschen, so als würde sie nicht häufig benutzt.

Die Treppe bestand aus groben Steinblöcken und führte zwischen unbearbeiteten Steinwänden nach unten. An ihrem Fuß konnte Garth ein Rechteck aus trübem Licht auf einer gekalkten Steinwand und ein paar Fuß des mit Platten ausgelegten Bodens sehen, der anscheinend mit der Treppe eine T-förmige Kreuzung bildete.

Garth war froh, daß seine Füße nackt waren, denn so konnte er geräuschlos die Treppe hinunterschleichen. Er hatte fast ihr Ende erreicht – sein Fuß stand schon auf der untersten Stufe –, als er das Klappern eines Riegels hörte; irgendwo rechts von ihm wurde eine Tür geöffnet. Er erstarrte. Die Tür wurde wieder geschlossen. Er entspannte sich etwas, ließ den angehaltenen Atem ausströmen. Dann spannte er sich wieder. Jemand näherte sich ihm, mit forschen Schritten und absolut nicht heimlich. Zu schwer für den Baron oder für einen der Höflinge, die Garth gesehen hatte; zweifellos war es ein

Gardist. Garths Hand fiel auf den Schwertgriff. Die Schritte waren jetzt sehr nahe, und er hörte das Klirren eines Kettenhemdes. Er zog das Schwert aus der Scheide.

Die Schritte verstummten jäh, und Garth nahm an, daß der Mann das Schleifen von Stahl an Leder gehört haben mußte. Er drückte sich gegen die Wand und hielt das Schwert bereit. Nach kurzem Schweigen hörte er die Schritte wieder; diesmal langsam und vorsichtig. Beim vierten Schritt schätzte Garth, daß sein unbekannter Besucher in Reichweite seines Schwerts war. Beim fünften Schritt spannte er sich, und beim sechsten sprang er vor, um den Ankömmling anzugreifen.

Unglücklicherweise hatte er die Entfernung falsch eingeschätzt. Er prallte ungeschickt mit dem Gardisten zusammen, sein verletzter Fuß gab nach und knickte weg, so daß beide Männer mit laut klappernden Waffen und Rüstungen auf den Boden stürzten.

Garth erholte sich als erster, und binnen Sekunden stand er über dem Mann, der noch nicht einmal auf allen vieren war, und hielt ihm das Breitschwert an die Kehle. Das Schwert des Soldaten lag einen Meter von seiner Hand entfernt, wo es bei seinem Sturz hingefallen war. Für einen langen Augenblick bewegte sich keiner der beiden. Garth war unsicher, was er nun tun sollte, während sein Gefangener nicht wagte, etwas zu tun, aus Angst, der Übermann würde ihn abschlachten. Garth bedachte die Situation, während er das Schwert weiter an die Kehle des Gegners hielt.

Sie standen in einem schmalen gekalkten Flur, der von zwei Fackeln erhellt war, die ein paar Schritte entfernt in Klammern in der Wand steckten. Hinter den Fackeln endete der Gang vor einer schweren Holztür; in der rechten Wand gab es auf halbem Wege eine ähnlich massive Tür. Beide waren geschlossen. In der anderen Richtung öffnete sich der Gang zu einem Lagerraum, dessen Wände von Holzgestellen eingenommen wurden. Dieser unbeleuchtete Raum erstreckte sich längs der ganzen Wand unter der Treppe.

Garth glaubte, daß ein Verhör angebracht sei; er legte sich gerade seine erste Frage zurecht, als die Tür am Ende des Flurs mit einem lauten Knall aufsprang.

Kapitel 14

Der Neuankömmling war natürlich ein weiterer Bewaffneter. Er erfaßte die Szene mit einem Blick und rief: »Der Übermann!« bevor er die Tür wieder zuknallte.

Garth verschwendete keine Zeit, sondern fragte sofort:

»Wo ist der Basilisk?«

Sein Gefangener deutete auf die Tür, die gerade zugeknallt war, und antwortete: »Im Kerker.«

»Wie viele Männer sind da drin?«

»Äh ... so ungefähr zehn, glaube ich.«

»Und der Baron?«

Garth konnte die bejahende Antwort kaum hören, denn unter lautem Fußstampfen und Säbelrasseln wurde die Tür wieder aufgerissen, und vor ihm stand ein halbes Dutzend Gardisten.

»Ergib dich, Übermann!«

Garth warf den Soldaten nur einen flüchtigen Blick zu und drehte sein Schwert, bis die Spitze, kaum einen Zoll von der Kehle seines Gefangenen entfernt, im Fakkellicht blitzte. Die Männer, die seine Unterwerfung gefordert hatten, verstummten, und einen Augenblick bewegte sich niemand. Dann wurden die Wachen grob zur Seite gestoßen, und der Baron trat einen oder zwei Schritte in den Flur hinaus.

»Ergib dich, Übermann!« sagte er.

Garth antwortete: »Und wenn ich das nicht tue?«

Der Baron nickte nur in die Richtung der gezogenen Schwerter seiner Männer.

»Wenn ich angegriffen werde, stirbt dieser Mann.«

Der Baron zuckte die Achseln. »Na und?«

Garth zögerte; er hätte eine solch offene Gleichgültigkeit nicht erwartet. »Ich bezweifle, daß dein Häufchen Bauern mich bezwingen kann«, sagte er schließlich.

»Wenn die's nicht schaffen, habe ich noch mehr.«

»Du verstehst mich nicht. Solltest du deine Männer auf mich hetzen, dann würde ich deinen Tod als Mittel der Selbstverteidigung betrachten.«

Der Baron dachte stirnrunzelnd darüber nach.

»Ich bin gekommen, um den Basilisken zu holen. Gib ihn mir, und ich werde in Frieden gehen.«

»Nein.«

»Warum nicht? Welche Verwendung hast du für das Ungeheuer?« Garth versuchte nach Kräften, vernünftig zu sprechen.

Der Baron musterte ihn lange und nachdenklich, ehe er sagte: »Warum sollte ich dir das verraten?«

»Um Blutvergießen zu vermeiden. Vielleicht können wir einen Kompromiß aushandeln.«

Der Baron sagte nichts; die Stille verdichtete sich. Garth bewegte sich unbehaglich, unsicher, was er nun tun sollte. Die Entscheidung wurde ihm plötzlich abgenommen, als er über sich und rechts eine Bewegung hörte. Am oberen Ende der Treppe standen weitere Gardisten, die sich auf einem Umweg in seinen Rücken geschlichen hatten, während der Baron den Übermann aufhielt. Wütend auf sich selbst, weil er auf einen solchen Trick hereingefallen war, trat er seinen Gefangenen, so daß der Mann polternd auf den Rücken rollte. Garth ließ sich gegen die Gangwand zurückfallen, das Schwert bereit für ein Gemetzel, während er mit der Linken die Axt von der Schulter nahm. Die Tür über der Treppe öffnete sich, und eine Handvoll Männer platzte herein. Sie stürmten die ersten Stufen hinunter und erstarrten, als sie den Übermann wachsam und zum Kampf bereit vorfanden.

Garth setzte seinen pelzigen Fuß auf die Brust seines Gefangenen, um nicht den kleinen Vorteil zu verlieren, den der Mann verkörperte, und wiederholte laut seine

Frage. »Welche Verwendung hast du für das Ungeheuer?«

Der Baron ließ sich Zeit, studierte das Gesicht des Übermanns, ehe er antwortete. »Krieg.«

»Krieg gegen wen? Gegen mein Volk?«

»Das habe ich noch nicht entschieden.«

»Ich verstehe dich nicht. Wenn du keinen Feind hast, warum brauchst du dann den Basilisken?«

»Ich will dir ein wenig aus meiner Familiengeschichte erzählen, Garth. Mein Vater, verdammt sei er, war der Kommandant der Heerscharen des Hohen Königs von Kholis; er diente ihm lange und gut, und als er aus dem aktiven Dienst schied, bot ihm der König eine Baronie an; er durfte aus ganz Eramma ein Besitztum auswählen, das nicht besetzt war.

Eramma ist ein großes Land, Übermann, das größte der Welt; es gab ein Dutzend leere Ländereien von Sland bis Skelleth. Mein Vater, möge P'hul seine Seele verschlingen, wählte Skelleth. Er hatte genug von Hofpolitik und nichtigen Grenzstreitigkeiten und wählte deshalb eine so arme, unbedeutende Gegend, daß niemand ihn mit solchen Dingen behelligen würde. Es kümmerte ihn wenig, was sein Sohn davon hielt, eine gefrorene Wüste zu regieren!«

Der Baron arbeitete sich in eine gewaltige Wut hinein, ganz unähnlich dem düsteren Brüten oder der lächelnden Gewandtheit, die Garth bisher gesehen hatte, und der Übermann fragte sich, ob der Mann ganz gesund war. So unterschiedliche Stimmungen bei einem einzigen Mann waren doch gewiß nicht normal!

»Nun, ich *habe* über diesen kleinen Misthaufen der Götter regiert. Ich habe zwei Dutzend zehnmonatige Winter ertragen, und genauso viele dreckige, erbärmliche Sommer, und ich habe genug, mehr als genug! Andere Barone verhöhnen mich. Keiner von ihnen hat sich herabgelassen, dieses Dreckloch zu besuchen, aus Angst, sie könnten sich eine Lungenentzündung holen, und wenn ich sie besuchte, bekam ich einen Platz am Ende der Tafel wie ein Gemeiner! Und ich kann nicht darauf hoffen, meinen Status zu verbessern, indem ich Skelleth verbessere, denn hier gibt es nichts zu verbessern! Die Stadt wurde während der Rassenkriege als Zitadelle gebaut, und seitdem geht es bergab. Es gibt kein Geld. Ich kann mir kein Schloß und keinen Hofstaat leisten; jeder Groschen aus den Steuern geht dafür drauf, meine drei Dutzend Wachen zu bezahlen, die das Gespött jeder Armee in Eramma sind!«

Der Baron hatte sich so aufgeregt, daß er schrie, fast brüllte. Jetzt senkte er die Stimme zu einem leisen, unheildrohenden Ton.

»Höre, Garth, ich habe genug davon. So oder so werde ich Skelleth verändern oder es verlassen. Die nächste Karawane wird einen Brief von mir zum Hohen König bringen, in dem ich mich selbst und gewisse Zaubermittel anbiete für jeden Krieg, den er will. Wenn er mich ignoriert, werde ich schon etwas anderes finden; mit dem Basilisken kann ich nehmen, was ich will. Ich kann mich selbst zum König von Eramma machen, wenn ich will. Wenn ich dir den Basilisken gebe, bleibe ich ein Nichts, ein wertloser Herr eines noch wertloseren Landes. Nun, welchen Kompromiß könntest du mir wohl vorschlagen?« Er funkelte mit seinen eisblauen Augen fast genauso böse wie Garth mit seinen großen roten.

Dem Übermann fiel keine Antwort ein.

Der Zorn des Barons ließ nach, und er schien in sich selbst zusammenzusinken, zog sich in sein düsteres Brüten zurück. Es schien eine Anstrengung für ihn zu sein, seinen Männern zu befehlen: »Packt ihn!«

Die Männer hinter dem Baron stürmten vor und an ihm vorbei, blieben jedoch knapp vor Garths Schwert stehen; gleichermaßen kamen die anderen Männer die Treppe herunter, ohne ihn anzugreifen. Anscheinend waren sie nicht bereit, in dieser Enge zu kämpfen.

Garth lachte, teils ehrlich amüsiert über ihre Ängstlichkeit, teils um sie weiter einzuschüchtern. Er setzte den Fuß auf den Hals seines Gefangenen und verkündete: »Ich werde diesen Mann töten, wenn ich den Rest von euch erledigt habe, nicht eher.«

Einer der Männer auf der Treppe faßte sich ein Herz und griff mit einem Schrei an. Garth schlug ihm mit der Breitseite seines Schwerts auf die Hand, und die Waffe des Mannes flog durch die Luft. Der plötzlich unbewaffnete Mann änderte die Richtung und wollte ihn unterlaufen. Garth fing ihn mit einem Schlag der Breitseite seiner Axt ab. Der Übermann fiel gegen die Wand zurück, und der Mann blieb bewußtlos auf dem Boden liegen. Garth kämpfte einen Augenblick lang, ehe er das Gleichgewicht zurückgewann, dann trat er vor und stellte sich breitbeinig über beide Männer, die am Boden lagen, von denen einer bewußtlos und der andere benommen war. Dann begann der Kampf, und zwei Kurzschwerter stachen nach ihm. Er tauchte unter dem ersten weg und parierte das zweite und stieß mit einer raschen Riposte dem Mann die Klinge durch die Schulter. Der Gardist keuchte vor Schmerzen und stürzte, sich windend, zu Boden, während Garth sein Schwert gerade rechtzeitig genug zurückzog, um einen weiteren Schlag von der Seite abzuwehren. Er hielt das Schwert des Angreifers mit dem eigenen, schwang mit der Linken die Axt und hackte ihm hinter dem Schwertgriff aufs Handgelenk. Der Soldat ließ sein Schwert fallen und stürzte zurück.

Es gab eine kurze Pause, während die anderen ihre geschlagenen Kameraden ersetzten. Garth ergriff die Gelegenheit, um zu rufen: »Bisher war ich gnädig. Der nächste Mann stirbt.«

Die Warnung wirkte sofort, denn die anrückenden Männer blieben unsicher stehen.

»Ich will niemand töten, doch ich will auch nicht besiegt werden. Haltet euch fern!« Während er sprach, beglückwünschte Garth sich im stillen dazu, daß er seinen Gegnern an einer Ecke begegnete, wo sie nicht massenhaft anrücken und ihn umzingeln konnten. »Baron, dies wird dir nichts bringen außer einem Gemetzel. Deine Männer können mich nicht besiegen.«

»Und genausowenig kannst du entkommen.« Die Stimme des Barons war leise, kaum hörbar, ganz im Gegensatz zu Garths Ruf, aber sie machte dennoch Eindruck, denn der Übermann wußte, daß es die Wahrheit war. Er konnte jeden abschlachten, der sich ihm näherte, doch wenn er um die Ecke vordrang, würde er umzingelt und getötet werden. Patt.

Plötzlich gab es am Ende des Ganges, in der Nähe des Barons, eine Bewegung. Jemand war eingetreten und flüsterte mit seinem Herrn. Garth konnte nur das Wort ›Tier‹ verstehen. Er fragte sich, welche Botschaft zu dieser Stunde und unter solchen Umständen eintreffen mochte, doch er konnte nichts tun, um seine Neugierde zu befriedigen. Statt dessen ergriff er die Gelegenheit, die Schwerter fortzutreten, die in Reichweite seiner Gefangenen zu Boden gefallen waren, damit sie sie nicht aufnehmen und benutzen konnten.

Danach blickte er über die Köpfe der Wachen hinweg zum Gesicht des Barons. Was auch immer die Nachricht war, sie schien nicht gut zu sein, denn das ohnehin schon düstere Gesicht hatte sich noch weiter verdüstert. Nach einem seltsamen Achselzucken, bei dem der Baron noch kleiner wirkte als zuvor, und nach einem hörbaren Seufzen, verschwand das Stirnrunzeln und wich einem Ausdruck großer Verzweiflung, wie Garth ihn bisher nur bei gefangenen Tieren gesehen hatte – der Ausdruck, der bedeutete, daß das Tier bald eingehen und sterben würde. Der Baron sackte zusammen, als brauchte er seinen ganzen Willen, um aufrecht zu stehen; er lehnte sich schwer an die Wand.

Einer der Gardisten, der dem Baron am nächsten stand, fragte besorgt: »Können wir etwas tun, Herr?«

Seine Stimme klang mitfühlend, doch Garth glaubte einen verächtlichen Unterton herauszuhören, statt Überraschung oder Verwirrung, wie er es erwartet hätte. Dieser Zusammenbruch war doch sicher kein alltägliches Ereignis?

Der Soldat hatte sein Schwert in die Scheide gesteckt und half dem Baron, aufrecht zu stehen. Er blickte zum Übermann, der am Fuß der Treppe stand, dem nächsten Weg zur Schlafkammer des Barons, dann zurück zur Kerkertür, unsicher, welchen Weg er nehmen sollte. Auch der Bote sah sich um, bemerkte Garth anscheinend erst jetzt, und fragte: »Was sollen wir tun, mein Herr?«

Der Baron schüttelte den Kopf und krächzte: »Egal.« Garth war abgestoßen. Der Mann litt eindeutig an einer Art Anfall, denn er zeigte die Symptome eines Menschen in tiefem Schock oder nach einer schweren Verletzung. Inzwischen beobachtete die ganze Gruppe eher den Baron als den Übermann. Schwerter wurden gesenkt, gekrümmte Angriffshaltungen aufgegeben. Als sie sahen, wie die Spannung nachließ, führten die Männer, die den Baron eskortierten, ihn durch die Gruppe von Soldaten, am reglosen Übermann vorbei und die Treppe hinauf, wo die anderen Männer zurückwichen, um Platz zu machen.

Als er vorbei und außer Sicht war, sagte einer der Männer beiläufig: »Diesmal ist es besonders schlimm.«

Einer seiner Gefährten nickte, dann drehten sich die Köpfe wieder in Garths Richtung. Der Übermann war von dieser Wendung völlig überrascht und sah sich verwirrt um. Ob dieser Abgang das Ende des Kampfes war? Er wollte gerade fragen, was der Bote dem Baron übermittelt hatte, als er sich einer noch größeren Überraschung gegenübersah. Die Gardisten auf der Treppe wichen plötzlich nach unten zurück, flohen vor etwas, und dann erschien dort oben ein gewaltiger katzenähnlicher Kopf mit goldenen Augen und funkelnden

Fängen, der in den mit Fackeln erleuchteten Gang starrte.

»Koros!« platzte Garth unwillkürlich heraus. Er war fast ebenso erstaunt über seine Freude, das Tier zu sehen, wie er durch seine Gegenwart überrascht war. Es antwortete mit einem freundlichen Knurren, kam jedoch nicht näher. Anscheinend hatte es keine Lust, sich um die Ecke ins enge Treppenhaus zu quetschen. Als Garth dies sah, befahl er: »Warte!« Dann wandte er sich an den nächsten Wächter; es war einer von denen, die beim kurzen Kampf verwundet worden waren.

»Wo ist der Basilisk?«

»Im Kerker.«

»Zeig mir den Weg!«

Der Mann sah sich nach seinen Gefährten um, die nur die Achseln zuckten oder den Blick abwandten. Einer wagte einen Kommentar: »Der Baron meinte, es sei egal.« Es hörte sich nicht so an, als glaubte er seinen eigenen Worten.

Der Verwundete machte resigniert kehrt und führte Garth zu der Tür am Ende des Ganges. Dahinter war ein kleiner Raum mit einem Holztisch, mehreren Schlüsselringen an der Wand und einer Statue im Zentrum. Das Standbild zeigte einen heruntergekommenen unterernährten Jungen. Garth starrte es erschrocken an.

Der Gardist, der eine Erklärung für angebracht hielt, sagte: »Der Baron wollte wissen, ob die Legenden stimmen. Er versprach dem Jungen die Freiheit, wenn er es überlebte.«

»Die Freiheit?«

»Er wartete auf ein Urteil wegen Diebstahl.«

»Oh.« Garth blieb stehen, während der Mann einen Schlüsselbund von der Wand nahm und eine eisenbeschlagene Tür öffnete, die im rechten Winkel zu der lag, durch die sie hereingekommen waren. Als sie aufschwang und den Blick auf einen düsteren Steingang freigab, der von einer einsamen Fackel erhellt wurde, sagte er: »Erzähl mir vom Baron. Was stimmt mit ihm nicht, was war vorhin mit ihm los?«

Der Mann zuckte die Achseln. »Das weiß keiner genau. Er war schon immer so. Er bekommt diese Stimmungen alle paar Tage; er will dann nichts mehr tun, kann nicht mehr stehen, nicht mehr sprechen. Ein- oder zweimal hat er sich die Handgelenke aufgeschnitten und wieder verbunden, ehe der Blutverlust zu groß wurde. Normalerweise ist er einen oder zwei Tage davor immer besonders guter Dinge und witzig und munter, und das macht es um so schlimmer. Wenn es ihm gutgeht, ist er ein sehr kluger Mann, da gibt's keinen Zweifel, du hast ihn ja, glaube ich, erlebt. Aber in der letzten Zeit werden seine Anfälle immer schlimmer. Manche sagen, er stünde unter einem Fluch, oder er hätte sich mit bösen Mächten verbündet und müßte auf diese Weise dafür bezahlen.«

Um die Reaktion des Mannes zu testen, sagte Garth: »Vielleicht ist er verrückt.«

»Oh, es gibt kaum Zweifel, daß er verrückt ist. Die Frage ist nur, warum.«

Die Antwort verwirrte den Übermann. »Wenn er verrückt ist, warum ist er dann noch an der Macht?«

Der Mann starrte Garth verblüfft an. »Er ist der Baron! Der Hohe König hat Skelleth seinem Vater gegeben! Wie sollte man das ändern?«

Garth war auf unsicherem Boden, denn er wußte sehr wenig über die Politik von Eramma, doch er versuchte es. »Könntet ihr nicht den Hohen König bitten, ihn abzusetzen?«

Der Mann ließ sich mit der Antwort Zeit. »Tja, das könnten wir, glaube ich. Aber warum? Er ist nicht schlecht, und er ist unser rechtmäßiger Herr. Lieber einen Verrückten wie ihn als den Baron von Sland!«

Da Garth keine Ahnung hatte, wer der Baron von Sland war und wie er war, konnte er keine passende Antwort geben. Statt dessen verstummte er und ließ sich durch den Gang führen, der nach etwa zwanzig Fuß vor einer Tür endete, die jener glich, durch die sie gekommen waren. Mitten in der rechten Wand ging ein weiterer Gang ab, und links lagen mehrere Metalltüren, die anscheinend Gefängniszellen versperrten. Der Geruch des Basilisken war stärker geworden.

Die beiden bogen in den Seitengang ab, der etwa dreißig Fuß lang war und von dem zu jeder Seite fünf Türen abgingen. Am Ende war eine nackte graue Wand mit einer Fackel, die das Dunkel etwas erhellte. Der Führer blieb stehen und streckte den Arm aus. »Er ist in der zweiten Zelle links.«

Garth nickte. »Wo ist der Bannstab?«

Der Mann starrte ihn verständnislos an.

»Der Talisman, der ihn gefangenhält. Wo ist er?«

Er zuckte die Achseln. »Ich weiß nicht, wovon du redest.«

Garth wurde wütend, sah aber keinen Grund, dem Mann nicht zu glauben.

»Warst du dabei, als er gebracht wurde?«

»Nein.«

»Nun, dann hol jemand, der dabei war.«

Der Gardist drehte sich um, und Garth fiel plötzlich ein, wie unglaublich dumm er sich verhielt. Es wäre für den Burschen kein Problem, einfach die Kerkertüren zuzuschlagen und draußen Wachen mit Armbrüsten aufzustellen, falls Garth sich mit der Axt durchhackte. Koros wäre kein Problem; er hatte ihm zu warten befohlen, und solange er satt war, würde er genau das tun. Es war vielleicht etwas ungemütlich, ein Kriegstier in der Eingangshalle zu haben, doch damit konnte man leben. Und wenn Garth verhungert war, würde man schon einen Weg finden, es loszuwerden.

»Warte!« Die Sicherheit der Würde vorziehend, rannte Garth dem Mann hinterher.

Kapitel 15

Die Versammlung am Fuß der Treppe hatte sich aufgelöst. Vom Kampf, der kurz zuvor stattgefunden hatte, war außer zwei kleinen Blutspritzern auf dem Steinboden nichts mehr zu sehen. Ein einsamer Gardist saß auf der untersten Treppe und putzte sein Schwert. Es war der Mann, den Garth entwaffnet und bewußtlos geschlagen hatte. Seine Hand hatte ein paar Kratzer, wo der rauhe Griff aus seinen Fingern gerissen worden war. Das Schwert war ebenfalls zerkratzt; anscheinend hatte es gelitten, als es so grob umhergeworfen worden war. Als Garth und sein Begleiter sich ihm näherten, nahm der Mann es in die Hand und blickte an der Klinge entlang. »Aghad und Bheleu«, murmelte er. Die Klinge war verbogen.

Garths Begleiter blieb stehen. »Saram, der Übermann sucht jemand, der gesehen hat, wie der Basilisk eingesperrt wurde.«

Der als Saram angesprochene Mann blickte auf und knurrte: »Und?«

»Ich weiß nicht, wer dabei war. Ich dachte, du weißt es vielleicht.«

»Ich war selbst dabei. Warum?« Er blickte von seinem Kumpan zum Übermann, mit dem er kurz zuvor noch gekämpft hatte.

Garth schaltete sich ein. »Ich will wissen, wo der Bannstab ist.«

Saram schielte zu ihm herauf, was bei dem trüben Fackellicht gekünstelt aussah, und sagte: »Der was?«

»Der Holzstab, der den Basilisken gefangen hält.«

»Ach, dieses Ding. Ein geschnitzter Stock, etwa so groß?« Er hielt die Hände hoch, um die Länge abzumessen, nachdem er das verbogene Schwert neben sich abgelegt hatte.

»Ja.«

»Warum?«

»Ich will den Basilisken holen.«

»Aber warum sollte ich es dir sagen?«

Darauf wußte Garth keine Antwort.

»Du hast Angst, daß du das Ungeheuer hier nicht rauskriegst, ehe der Baron wieder zu sich kommt, was? Wahrscheinlich wird es auch so kommen, es sei denn, du gibst mir einen guten Grund, dir zu helfen.«

Langsam dämmerte es Garth. Er grub in seiner Börse und gab Saram eine Münze. Saram musterte sie, stellte fest daß sie aus Gold und genügend groß war, und stand auf.

»Ich zeig's dir. Komm mit!«

Garth zögerte, dann befahl er seinem ursprünglichen Führer: »Du kommst auch mit.« Zusammen folgten sie Saram, der, sein blankes Schwert in der Hand, den Gang hinunterstolzierte.

Nachdem er im Wachraum einen Schlüsselbund an sich genommen hatte, ging Saram nicht in die Zelle, die den Basilisken gefangenhielt, sondern zur letzten Tür auf der gleichen Seite. Er schloß sie auf, nachdem er ein halbes Dutzend Schlüssel probiert hatte, und schwang die schwere Metalltür auf. In der winzigen Zelle war nichts außer einem Strohhaufen. Er deutete auf den Haufen und sagte: »Da drunter.«

Garth wollte die Zelle betreten, doch dann besann er sich. Das wäre sogar noch dümmer, als sich im Kerker einschließen zu lassen. Er packte Saram und sagte: »Du holst ihn.«

Der Mann gehorchte. Anscheinend war keine Hinterlist geplant gewesen. Der Stab war tatsächlich unter dem Stroh, und er wurde prompt dem Übermann ausgeliefert.

»Gut. Jetzt schließ die Zelle mit dem Basilisken auf.«

Saram gab seinem Kameraden die Schlüssel und sagte: »Hier. Du bist dran.« Dann wollte er sich hastig entfernen, wurde jedoch durch die Hand des Übermanns auf seiner Schulter entmutigt.

»Warte. Sieh ihn nicht an, dann geschieht dir nichts.« Er winkte dem anderen, der sich widerstrebend und naserümpfend der Zelle näherte, die er ihm zuvor gezeigt hatte. Der Schlüssel wurde herumgedreht, und die Tür öffnete sich einen Zollbreit.

Garth bemerkte plötzlich, daß er auf der falschen Seite des Basilisken war, und sagte: »Genug.« Dann ging er den Gang hinauf. Der Stab in seiner Hand begann Widerstand zu leisten, und er mußte ihn gegenüber der Zelle des Ungeheuers an die Wand drücken; selbst dort mußte er sich noch anstrengen, um ihn zu bewegen, und er fragte sich, wie der Baron ihn dort hineinbekommen hatte. Wäre die Zellentür nicht schon offen gewesen, hätte er die Barriere auflösen können; doch jetzt wagte er es nicht, und er wollte für die wenigen Minuten, die es dauern würde, die Zellentür nicht noch einmal verschließen. So drängte er einfach weiter und hörte zur Antwort ein vertrautes wildes Zischen. Die beiden Bewaffneten wichen erschrocken zurück. Nur die Tatsache, daß Garth sein Schwert noch nicht in die Scheide gesteckt hatte, hielt den, dessen Namen er nicht kannte, davon ab, einfach fortzulaufen.

Dann hatte er plötzlich die engste Stelle überwunden, und das plötzliche Nachlassen des Widerstandes ließ ihn fast stürzen. Saram, der sich zumindest teilweise wieder gefangen hatte, sagte: »Es war leichter, ihn da reinzukriegen.«

Garth knurrte, während er sein Gleichgewicht wiederfand. Er achtete sorgfältig darauf, nicht in die Richtung der gefährlichen Türöffnung zu sehen; sein Unbehagen beruhte ebensosehr auf dem trockenen tödlichen Gestank, der den Gang füllte, wie auf der boshaften Bemerkung des Mannes. Die giftigen Dämpfe hatten anderthalb Tage Zeit gehabt, sich in dem winzigen Raum zu sammeln, und die Luft in der Zelle war inzwischen zweifellos tödlich. Immerhin brauchte sich der nächste Insasse um Ungeziefer nicht zu sorgen.

Er bedeutete den Wachen, ihm zum Ausgang vorauszugehen. Er wollte nicht laut sprechen, um die giftige Luft nicht in die Lungen zu bekommen. Sie gehorchten sofort, während sie wegen der Dämpfe zu würgen begannen. Sie hatten nicht die Toleranz entwickelt, die Garth durch seinen langen Aufenthalt in Mormoreth erworben hatte, und wahrscheinlich waren sie ohnehin empfindlicher als er, da sie eben nur Menschen waren. Sie schienen viel zusehr mit ihrer Atemnot beschäftigt, um Garth im Kerker eine Falle zu stellen, doch für alle Fälle hielt er sein Schwert bereit und sorgte dafür, daß die beiden Männer in Reichweite blieben, bis sie den Wachraum erreichten. Mit der linken Hand hielt er den Stab fest und steckte ihn in seinen Gürtel.

Hinter ihm zischte es, als der Basilisk Einwände dagegen erhob, bewegt zu werden, und der namenlose Gardist drehte sich gedankenlos um. Garth schlug ihn hart mit der Breitseite des Schwertes und hinterließ einen kleinen Riß am Ärmel seines Kettenpanzers, wo die Schneide trotz seiner Vorsicht getroffen hatte. Der Mann starrte verblüfft den Übermann statt den Basilisken an. Ohne ein weiteres Wort deutete Garth auf den versteinerten Gefangenen, der einen Schritt entfernt stand. Der Wächter schauderte und sackte zusammen. Saram versuchte zu grinsen, doch auch er war blaß.

Da zwischen ihm und der Freiheit keine Türen mehr waren, die nicht mit ein paar Axthieben zu überwinden waren, gab es keinen Grund mehr, die beiden Gefangenen festzuhalten. Mit einer Bewegung gab er ihnen zu verstehen, daß sie gehen konnten. Der erste rannte sofort zur Treppe; Saram entfernte sich langsamer.

»Warte!« rief Garth, als ihm etwas einfiel. Saram blieb stehen, sah sich jedoch nicht um. Obwohl von seinem

Standort aus das Ungeheuer noch hinter der Ecke und deshalb unsichtbar war, ging er kein Risiko ein.

»Wo ist die Decke des Käfigs?« fragte Garth.

Saram zuckte die Achseln. »Keine Ahnung.«

»Such sie! Du warst da, als der Basilisk gebracht wurde. Du mußt gesehen haben, was damit passiert ist.«

»Sie wurde zur anderen Treppe geschleppt.«

»Such sie und bring sie her.«

Wenig begeistert zuckte Saram abermals die Achseln und nickte. Er ging weiter auf die Treppe zu. Garth hielt sich zurück, ihm nachzurufen, daß er sich beeilen sollte; ein solcher Befehl würde nichts mehr nützen, wenn der Mann außer Sicht war. Außerdem begann er schon zu bereuen, daß er überhaupt den Mund geöffnet hatte. Obwohl die Dämpfe in der Wachkammer nicht so konzentriert waren, daß sie ihm ernsthaft schaden konnten, schienen sie einen fauligen Geschmack über seine Zunge zu legen, auf den er gern verzichtet hätte. Er fragte sich, ob die Spur des Ungeheuers seinen nackten Füßen schaden konnte; es schien unwahrscheinlich, denn er war nur einmal hier entlang gegangen. Auf jeden Fall spürte er unter seinen nackten Sohlen nichts weiter als gewöhnlichen kalten Stein.

Nachdem er Saram fortgeschickt hatte, mußte Garth warten, wo er war, damit der Gardist bei seiner Rückkehr nicht versteinert wurde; dies bedeutete, daß er in Ruhe alles betrachten konnte, wobei er nur darauf achten mußte, sich nicht umzudrehen.

Da es in dem Raum kaum etwas gab, das seiner Aufmerksamkeit wert war, musterte er die Überreste des unglücklichen Jungen, den man benutzt hatte, um die legendäre Kraft des Basilisken zu testen. Er interessierte sich für den Gesichtsausdruck, der ihm wenig sagte, der aber gewiß nicht der Ausdruck äußersten Schreckens war, den er erwartet hätte. Er hatte menschliche Angst in Arners Gesicht gesehen, als der junge Mann, der etwas älter und viel gesünder war als dieses Exemplar, seine Hinrichtung erwartete; der Ausdruck dieses überführten Diebes hatte keine Ähnlichkeit mit jenem verzerrten Gesicht. Statt dessen, überlegte Garth, zeigte es eine gewisse Entschlossenheit; der Mund war geschlossen, sogar zusammengepreßt, so daß diese schrecklichen, übergroßen menschlichen Lippen kaum zu sehen waren; der Unterkiefer war vorgeschoben, die Augen waren geöffnet, doch nicht unnatürlich geweitet. Der Übermann fragte sich, welche seltsame Kombination von Gefühlen einen solchen Ausdruck im Gesicht eines Menschen erzeugen konnte, der dem sicheren Tod ins Auge blickte. Nein, nicht dem sicheren Tod; man hatte ihm gesagt, daß er sterben oder frei sein werde. Plötzlich fiel Garth ein, daß der junge Dieb außergewöhnlich tapfer war, wenn er ein solches Risiko auf sich genommen hatte. Diebstahl war in Skelleth sicher kein schweres Verbrechen. Er wußte nicht, was die normale Strafe war, doch sein Leben, seine Existenz einzusetzen, um vielleicht befreit zu werden, ohne Chance, sich zu verteidigen ...

Er schauderte etwas. Das war keine Sache, die er in so einer Situation wagen würde. Obwohl er viel von sich selbst hielt, gab Garth zu, daß er diesen Mut wahrscheinlich nicht aufgebracht hätte. Vielleicht legten die Menschen größeren Wert auf Freiheit als die Übermänner, oder das Überleben war ihnen nicht so wichtig. Letzteres war, nach dem wenigen, das er über die menschliche Gesellschaft erfahren hatte, gut möglich. Vielleicht hatte ihr Glaube an übernatürliche Kräfte, an Götter und so weiter, etwas damit zu tun; er hatte gehört, daß die meisten an eine Art Existenz nach dem Tode glaubten, in der die Essenz, die Persönlichkeit des Individuums – sie hatten ein besonderes Wort dafür, es hieß *Seele* – in einer anderen Welt weiterlebte. Diese Vorstellung kam Garth sehr verschwommen und unwahrscheinlich vor; doch ein solcher Glaube erklärte zweifellos die Mißachtung des Lebens, die manche

Menschen zu zeigen schienen – wie zum Beispiel auch der tote Dieb, den er musterte.

Doch andererseits war der Junge sehr dünn gewesen. Garth glaubte, sogar die Knochen in seinen Armen und Beinen zu erkennen, und die Rippen waren deutlich sichtbare Erhebungen unter seinem zerlumpten Umhang. Vielleicht war er vor Hunger verrückt geworden wie ein hungriges Kriegstier und hatte die erste Gelegenheit ergriffen, seine Zelle zu verlassen, ohne Rücksicht auf die möglichen Konsequenzen. Das erklärte aber nicht den Ausdruck des Steingesichts, den Garth inzwischen mit einiger Sicherheit für Entschlossenheit hielt; ein halbverhungertes Kriegstier war wütend, eher zornig als entschlossen.

Übermänner, das wußte er, wurden vor Hunger nicht verrückt – er hatte in schlimmen Wintern zu viele seines Volkes verhungern gesehen, um daran zu zweifeln –, doch vielleicht war das bei Menschen anders. Er dachte über den offensichtlichen Irrsinn des Barons nach, fragte sich, ob er mit seiner Ernährung zu tun hatte, als Saram ihn vom Fuß der Treppe anrief. Die Dörfler nahmen anscheinend den Irrsinn ihres Herrn einfach hin. Solche Krankheiten waren unter Menschen viel mehr verbreitet als unter Übermännern.

Garth fiel nicht auf, daß sein eigenes Verhalten – er hatte sein Heim und seine Familie verlassen, um wie ein Idiot dem Ruhm nachzujagen – von anderen Übermännern ebenfalls für verrückt gehalten werden konnte.

Er wandte seine Aufmerksamkeit von solch theoretischen Überlegungen ab und dem aktuellen Geschehen zu. Saram stand ein Stück weiter unten im Gang, sah in die andere Richtung und hatte ein riesiges Bündel schmutzigen Stoff in den Armen.

»Bring es her!« rief Garth.

»Hol's dir selbst«, gab Saram zurück, indem er seine Last auf den Boden fallen ließ, daß die Ketten rasselten.

Garth blickte zum Holzstab in seinem Gürtel, dann

zog er ihn heraus und legte ihn vorsichtig auf den Boden; er wollte den Basilisken noch nicht in den Gang herausziehen. Er ließ den Stab liegen und ging den Gang hinunter, wo Saram stand, einen Fuß auf das Bündel gestützt.

»Ich war in der Waffenkammer«, sagte der Gardist, als Garth näher kam. Der Übermann sah plötzlich, daß der Mann ein Schwert hielt, nicht sein schartiges Kurzschwert, sondern einen langen dünnen Säbel, der glitzernd das Fackellicht reflektierte. Irgendwann während des Wartens hatte Garth sein eigenes Schwert in die Scheide gesteckt, und jetzt fiel seine Hand instinktiv auf den Griff.

»Oh?« Er versuchte, seiner Stimme einen gleichgültigen Klang zu geben, und blieb ein paar Schritte hinter Saram stehen. Er hatte keine Ahnung, was der Soldat vorhatte. Er plante doch wohl nicht etwa, einen Übermann allein anzugreifen!

»Es ist ein langer Weg bis in die Waffenkammer.«

Plötzlich erinnerte Garth sich an Sarams früheres Handeln, und er glaubte, das Verhalten des Mannes teilweise zu verstehen, wenn das Schwert auch ein Geheimnis blieb. Er sagte noch einmal: »Oh!« und zog eine Goldmünze hervor. Eine offene Hand erschien, um sie zu nehmen, offenbar als Antwort auf das Klingeln, als der Übermann in seine Börse gegriffen hatte. Der Übermann legte die Münze in die Handfläche, und beide verschwanden prompt. Ebenso das Schwert, das im Nu in die Scheide gesteckt wurde.

»Kann ich sonst noch etwas für dich tun?«

»Nein.«

Saram zuckte die Achseln und trottete die Treppe hinauf. Die Hülle ließ er liegen. Garth sah ihm nach, nicht wenig verwirrt durch das Verhalten des Mannes. Hatte er ihm das Schwert nur gezeigt, damit er ihm nicht die Plane wegnahm, ohne zu zahlen? Allmählich mußte er annehmen, daß alle Menschen verrückt waren: Der Vergessene König verlangte die Auslieferung eines Basilisken, während er schwor, ihn nicht auf die einzige Weise zu benutzen, die Garth sich vorstellen konnte; der Baron brach vor seinen Augen in einer fast tödlichen Depression zusammen; der junge Dieb riskierte sein Leben für die Freiheit, Sarams unverständliches Verhalten ... das alles war mehr, als Garth begreifen konnte.

Schließlich wandte er sich achselzuckend um und ging in den Wachraum zurück, während er darauf achtete, den Basilisken nicht anzusehen. Er entwirrte die Plane, so gut er es in dem engen Raum vermochte und hob sie hoch, um seine Augen zu schützen, während er rückwärts in den Kerker trat. Er hatte nicht genug Platz, um die Plane ordentlich über das Gefängnis zu legen, also ließ er es dabei bewenden, sie über die Vorderkante zu hängen. Über der Barriere war kaum Platz, um genug von der Kette und dem Tuch durchzuquetschen, bis die fadenscheinige Hülle festgehalten wurde. Als er fertig war, dauerte es nur noch ein paar Minuten, bis er das ganze Gebilde zur Treppe gezerrt hatte und der Aufstieg begann. Es war recht schwierig, die Vorderseite des Tuchs über die Treppe zu bekommen, und Garth mußte sich dreimal mit geschlossenen Augen rückwärts hinuntertasten und das Tuch entwirren.

Anscheinend war eine Spur von Gift in den Schnitt an seinem linken Fuß gedrungen, denn die Wunde stach schrecklich; doch Garth ließ sich davon nicht aufhalten. Als er die oberste Stufe erreichte, sah er durch ein Fenster die Morgensonne eindringen. Draußen war also heller Tag. Er konnte es sich nicht leisten, noch mehr Zeit zu verschwenden. Der Baron mochte sich jeden Augenblick erholen, oder Herrenmer, der Hauptmann der Wache, konnte die Führung übernehmen und beschließen, den Übermann aufzuhalten. Garth hielt es für einen Glücksfall, daß Herrenmer bei der Begegnung vor Sonnenaufgang nicht zugegen gewesen war. Nach seinem Verhalten bei der Beschlagnahme des Basilisken zu schließen, hätte er es Garth nicht erlaubt, ungehindert seinen Geschäften nachzugehen, wie die anderen Gardisten.

Außer dem Sonnenlicht wartete auch Koros oben an der Treppe. Garth begrüßte ihn liebevoll, wenn auch etwas hastig, und hakte den Bannstab in sein Halfter, bevor er ihn aus der Eingangshalle führte, während er sorgfältig darauf achtete, daß das Kriegstier nach vorn blickte, fort vom unvollständig verdeckten Basilisken.

Im Flur begegnete ihnen niemand. Zweifellos hatten die Bewohner des Hauses keine große Lust, Koros' Zähnen zu nahe zu kommen.

In der Eingangshalle bewachten zwei Posten die Vordertür, die ein Stück offenstand. Garth konnte gesplittertes Holz sehen; das Schloß und der Riegel waren herausgerissen, wahrscheinlich als das Kriegstier auf der Suche nach seinem Herrn eingedrungen war. Die Türen hingen noch in den Scharnieren, und sie waren einigermaßen intakt. Nun, das machte nichts. Garth wollte den Baron nicht weiter ärgern, wenn er auch bezweifelte, daß ihm der Edelmann je vergeben würde, was er bisher schon getan hatte.

Als sie den Übermann und das Kriegstier kommen sahen, wichen die Gardisten zurück, und einer zog sein Schwert.

Garth sagte: »Keine Sorge, wir wollen hinaus. Schützt eure Augen; wir nehmen den Basilisken mit.«

Die Gardisten sagten nichts, sondern wechselten nikkend einen Blick und zogen sich zurück – durch die Tür des Audienzsaales. Garth ging weiter und schwenkte die Vordertür auf.

Er bereute es sofort wieder. Er schalt sich, weil er das Murmeln draußen nicht bemerkt hatte.

Es war anscheinend Markttag; der Platz vor dem Haus war mit durcheinanderdrängenden Menschen überfüllt, Händler priesen ihre Waren an, Bauern verkauften ihre Produkte, und dazwischen rannten Kinder herum. Einige wandten sich um und starrten erstaunt die gepanzerte Gestalt an, die in der Tür des Amtssitzes des Barons erschienen war. Garth starrte zurück.

Er mußte etwas unternehmen, ehe die Menge sich an ihre früheren Angriffe auf ihn erinnerte. Garth hatte nicht den Wunsch, noch einmal mit Dreck und Steinen beworfen zu werden. Er zog sein Schwert, trat ins Sonnenlicht und brüllte die Menge an.

Sofort fuhren die Menschen, die ihm am nächsten standen, erschrocken zurück.

Koros, auf das Gebrüll seines Herrn reagierend, erschien hinter seiner Schulter. Das Gemurmel der Menge verstummte für einen Augenblick, dann setzte es etwas schriller wieder ein. Dem Übermann fiel ein, daß er den Platz völlig räumen mußte, ehe er den Basilisken sicher herausbringen konnte, denn nur auf dem Platz selbst war genügend Raum, um die Plane richtig zu befestigen. Deshalb schritt er mit erhobenem Schwert kühn weiter, während er mit der Linken die Axt vom Rücken löste und das Kriegstier ein paar Schritte hinter ihm knurrte. Als er einen Punkt erreicht hatte, der ihm passend schien, so daß Koros zu ihm aufschließen konnte, ohne den Basilisken aus der offenen Tür des Hauses zu ziehen, kletterte er auf den Kasten eines Händlers und schrie: »Verschwindet! Dieser Platz gehört mir!«

Wie durch Zauberhand verschwand die Menge. Sie hatte bereits einen weiten Raum von der Tür bis zur Kiste freigegeben, und dieser Pfad erweiterte sich rasch, bis er den ganzen Platz einschloß. Hinter der Ecke standen Gardisten, die Garth bisher noch nicht bemerkt hatte. Sie zögerten, doch sie verschwanden, bevor sich die Menschenmenge auflöste. Einige Querköpfe waren geblieben, doch ein weiterer Schrei und ein ausholender Schwertstreich ließen sie davoneilen. Nach einem kurzen Angriff und einer Finte in die Richtung eines Nachzüglers flohen auch die Stursten. Um ganz sicher zu sein, umrundete Garth den Marktplatz, schreiend und mit drohenden Schwertstreichen an jeder Straße. Der Marktplatz war tatsächlich leer.

Als er zufrieden war, eilte Garth zum Gefängnis des Basilisken zurück, ließ es von Koros vorziehen und legte die Plane ordentlich darum. Er wußte, daß die Leute jeden Moment zurückkommen würden, um nachzusehen, was da im Gange war. Er hoffte nur, daß sie genug Angst hatten und sich nicht wieder über seine vermeintliche Schuld an Arners Hinrichtung aufregten. Außerdem hoffte er, daß ihn die Gardisten nicht angriffen.

Als die Plane mit Ketten gesichert war, versuchte Garth zu Koros zu eilen, doch er humpelte schwer mit seinem verletzten und vergifteten Fuß, so daß der Weg über den Platz eher ein Taumeln als ein Rennen und das Aufsitzen eher ein Klettern denn ein Sprung war. Als er sicher saß, dirigierte er das Kriegstier auf dem bestmöglichen Wege um das Haus zum *Gasthof des Königs*. Unterwegs untersuchte er seinen Fuß.

Der Schnitt selbst war so unbedeutend, wie er vermutet hatte, doch das Gift hatte eine starke Schwellung und Verfärbung verursacht. Er beruhigte sich mit dem Gedanken, daß es nicht viel Gift sein konnte, weil er sonst schon tot wäre. Wie es aussah, mußte er nun wieder den Verlust seiner Ausrüstung bedauern; die Heilkräuter, mit denen er die Wunde hätte behandeln können, lagen fußtief im Regenwasser.

Außerdem wäre natürlich der Sattel bequemer gewesen als der nackte Rücken des Kriegstiers. Doch das war zu ertragen, wenn Garth auch lieber den Führgriff statt des Halfters in der Hand gehalten hätte, der am Tier geblieben war.

Zu Garths Freude flohen die Dörfler, als er vorrückte. Er hatte befürchtet, sie könnten versuchen, sich ihm entgegenzustellen. Seine ausgedehnte Betrachtung des versteinerten Jungen hatte seine Meinung über menschlichen Mut erhöht.

Wäre nicht sein schmerzender Fuß gewesen, er hätte den Ritt genossen; die Sonne schien hell und warm, wenn sich auch Wolken sammelten, und die Übergabe des Basilisken an den Vergessenen König stand kurz bevor. Unglücklicherweise erinnerte ihn die schmerzende Wunde an weniger angenehme Dinge; daß er bis auf einen Teil seines Goldes alle seine Vorräte verloren hatte; daß er keine Stiefel und keinen erwähnenswerten Mantel besaß; daß er von Feinden umgeben war; daß die Verletzung brandig und deshalb tödlich werden konnte; daß er nicht wußte, ob das Kriegstier die Ziegen gefunden und gefressen hatte. Alles in allem kam ihm seine Lage wenig beneidenswert vor, und er konnte sich immerhin darüber freuen, daß sein lächerlicher Auftrag sich dem Ende näherte. Er hatte kaum noch Geduld.

So wenig Geduld sogar, daß er, nachdem er Koros und den Basilisken im Stall neben der Schenke untergebracht hatte (er mußte zuvor den neuen Stalljungen verscheuchen), kühn, wenn auch etwas humpelnd, mit gezogenem Schwert in den *Gasthof des Königs* marschierte, bereit, allem zu begegnen, was er im Innern vorfinden sollte, einschließlich der versammelten Wachleute des Dorfes. Alles was er fand, war jedoch ein halbes Dutzend morgendlicher Trinker, die Bier kippten, während der Wirt seinen Messinghahn polierte. Der Vergessene König saß reglos an seinem Tisch.

Der Übermann blieb mitten im Schankraum stehen und musterte die schweigenden, erschrockenen Gäste. Plötzlich ließ die Spannung nach (wie in dem Augenblick nach dem Zusammenbruch des Barons), als er nämlich erkannte, daß diese friedliche Schenke das Ende seines Abenteuers war. Es schien nicht angemessen. Doch andererseits – war dies wirklich das Ende? Er hatte es immer noch mit dem Baron zu tun, und es konnte noch eine Weile dauern, bis er nach Hause und zu seiner Familie zurückkehren konnte. Außerdem war da noch das Geheimnis, was der Vergessene König mit dem Basilisken vorhatte. Er steckte sein Schwert in die Scheide, ging zum Tisch des alten Mannes und setzte sich.

Der Vergessene König gab wie üblich nicht zu erkennen, daß er seine Anwesenheit bemerkt hatte.

»Ich habe den Basilisken gebracht.«

»Wo?« Die schreckliche Stimme war, wie immer, ein Schock.

»Im Stall, wie du vorgeschlagen hast.«

»Gut.« Der alte Mann erhob sich, doch Garth packte ihn am Arm. Er bereute es sofort; selbst durch den dikken gelben Ärmel konnte er deutlich jeden Knochen und jede Sehne fühlen, hart und gespannt wie Draht. Der Arm hatte nichts von der natürlichen Wärme, die Garth erwartet hatte. Er riß die Finger zurück, als hätte er sich verbrannt.

»Warte.«

Der alte Mann setzte sich wieder, hob den Kopf und blickte anscheinend Garth an, doch die Augen blieben unter der Kapuze unsichtbar.

»Wirst du mir sagen, wozu den Basilisken brauchst?«

»Nein.« Die Stimme schien noch trockener als gewöhnlich, und sie klang eindeutig tiefer.

Garth zog es vor, nicht weiter zu streiten. Nach einer kurzen Pause stand der Vergessene König wieder auf, und diesmal machte der Übermann keine Anstalten, ihn zurückzuhalten. Statt dessen wollte er sich auch selbst erheben, doch als er versuchte, den linken Fuß zu belasten, sank er sofort zurück. Der alte Mann gab nicht zu erkennen, daß er die Bewegung gesehen hatte, doch er hielt neben dem Tisch inne und zischte etwas in einer Sprache, die Garth noch nie gehört hatte, völlig unähnlich allen Sprachen, die in den Nordländern benutzt wurden, auch unähnlich den alten toten Sprachen, die der Übermann in den Büchern gesehen hatte. Dann wandte er sich um und ging schweigend zur Tür, während Garth, etwas eingeschüchtert, sitzenblieb und ihm nachsah.

Erst als die Tür hinter der zerlumpten Gestalt zuschlug, bemerkte Garth, daß der Schmerz in seinem Fuß verschwunden war.

Kapitel 16

Bis zum Nachmittag hatte Garth es aufgegeben, sich über die Absichten des Vergessenen Königs den Kopf zu zerbrechen, und wandte seine Gedanken statt dessen praktischeren Dingen wie zum Beispiel seiner Fußbekleidung zu. Er hatte keine Lust, länger als nötig barfuß zu gehen; das Leben ohne Stiefel war entschieden unangenehm. Wenn seine Füße nicht brannten und zerstochen waren, dann waren sie kalt oder naß oder beides und machten ihm mit vielen Kleinigkeiten das Leben schwer. Während sich das Sonnenlicht langsam über den Fußboden der Schenke vorgeschoben hatte und aus dem frühen Morgen Mittag geworden war, hatte er jeden Augenblick erwartet, daß der alte Mann zurückkehren würde, und jeden praktischen Gedanken zur Seite geschoben. Als dann die Lichtstreifen unter den Fenstern aus der Vertikalen schwenkten und länger wurden, begann er sich zu sorgen, ob der Vergessene König versehentlich versteinert war, während er gleichzeitig hoffte, daß dem alten Dummkopf genau das passiert sei, und die ganze Zeit über fragte er sich, wozu man einen Basilisken gebrauchen könnte. Und jetzt, als das Licht trüber war und die ersten Gäste zum Abendessen eintrafen, wandte er sich lohnenderen Überlegungen zu.

Er hatte gerade entschieden, daß es nicht unklug wäre, den Wirt nach einem guten Schuhmacher zu fragen, als der König endlich in den Schankraum zurückkehrte, schweigend wie immer, doch womöglich noch gebeugter, als wäre er geschlagen. Garth vermutete sofort, daß der alte Mann, was immer sein Ziel gewesen war, es nicht erreicht hatte.

Die gelbgekleidete Gestalt sank still auf den gewohnten Stuhl, den Kopf tief gebeugt. Garth wartete höflich einen Augenblick lang, ehe er sprach, und bemerkte unterdessen, daß der Mantel des alten Mannes nach Basiliskengift roch.

»Ich grüße dich, o König.«

Der alte Mann schwieg.

»Was ist mit dem Basilisken?«

»Er lebt.« Die trockene Stimme war schwach.

»Was soll jetzt aus ihm werden?«

»Das ist mir egal.«

»Hat er seinen Zweck erfüllt?«

Es gab eine lange Pause, dann etwas, das fast wie ein Seufzen klang. »Nein, nein. Das hat er nicht.«

Bevor Garth fortfahren konnte, wurde ihm plötzlich etwas klar. Während der letzten Sekunden hatte er gehört, wie sich Schritte der Taverne genähert hatten, doch er hatte nicht darauf geachtet. Die plötzliche Erkenntnis brachte diese Information auf eine bewußte Ebene und ins Zentrum seiner Aufmerksamkeit. Die Schritte waren die von Männern, die im Gleichschritt marschierten.

Soldaten!

Plötzlich war alles in Bewegung. Die Tür der Schenke platzte auf, und eine kleine Gruppe von Gardisten des Barons drang ein. Fast im gleichen Augenblick sprang Garth auf und packte mit einer Hand den schweren Eichentisch, um ihn als Schild zu benutzen, bis er seine Waffe gezogen hatte. Zwei schwere Armbrustpfeile knallten in die alte Tischplatte, und ihre gezackten Schäfte steckten auf gleicher Höhe mit Garths Brust im Holz.

Dann, in schockierendem Kontrast zum heftigen Angriff, kam ein langer Augenblick, da alles erstarrte und verzögert schien. Garth stand auf, hielt den provisorischen Schild mit der Linken hoch, während er mit der rechten das Schwert zückte und dem Dutzend Gardisten entgegensah, die den Raum halb durchquert hatten. Die Armbrustschützen zogen lange Gesichter; sie machten keine Anstalten nachzuladen. Die anderen Gardisten waren mit Schwertern bewaffnet – nicht mit den gewohnten Kurzschwertern, sondern mit richtigen, drei Fuß langen Breitschwertern. Die Gäste schienen vor Entsetzen wie gelähmt, begafften das Schlachtfeld, auf dem ein einziges Ungeheuer einem Dutzend Soldaten standhielt.

Und hinter ihm, wo der Übermann ihn nicht sehen konnte, grinste der Vergessene König, wie er seit Jahrhunderten nicht mehr gegrinst hatte, und seine Augenhöhlen glommen hell.

Das Schweigen wurde durch ein mißtönendes Kreischen hinter den Soldaten durchbrochen, kaum als die Stimme des Barons erkennbar.

»Tötet ihn, ihr Narren!«

Die ersten drei Gardisten drangen zögernd vor, um sofort wieder zurückzuweichen, als Garth sich duckte und das Schwert hob. Wieder erstarb jede Bewegung, bis auf das wilde Hüpfen und Kreischen des Barons, der in der Tür stand und seine Männer antrieb. Die Spannung im Raum erhöhte sich, während jede Seite eine Bewegung von der anderen erwartete. Garth wußte, daß seine beste Möglichkeit darin bestand, einen Überraschungsangriff, gefolgt von einem raschen Rückzug, zu versuchen, doch er wußte auch, daß er zumindest einen seiner Feinde töten mußte, und er hoffte sogar jetzt noch, Blutvergießen zu vermeiden. Er konnte vertraute Gesichter unter den Gardisten sehen. Herrenmer stand mit frisch poliertem Helm in der zweiten Reihe; Saram hielt sich mit einer Armbrust etwas zur Seite; der junge Mann, der ihn in den Kerker geführt hatte, stand hinter seinem Hauptmann; und er erkannte einige andere Gesichter, Männer, denen er bei seiner Ankunft in Skelleth begegnet war, Männer, die ihn vor dem Mob gerettet hatten, Männer, die geholfen hatten, den Basilisken zu beschlagnahmen, Männer, gegen die er im Keller des

Palastes gekämpft hatte. Nun standen sie ihm alle gegenüber und hatten den Befehl, ihn zu töten.

Hinter ihnen tobte der Baron weiter, doch seine Worte waren völlig unverständlich. Dann drang plötzlich ein klarer Satz durch den spannungsgeladenen Raum: »Denkt an Arner!«

Garth konnte sehen, daß diese drei Worte auf die Gardisten wirkten, wenn er auch nicht sicher war, wie. Ihr Gesichtsausdruck veränderte sich, sie wechselten die Haltung. Saram wandte sich überrascht an seinen Herrn. Garth hatte zuviel damit zu tun, die Schwertträger zu beobachten, um darauf zu achten, doch plötzlich klapperte es.

Saram hatte seine Armbrust hingeworfen. Sogar der Baron verstummte. Garth erwartete, daß der Mann sein Schwert zöge, doch statt dessen sagte er laut: »Das ist doch dumm. Wirt!«

Die anderen Männer vergaßen ihren Gegner und wandten sich erstaunt zu Saram um, der zum verschreckten Wirt schritt, der neben den großen Fässern stand.

»Schenk mir ein Bier ein, du alter Dummkopf«, sagte Saram mit völlig normaler Stimme, die in der plötzlichen Stille wie ein Schrei klang. Der Wirt beeilte sich, die Bestellung zu erledigen, während Saram bequem an der Wand lehnte und erklärte: »Ihr könnt euch abschlachten lassen, wenn ihr Lust habt. Ich habe keine Lust, auf den Befehl eines verrückten Barons hin zu sterben. Viel Glück!« Nach diesen Worten hob er den soeben servierten Krug zu einem sarkastischen Salut und nahm einen mächtigen Schluck von dem schäumenden Gebräu.

Die Gardisten wechselten verwirrte Blicke. Dann warf plötzlich ein Mann sein Schwert hin und sagte: »Bheleu ist mein Zeuge!« Auch er ging zu den Bierfässern und schenkte sich selbst einen Krug ein, die Proteste des Wirts überhörend. Damit brach die Spannung, und einen Augenblick später hatte es sich die ganze Truppe bequem gemacht, trank, scherzte und lachte. Nur der Baron blieb in der Tür stehen und brüllte seine Männer fluchend an.

Garth entspannte sich, stellte den Tisch zurecht und setzte sich wieder, während er amüsiert die beiden Schäfte betrachtete, die im Holz steckten. Als Saram kam und einen Stuhl heranzog, fuhr er auf.

»Darf ich mich zu dir setzen?«

»Nichts dagegen. Stets zu Diensten.« Garth hielt nichts von höflichen Übertreibungen; er meinte, was er sagte. Es war gut möglich, daß ihm Sarams Revolte das Leben gerettet hatte, und er fühlte sich dem Mann verpflichtet.

Der Gardist nahm gemütlich einen langen Schluck aus seinem Krug und setzte sich.

Dann gab es an der Tür etwas Unruhe, und alle außer dem Vergessenen König drehten sich um. Der Baron, der inzwischen das sinnlose Geschrei leid war, hatte ein Schwert vom Boden aufgehoben und wollte anscheinend allein den Übermann angreifen. Einige seiner Männer hatten ihn angesprungen und versuchten nun, ihm die Waffe zu entreißen, bevor jemand verletzt wurde. Garth hörte aus der ringenden Traube von Männern gedämpfte Flüche und sah, wie ein Mann zur Seite rollte, der aus einer langen flachen Kratzwunde blutete.

Die Stimme des Mannes erhob sich über das Getöse. »Oh, Tod, tut das weh! Aghad und Pria!« Einige Männer, die nicht am Kampf beteiligt waren, kamen ihm zu Hilfe.

Dann löste sich das Gedränge um den Baron auf. Das Schwert wurde aus der Reichweite geworfen, und der Baron lag auf dem Boden und weinte wie ein Kind. Mit einem leisen Fluch und einem Blick zu seinem verwundeten Gefährten trat ein Mann dem gestürzten Edelmann in den Bauch. Der Baron krümmte sich und blieb schluchzend liegen.

Jemand ermahnte den Schläger leise. »Das wäre nicht nötig gewesen.«

Von irgendwoher erschien Herrenmer und kniete über seinem Herrn nieder. Dann blickte er auf und rief: »Hilf mir mal einer; wir bringen ihn nach Hause ins Bett.« Bereitwillig wurden Hände ausgestreckt, und wenige Augenblicke später halfen Herrenmer und ein zweiter Gardist dem immer noch weinenden Baron in die sonnenbeschienene Gasse hinaus. Der Hauptmann der Wache hielt in der Tür für einen Moment inne und erklärte: »Wir kommen gleich zurück.«

Nach dieser Episode kehrten Garth und Saram an ihren Tisch zurück.

Sie schwiegen einen Augenblick lang, während Saram den Rest seines Biers kippte. Dann setzte er seinen Krug mit einem Knall ab und sagte: »Ich hab mir über dich den Kopf zerbrochen.«

Garth machte ein höflich nichtssagendes Gesicht. »Oh?«

»Was, bei allen Göttern, hat dich nach Skelleth gebracht?«

Der Übermann überlegte sich die Antwort gut; normalerweise hätte er sich geweigert, überhaupt etwas zu erwidern, doch vor dem Hintergrund seiner Dankbarkeit war er ungewöhnlich offen und bereit zu sprechen.

»Ich war in gewisser Weise auf der Suche.«

»Auf der Suche?«

»Ja.«

»Was hast du gesucht? Ich meine nicht den Basilisken; ich meine, warum hast du diese Reise angetreten?«

»Ich wollte etwas wirklich Bedeutendes tun.«

»Fahr fort!«

»Ich wollte die Dinge verändern, wollte einen dauerhaften Einfluß auf die Welt haben. Ich befragte ein Orakel bei Ordunin; doch ich erfuhr, daß kein Sterblicher den Lauf der Welt verändern kann.«

»Ah, dann hast du um Unsterblichkeit gebeten?«

Weder Saram noch Garth bemerkten die Reaktion des Vergessenen Königs auf diese Frage; er blickte auf, und in seinen Augen fing sich das Licht, und sie leuchteten wie zwei einsame Sterne in schwarzen Löchern. Keiner bemerkte es, weil Saram durch Garths Reaktion zu verblüfft war und weil Garth überhaupt nichts mehr bemerkte. Statt dessen starrte er Saram mit einem bösen Ausdruck an, der den Mann abstieß. Einige Sekunden lang schwiegen beide. Dann murmelte Garth: »Daran habe ich noch nie gedacht.« Er senkte nachdenklich den Blick.

Wieder gab es ein kurzes Schweigen, das gebrochen wurde, als Saram fragte: »Worum hast du dann gebeten?«

»Um Ruhm – daß mein Name nie vergessen wird.«

»Ach, so einer bist du!« Saram lehnte sich zurück und musterte den Übermann. »Warum willst du Ruhm? Ich habe noch nie einen Sinn darin gesehen.«

Garth blickte auf. »Ich will, daß etwas von mir überlebt. Ich habe noch nie daran gedacht, ewig zu leben, doch es schien mir, daß es besser wäre als nichts, wenn wenigstens mein Name weiterlebt.«

Saram nickte weise. »Ich verstehe. Ich habe noch nie darüber nachgedacht, aber ich verstehe dich. Dann bist du also ausgezogen, um berühmt zu werden?«

»Ich habe das Orakel befragt, wie ich unvergänglichen Ruhm erwerben könnte.«

»Oh?«

»Ja. Mir wurde gesagt, ich sollte nach Skelleth kommen und den Vergessenen König aufsuchen und ihm ohne Makel dienen.«

»Wen aufsuchen?«

»Den Vergessenen König.« Garth deutete mit dem Daumen auf den alten Mann, der wie gewöhnlich den Kopf hängen ließ.

Sarams Verblüffung war nicht zu übersehen. »Der alte Mann?«

»Ja.«

»Der Vergessene König? König von was?«

Garth zuckte die Achseln.

Saram wandte sich an die gelbgekleidete Gestalt und sagte: »König von was?«

»Von Carsosa. Ich bin im Exil.« Die trockene Stimme war leiser als sonst, aber immer noch schockierend barsch.

»Davon habe ich noch nie gehört.«

Der alte Mann schwieg, und Saram wandte sich wieder an den Übermann.

»Und ihm zu dienen, sollte dir ewigen Ruhm bringen?«

»Ja.«

»Kaum zu glauben.«

Garth zuckte die Achseln. »So waren die Worte des Orakels.«

»Trotzdem, kaum zu glauben.«

»Ich habe Grund, an die Weisheit und die Wahrheit des Orakelspruchs zu glauben.«

»Nun, davon weiß ich nichts. Aber es scheint unmöglich. Nichts ist ewig, und ganz besonders der Ruhm nicht.«

Garth zuckte die Achseln.

»Aber bedenke, Garth, kannst du einen einzigen beim Namen nennen, der vor mehr als tausend Jahren gelebt hat?«

Es gab ein Geräusch wie ein trockenes Husten. Doch der Vergessene König schwieg, während Garth einräumte: »Nein, aber ich habe die menschliche Geschichte nicht studiert, Übermänner gibt es noch nicht so lange.«

»Nun, kannst du den ersten Übermann benennen, oder den Zauberer, der ihn schuf?«

»Nein.«

»Llarimuir der Große.« Garth und Saram wandten sich erschrocken dem Vergessenen König zu, der fortfuhr: »Llarimuir erschuf ein Dutzend Übermänner und Überfrauen auf einmal; es gab keinen ersten.«

Saram fragte: »Woher weißt du das, alter Mann?«

»Ich kann mich daran erinnern.«

»Aber das war vor tausend Jahren!«

Der Vergessene König schwieg, und nach einem Augenblick wandte Saram sich wieder ab.

»Die meisten Menschen wissen nichts davon, und niemand kann mit Sicherheit sagen, ob der alte Narr recht hat.«

Garth sagte nichts. Er erinnerte sich an das unheimliche Zimmer des Vergessenen Königs und die beiläufige magische Heilung seines verletzten Fußes, und er fragte sich, wer oder was der König wirklich war.

Davon unbeeindruckt, fuhr Saram fort: »Wie kannst du erwarten, solchen Ruhm zu erwerben? Glaubst du, der alte Mann kann dir sagen, wie? Oder glaubst du, er könnte es für dich tun?«

Garth erwiderte leise: »Er ist ein Zauberer.«

Saram schnaubte. »Warum lebt er dann in einer Schenke in Skelleth? Warum hat er kein Haus im warmen Süden?«

Garth zuckte wieder die Achseln.

»Dann willst du ihm blindlings weiter dienen?«

»Ich bin nicht sicher.«

»Oh?«

»Ich bin nicht sicher, ob ich noch den Ruhm will, auf den ich aus war.«

»Oh. Aber du glaubst immer noch, daß der alte Mann es vollbringen könnte?«

»Ja.«

Saram stand brüsk auf. »Ich hole mir noch ein Bier.« Er schritt mit leise klirrendem Panzer davon. Garth sah ihm nach, dann wandte er sich an den Vergessenen König.

»Willst du mir immer noch nicht sagen, was du mit dem Basilisken vorhast?«

Der alte Mann sagte immer noch nichts.

»Was ist dann mit meinem Ziel?«

»Ich habe noch nicht entschieden, was deine nächste Aufgabe ist.«

»Und ich noch nicht, ob ich sie annehmen werde.«

»Was ist mit dem Handel?«

»Ich beginne daran zu zweifeln.«

»Du bezweifelst, daß ich dir deinen Wunsch erfüllen kann?«

»Nein; ich bezweifle, ob ich es wirklich will, und zum verlangten Preis.«

»Ist der Preis zu hoch?«

»Das kann sein. Es kann sein, daß ich den Weisen Frauen von Ordunin die falschen Fragen stellte; es kann auch sein, daß der Tod von einem Dutzend Männern mehr ist, als ich zu bezahlen bereit bin.«

»Und doch ist schon nach diesem ersten Gang dein Name in Mormoreth und ganz Skelleth bekannt.«

»Bekannt als der Name eines Mörders.«

»Dennoch ist er bekannt. Du hast keine Angabe gemacht, in welcher Weise man sich an dich erinnern soll. Du wünschtest nur, daß dein Name bis zum Ende der Welt nicht vergessen wird, und ich kann dir versprechen, daß du das bekommen sollst, wenn du mir erfolgreich dienst.«

»Ich wollte berühmt und nicht berüchtigt sein.«

»Diese Einzelheit hast du bisher nicht erwähnt.«

Garth spürte, wie in ihm eine kalte Wut entstand. Er fühlte sich betrogen, vom Vergessenen König und von den Weisen Frauen, die ihn nach Skelleth geschickt hatten. Er hatte ihnen vertraut; und dem Vergessenen König hatte er nur vertraut, weil ihm die weisen Frauen es gesagt hatten, hatte ihm so sehr vertraut, daß er für ihn getötet hatte. Er schwieg und starrte den zerlumpten gelben Mantel an. Dann erhob er sich unvermittelt.

»Bleib sitzen!«

Die gräßliche Stimme konnte er nicht überhören; Garth zögerte, dann setzte er sich, schweigend, doch erzürnt.

»Also wünschst du, daß dein Name nicht nur bekannt ist, sondern verehrt wird?«

Garth konnte nicht sprechen; er nickte nur.

»Ich habe nichts dagegen, unseren Handel in dieser Hinsicht abzuwandeln.«

Seine Wut legte sich und wich plötzlicher Verwirrung. »Was?«

»Du kommst aus Ordunin.«

»Ja.« Garth war jetzt völlig durcheinander.

»Das ist eine arme Stadt.«

»Ja.«

»Doch ihr besitzt Reichtümer. Es gibt Gold, das man abbauen kann, reichlich Fisch, prächtige Felle von wilden Tieren. Warum seid ihr dann arm?«

Der Übermann antwortete zunächst nicht. Als der alte Mann schwieg und das Schweigen lähmend wurde, sagte Garth: »Weil wir unseren Reichtum für Lebensmittel hergeben müssen. Ein Übermann kann nicht von Fisch allein leben, und nicht alle Übermänner können ihre Zeit mit Fischen verbringen, denn jemand muß in den Minen arbeiten.«

»Wo treibt ihr Handel?«

»In Lagur, zehn Schiffstage im Südosten.«

»Warum?«

Während er antwortete, dämmerte es Garth langsam. »Weil wir dachten, daß der Handel über Land unmöglich sei. Es lag an den Rassenkriegen. Und wir wußten von keinem anderen Hafen.«

Während er sprach, nahm Saram seinen Platz wieder ein, in dessen Hand ein voller Krug schwappte. »Was lag an den Rassenkriegen?«

Garth blickte zu dem Alten, ob der es erklären wollte, und da er die Andeutung eines Lächelns sah, sagte er selbst: »Die Unmöglichkeit des Handels zwischen Ordunin und Skelleth – genaugenommen zwischen ganz Eramma und der Nordwüste.«

»Nun, die Rassenkriege sind lange vorbei, und trotzdem gibt's keinen Handel, oder?« Saram trank einen Schluck Bier. »Ich glaube nicht, daß Skelleth irgendwas hat, das ihr da oben wollt. Ihr habt selbst Eis und Heu.«

»Aber ihr hier in Skelleth könnt mit dem Süden handeln.«

»Und?« Saram verstand nicht, worauf Garth hinaus wollte.

Der Vergessene König unterbrach, ehe Garth fortfahren konnte. »Saram, warum liegt Skelleth im Sterben?«

»Weil wir nichts zum Essen und nichts zum Handeln haben.«

»Und wenn ihr Gold hättet und Felle und andere wertvolle Dinge, die ihr im Süden verkaufen könnt?«

Saram blickte den alten Mann an, dann Garth. »Ihr schürft da oben Gold?«

Garth nickte. Einen Augenblick lang schwieg das seltsame Trio. Dann bemerkte der Übermann: »Es könnte Schwierigkeiten geben. Man haßt mich hier; man gibt mir die Schuld an Arners Tod, und Übermännern traut man von alters her nicht.«

Saram wischte den Einwand fort. »Darum wird sich keiner mehr kümmern, wenn Gold im Spiel ist.«

»Wahrscheinlich nicht«, stimmte Garth zu.

Der alte Mann lächelte zynisch, was sein Gesicht noch schrecklicher erscheinen ließ als gewöhnlich.

»Und so, o Garth, wirst du als der bekannt werden, der Wohlstand und Gedeihen nach Ordunin und Skelleth brachte. Gefällt dir das besser?«

Die Frage des Vergessenen Königs verlangte keine Antwort, doch Garth hatte selbst eine Frage.

»Warum schlägst du das vor? Ich habe meinen Zweck nicht erfüllt, sagst du, und doch gibst du diesen Rat. Warum?«

»Nützt es nicht auch mir, wenn Skelleth gedeiht? Es scheint nun, daß ich hier noch eine Weile leben muß. Ich habe nicht den Wunsch, mich der Unannehmlichkeit des Verhungerns oder einer Flucht nach Süden auszusetzen, falls Skelleths Untergang fortschreiten sollte.«

Es gab eine Pause, dann erwiderte Garth: »Du sagtest vorhin, dies sei das Zeitalter des Niedergangs, und erklärtest mir, daß es für Sterbliche keinen Weg gebe, sich dem Willen der Götter zu widersetzen und diesen Verfall aufzuhalten.«

»Vielleicht war ich zu pessimistisch.«

Der Übermann war nicht überzeugt. Nach einem weiteren kurzen Schweigen sagte er: »Was immer deine Gründe sind, die Idee hat etwas für sich.«

»In der Tat. So wirst du mit Gold und Fellen nach Skelleth zurückkehren und der Held und Wohltäter dieser Menschen werden. Wenn du das tust, werden wir vielleicht weitersprechen.«

»Vielleicht werden wir das tun.« Garth stand auf. »Doch ich werde dir nie wieder blind gehorchen, o König. Komm, Saram! Wir haben noch etwas zu erledigen.«

Saram stand erschrocken auf; er wagte nicht zu widersprechen und folgte dem Übermann zur Tür der Schenke. Garth bückte sich unterwegs, um eine der beiden Armbrüste aufzunehmen, die liegengeblieben waren, wo sie hingefallen waren, und gab Saram zu verstehen, daß er die zweite nehmen sollte. Er tat es und folgte Garth in die Gasse hinaus, wo er in die schrägen Strahlen der untergehenden Sonne blinzelte, die durch die Wolken fielen. Obwohl einige Augen neugierig aufblickten, als die beiden hinausgingen, verstummten die summenden Gespräche nicht, und kein Mann machte Anstalten, sie aufzuhalten.

Draußen lehnte der Übermann seine Armbrust gegen die Wand des Gasthofes und befahl: »Lad sie!« Er schritt weiter und verschwand im Stall. Saram zuckte die Achseln und spannte die Sehne seiner Waffe. Er trug noch immer einen Köcher mit elf Bolzen; er hatte sich nicht die Mühe gemacht, ihn nach der abgebrochenen Schlacht in der Schenke abzulegen.

Im Stall war es düster und kalt, und der angenehme Geruch von frischem Heu und der Gestank von Dung mischten sich auf seltsame Weise mit den Ausdünstungen des Basilisken. Garth ging zu dem geduldig wartenden Koros, in dessen Geschirr immer noch der Bannstab steckte. Einen Schritt vor dem Kriegstier stolperte er über einen kleinen Gegenstand.

Er hielt inne, blickte nach unten und sah, daß er auf einen Stein getreten war, einen seltsam glatten und symmetrischen Stein. Er hob ihn auf und sah, daß es eine Steinratte war; sein Fuß hatte den Schwanz abgebrochen, der zertrümmert zwischen der Streu auf dem Boden lag. Er wandte sofort den Blick zur anderen Seite des Stalls, wo der Basilisk schweigend in seinem Gefängnis hockte. In der Tuchabdeckung war keine Lücke. Also hatte sich die Ratte nicht hindurchgebissen; sie konnte auch nicht unter dem Tuch durchgekrochen sein, denn wie hätte sie versteinert zurückkriechen können? Nein, im Verlauf der Dinge, die der Vergessene König getan haben mochte, mußte die Plane angehoben und wieder gesenkt worden sein, und die unglückliche Ratte war in der Blickrichtung des Ungeheuers gewesen. Sonst war alles in Ordnung. Seltsam, daß der König ein solches Risiko auf sich genommen und das Monster angeschaut hatte, dachte Garth. Dann nickte er langsam, ehe er die Angelegenheit beiseite schob und seine ganze Aufmerksamkeit Koros zuwandte.

Als Garth, das Kriegstier führend, aus dem Stall trat, waren beide Armbrüste geladen und gespannt und lehnten an der Wand. Der Übermann nahm im Vorbeigehen eine, während Saram die zweite aufhob und

Garth in einigen Schritten Abstand folgte. Sie gingen die Gasse hinauf, bis das Gefängnis des Basilisken in der Stalltür erschien und auf die Straße glitt. Als es den Türrahmen hinter sich gelassen hatte und nirgends mehr festhing, blieb Garth stehen und zog den Bannstab aus Koros' Geschirr. Saram sah verwirrt zu, wie Garth nacheinander auf mehrere der eingravierten Punkte drückte.

Als er den letzten berührte, kam aus der Richtung des Basilisken ein leichtes Seufzen, und Saram wandte sich gerade noch rechtzeitig um, um zu sehen, daß die Plane auf den Boden sank wie ein Zelt, dessen Stützen entfernt wurden. Sie kam nicht flach auf dem Boden zu liegen, sondern zeichnete die Umrisse einer gewaltigen Eidechse nach, die wütend unter dem behindernden Stoff umherhuschte. Saram hob die Armbrust.

Garth schoß als erster; der Bolzen traf den Basilisken im Nacken, und seine Bewegungen wurden schneller, während ein Schwall von gelblichem Blut das schmutzige Tuch durchweichte. Dann schoß Saram; sein Bolzen traf mitten in den Körper und ließ eine zweite Fontäne vom bleichen Blut des Basilisken aufsprudeln. Als Garth langsam die Sehne für einen weiteren Schuß zurückzog, ließen die peitschenden Bewegungen langsam nach.

Er spannte die Armbrust, lud und schoß immer wieder, bis alle elf Bolzen aus der reglosen Gestalt ragten und der Gestank des Basilisken die üblichen Düfte der Gasse überlagerte. Eine Lache aus wäßrigem rotgoldenen Blut bedeckte den größten Teil des groben Tuchs, und durch einen kleinen Riß lugte eine einzige grün beschuppte Klaue. Nach dem letzten Bolzenschuß hielt Garth Saram die nutzlose Armbrust hin, der sie nahm, während er seine eigene in der anderen Hand hielt.

Der Übermann schwang sich anmutig auf den Rücken des Kriegstiers und verkündete: »Du kannst dem Baron sagen, daß der Basilisk ihm gehört, wenn er ihn noch will. Er kann sich bei mir bedanken, wenn ich zurückkomme.« Dann, mit einem Wort an Koros, ritt er davon, wandte sich an der ersten Ecke nach Norden und verschwand zwischen den ersten Tropfen eines leichten Regens.